双旗山之路

王志强 著

海峡出版发行集团 | 海峡文艺出版社

图书在版编目(CIP)数据

双旗山之路/王志强著. 一福州:海峡文艺出版社,2022.6
ISBN 978-7-5550-2990-8

Ⅰ.①双… Ⅱ.①王… Ⅲ.①报告文学一中国一当代 Ⅳ.①I25

中国版本图书馆 CIP 数据核字(2022)第 088108 号

双旗山之路

王志强 著

责任编辑 蓝铃松
出版发行 海峡文艺出版社
经　　销 福建新华发行(集团)有限责任公司
社　　址 福州市东水路 76 号 14 层
发 行 部 0591—87536797
印　　刷 福州力人彩印有限公司
厂　　址 福州市晋安区新店镇健康村西庄 580 号 9 栋
开　　本 787 毫米×1092 毫米 1/16
字　　数 230 千字
印　　张 16 **插页** 24
版　　次 2022 年 6 月第 1 版
印　　次 2022 年 6 月第 1 次印刷
书　　号 ISBN 978-7-5550-2990-8
定　　价 98.00 元

2001 年 11 月 30 日，时任安徽省委书记王太华（右三）亲切接见李斌等投资龙桥铁矿的股东代表（供图：王佑）

2009 年 6 月，时任福建省长黄小晶（左二）到万旗非金属材料公司指导工作，左三为时任中共德化县委书记陈全顺（供图：福建省双旗山矿业有限责任公司办公室）

双旗山金矿一角（航拍：张泉春）

双旗山金矿 587 主平硐（航拍：张泉春）

建矿初期的简易工棚（供图：吴金龙）

建矿初期的双旗山金矿工地（供图：福建省双旗山矿业有限责任公司办公室）

邱村金矿（航拍：张泉春）

邱村仙公寨（航拍：张泉春）

双旗山已封闭的尾矿库（航拍：张泉春）

在双旗山封闭的尾矿库上建设的生态茶园（供图：福建省双旗山矿业有限责任公司办公室）

双旗山已封闭尾矿库上建设的生态茶园（航拍：张泉春）

采茶工在已封闭尾矿库茶园上采茶（供图：福建省双旗山矿业有限责任公司办公室）

邱村尾矿库（航拍：张泉春）

黄金冶炼厂（航拍：张泉春）

双旗山金矿选矿车间（一）（摄影：张泉春）

双旗山金矿选矿车间（二）（供图：福建省双旗山矿业有限责任公司办公室）

邱村金矿选矿车间（摄影：张泉春）

邱村金矿新添置的现代化钻机（拍摄：苏德发）

夜景中的德化城关黄金大厦（供图：吴金龙）

位于德化县浔中镇诗墩的万旗花园职工集资房（供图：吴金龙）

2013 年 11 月建成的位于德化县龙浔镇鹏翔的“双旗山公寓”设计效果图（供图：吴金龙）

安徽省庐江龙桥矿业有限公司的竖井塔（供图：吴金龙）

2003 年，德化万旗旅行社与厦航合作，成立德化第一家民航售票处（供图：吴金龙）

江西省寻乌县上都矿业开发有限公司全景（供图：福建省双旗山矿业有限责任公司办公室）

周宁万旗矿业开发有限公司全景（供图：吴金龙）

周宁万旗矿业开发有限公司建设的空中运输索道（供图：林文杰）

雪后的南平市建阳区黄地矿业有限公司（供图：苏德发）

时任德化县人民政府县长李辉跃（中）为新成立的福建省双旗山矿业有限责任公司揭牌（供图：福建省双旗山矿业有限责任公司办公室）

福建省双旗山矿业有限责任公司成立揭牌仪式现场。前排右六为德化县人民政府县长李辉跃（供图：福建省双旗山矿业有限责任公司办公室）

1996年2月7日，时任德化县人民政府副县长张华南（左二）和时任福建省黄金公司总经理兼福建省双旗山金矿矿长柯德育（左一）在工棚开会（供图：福建省双旗山矿业有限责任公司办公室）

建矿初期福建省双旗山金矿矿长李斌（中）主持召开工作会议（供图：福建省双旗山矿业有限责任公司办公室）

建矿初期全体员工在双旗山金矿食堂参加工作会议（供图：福建省双旗山矿业有限责任公司办公室）

邱村金矿、黄金冶炼厂董事会、监事会暨经营班子成员合影

前排左起：杨文龙、郑义先、张寿盘、林合龙、李斌、陈祥端；后排左起：陈志民、王志强（笔者）、黄建华、陈振渡、项红亮、林太硕、谢文清、李建军、颜珠珍。（供图：福建省双旗山矿业有限责任公司办公室）

2004年，福建省黄金公司总经理张寿盘（左），中共德化县委常委、德化县人民政府常务副县长林合龙在“两矿一厂”董事会上（供图：福建省双旗山矿业有限责任公司办公室）

林合龙在“两矿一厂”董事会上讲话（供图：福建省双旗山矿业有限责任公司办公室）

李斌在“两矿一厂”董事会上讲话（供图：福建省双旗山矿业有限责任公司办公室）

双旗山金矿矿长李斌（前排中）、副矿长谢文清（前排左）和副矿长陈志民（前排右）在“两矿一厂”董事会上（供图：福建省双旗山矿业有限责任公司办公室）

2018 年，福建省双旗山矿业有限责任公司董事会暨监事会会场（一）（供图：福建省双旗山矿业有限责任公司办公室）

2017年福建省双旗山矿业有限责任公司董事会会场（二）（供图：福建省双旗山矿业有限责任公司办公室）

福建省双旗山矿业有限责任公司总经理陈志民（中）主持召开公司经理办公会（左一副总经理林文辉，左二副总经理王佑，左三董事长陈焕颖；右一工会主席吴清彬，右二总工程师李山泉，右三副总经理李宏安）（摄影：苏德发）

福建省双旗山矿业有限责任公司董事长陈焕颖（左三）在经理办公会上（拍摄：苏德发）

总经理陈志民在经理办公会上部署工作（摄影：苏德发）

2007 年 5 月，福建省双旗山金矿党总支部委员会成立大会［左起：福建省冶金（控股）有限责任公司机关党委副书记郭榕，福建省双旗山金矿党总支书记李斌，福建黄金集团有限公司党委书记张寿盘，福建省双旗山金矿矿长谢文清、副矿长陈志民］（供图：吴金龙）

2011 年度福建省双旗山矿业有限责任公司党总支党员领导干部民主生活会（供图：吴金龙）

2008 年 7 月 1 日，李斌（中立者右）和周桂琴（中立者左）荣获福建省冶金（控股）有限责任公司党委授予的“优秀共产党员”称号（供图：吴金龙）

2009年度领导班子成员作述职报告（供图：吴金龙）

2007年7月，双旗山党总支的部分党员在上杭古田接受革命传统教育（供图：吴金龙）

双旗山金矿党总支第一支部党员在水口坂里中共福建省委旧址参观学习（供图：吴金龙）

2013 年 7 月 1 日，福建省双旗山矿业有限责任公司党总支与阳山铁矿公司党委联合到德化县水口镇共同参加“共产党员先锋行集训”（供图：吴金龙）

党员座谈会暨表彰会（供图：吴金龙）

公司员工到德化县的反腐倡廉警示教育基地参观学习（供图：吴金龙）

福建省双旗山矿业有限责任公司职代会（工代会）暨表彰大会会场（供图：福建省双旗山矿业有限责任公司办公室）

公司第三届三次职代会（工代会）暨表彰大会代表合影（供图：福建省双旗山矿业有限责任公司办公室）

时任福建省双旗山矿业有限责任公司总经理谢文清（主席台站立者右）向新当选的泉州市人大代表、公司总工程师李山泉（主席台站立者左）表示祝贺（供图：福建省双旗山矿业有限责任公司办公室）

公司新一届工会主席吴清彬（左）和李山泉（右）在大会上（供图：福建省双旗山矿业有限责任公司办公室）

福建省双旗山矿业有限责任公司职代会（工代会）暨表彰大会上表彰先进单位、先进班组、先进员工和先进工会工作者（供图：福建省双旗山矿业有限责任公司办公室）

公司职代会（工代会）暨表彰会上先进单位、先进班组、先进员工和先进工会工作者受表彰（供图：福建省双旗山矿业有限责任公司办公室）

福建省万旗非金属材料公司纳米碳酸钙生产线投产剪彩仪式（供图：福建省双旗山矿业有限责任公司办公室）

利用黄金尾矿生产色釉陶瓷项目验收会（供图：吴金龙）

经营管理团队活动合影（供图：吴金龙）

生产技术工作总结交流会合影（供图：吴金龙）

读书活动交流会（供图：吴金龙）

目标管理活动（供图：吴金龙）

公司工会活动合影。前排：右五为德化县总工会副主席赖开既，右四为总经理谢文清，右六为公司工会主席项红亮，右三为公司工会副主席李建军（供图：福建省双旗山矿业有限责任公司办公室）

建矿初期老矿长李斌（右二）、谢文清（右三）向福建省黄金公司总经理陈寿峰（右一）介绍矿山建设情况（供图：福建省双旗山矿业有限责任公司办公室）

建矿初期李斌（左三）与福建省冶金矿山公司党委书记陈尧舜（右三）一行合影（供图：福建省双旗山矿业有限责任公司办公室）

李斌（前）陪同上级部门领导考察双旗山金矿选矿车间（供图：福建省双旗山矿业有限责任公司办公室）

李斌（左）与来双旗山金矿探矿的武警黄金部队指挥部副主任崔德文少将合影（供图：福建省双旗山矿业有限责任公司办公室）

福建省双旗山金矿老矿长李斌在工作中（拍摄：王志强）

陈焕颖在办公室查阅财务报表（拍摄：苏德发）

陈志民在办公室查看地质勘探材料（拍摄：苏德发）

李斌（右）与王志强（作者）合影（拍摄：吴金龙）

陈志民（右）与王志强（作者）在双旗山金矿选矿车间（摄影：张泉春）

福建省双旗山矿业有限责任公司副总经理王佑（右）和公司监察审计部经理吴金龙在邱村金矿选矿车间（摄影：张泉春）

王佑（左）在双旗山金矿井下检查工作（拍摄：苏德发）

福建省双旗山矿业有限责任公司副总经理林文杰（右）在双旗山金矿井下检查工作（拍摄：苏德发）

福建省双旗山矿业有限责任公司副总经理李宏安在观察岩芯（拍摄：苏德发）

福建省双旗山矿业有限责任公司总工程师李山泉准备驾驶新钻机下井（拍摄：苏德发）

福建省双旗山矿业有限责任公司工会主席吴清彬（右一）与员工谈心交流（拍摄：苏德发）

双旗山金矿建矿初期工程技术人员合影（供图：吴金龙）

双旗山金矿建矿初期保卫科人员合影（供图：吴金龙）

地质工程师在山上进行钻探作业（供图：苏德发）

建矿初期护矿人员在双旗山金矿井下巡逻时缴获被盗矿石（供图：福建省双旗山矿业有限责任公司办公室）

地质工程师在井下勘查（拍摄：苏德发）

双旗山金矿井下工人在掘进作业（一）（供图：福建省双旗山矿业有限责任公司办公室）

双旗山金矿井下工人在掘进作业（二）（供图：福建省双旗山矿业有限责任公司办公室）

双旗山金矿选矿车间工人在选矿作业（一）（供图：福建省双旗山矿业有限责任公司办公室）

双旗山金矿选矿车间工人在选矿作业（二）（供图：福建省双旗山矿业有限责任公司办公室）

谢文清陪同外国友人参观黄金冶炼厂生产的金锭（供图：吴金龙）

手持3千克标准金锭的吴金龙（供图：吴金龙）

双旗山金矿安全员到井下进行安全检查（供图：福建省双旗山矿业有限责任公司办公室）

工人下井前在安全生产宣传栏前（供图：福建省双旗山矿业有限责任公司办公室）

“两矿一厂”消防抗灾演练现场（一）（供图：福建省双旗山矿业有限责任公司办公室）

“两矿一厂”消防抗灾演练现场（二）（供图：福建省双旗山矿业有限责任公司办公室）

2021 年 8 月，福建省双旗山矿业有限责任公司举行尾矿库防洪综合演练现场（一）（供图：福建省双旗山矿业有限责任公司办公室）

2021 年 8 月，福建省双旗山矿业有限责任公司举行尾矿库防洪综合演练现场（二）（供图：福建省双旗山矿业有限责任公司办公室）

2021 年 8 月，福建省双旗山矿业有限责任公司举行尾矿库防洪综合演练现场（三）（供图：福建省双旗山矿业有限责任公司办公室）

2021 年 8 月福建省双旗山矿业有限责任公司举行尾矿库防洪综合演练现场（四）（供图：福建省双旗山矿业有限责任公司办公室）

黄金冶炼厂建厂初期举行的“攻炮城”活动（供图：福建省双旗山矿业有限责任公司办公室）

开展演讲比赛（供图：吴金龙）

德化县庆五一“矿业杯”职工拔河比赛（供图：吴金龙）

“五一”劳动节期间双旗山金矿举行拔河比赛（供图：吴金龙）

国庆期间双旗山金矿举行篮球赛（供图：吴金龙）

2007年元宵联欢会（供图：吴金龙）

2008年春节期间，德化县有关部门举行和谐之声进企业活动，图为“两矿一厂”员工集体大合唱（供图：吴金龙）

和谐之声进企业活动中的舞蹈表演（供图：吴金龙）

序

2014年，王志强同志撰写的长篇通讯《双旗山之路》开始在《瓷都德化》和《双旗山简讯》上连载，我每期必看，看得心潮澎湃，让我的思绪又回到了26年前的峥嵘岁月。

我1986年从江西冶金学院毕业后，分配到位于泉州市德化县的福建省阳山铁矿工作，从此与德化县结下了不解之缘。三年后，我担任了阳山铁矿的矿长助理兼经营部部长，不久又担任了该矿的副矿长。

20世纪80年代末90年代初，在国家急需外汇储备和黄金储备之际，德化和尤溪两县交界处的双旗山一带发现了黄金矿藏，从此，成千上万的民采人员涌向双旗山，乱挖滥采持续数年，造成了资源浪费等许多严重的社会问题。这些问题得到各级政府的高度重视，为有序开采，福建省冶金厅和德化县人民政府先后采取了一系列措施，并组建了早期的双旗山金矿，但由于情况复杂，难以取得实质性的进展。

1995年初，省冶金厅领导来到省阳山铁矿和我谈话，说福建省双旗山金矿要重新组建，省黄金公司的总经理柯德育将兼任新组建的双旗山金矿的矿长，让我出任该矿的常务副矿长，主持该矿的日常事务和具体组建工作。当时对于双旗山金矿能不能组建起来，不要说社会上没人看好，就连业内人员也大多持怀疑态度。

我是一个想做点事的人，也是一个喜欢挑战自己的人，我希望通过带领一班人，把德化的黄金矿业搞起来，为地方的经济社会事业发展做贡献，为国家的黄金矿业做贡献。我接受了组织的挑选，来到了双旗山。

正如王志强同志在书里所描述的一样，在一个被民采和盗采破坏得千疮百孔的荒山上，还要与如狼似虎的盗矿分子作艰苦卓绝的斗争，想要建立起一座现代化矿山谈何容易！

我们是一群追梦的人，我们同时也是一群敢想敢干、勇攀高峰的人。在省冶金厅和德化县人民政府的大力支持下，我们秉持着“超越自我、开拓创新、拼搏奉献、追求卓越”的理念，以“强矿富工”和“建一流矿山、创一流业绩、出一流人才”为目标，白手起家，无私奉献，艰苦创业，仅仅用了半年多的时间，就把福建省双旗山金矿建设完成并投入生产，在不到三年的时间内，又相继建成了福建省邱村矿业有限公司和福建省德化县黄金冶炼厂并顺利投产。26年来，我们一代代双旗山人与疯狂的盗矿分子作斗争，与残酷的自然环境作斗争，克服资源不足、人才紧缺、设备老化等诸多困难，把双旗山金矿打造成闽东南黄金矿业的一颗璀璨的明珠。如今，企业注册资本达3630万元，资产总额达3.6亿元，累计生产黄金13吨，累计向国家缴纳税收近4亿元，累计向股东分红1.97亿元。

我们没有止步于双旗山，为了实现“强企富工”的目标，我们又把目光投向省外、国外。我们先后把触角延伸到福建的建阳、周宁和江西的寻乌等地，我们成立了由职工合股的厦门万旗科技有限公司，建设了安徽龙桥铁矿。如今龙桥铁矿已经取得了可观的效益，我们的员工和股东都取得了丰厚的收益。

回望过去的26年，我最感激的是我们的员工。我敢说，我们双旗山的员工是最好的员工。不管是建矿初期风雨如磐的岁月，还是企业步入正轨后繁杂的日常生产经营活动，我们双旗山人始终胸怀产业工人的崇高使命感和责任感，爱岗敬业，无私奉献，在平凡的工作岗位上做出了不平凡的业绩，有的人甚至献出了宝贵的生命。何建忠、郭清水、曲宝观、李建军、孙志伟……这些员工的形象时常出现在我的梦里。

回望过去的26年，我最感激的还有我们的经营团队。我们双旗山经营团队的成员个个素质高、能力强、能办事、讲奉献。谢文清、陈志民、王佑等等，他们既团结协作，又独当一面，很好地完成了各个时期的任务。特别是陈志民和王佑同志，企业哪里需要，就赶往哪里，一身献给矿山，从不计较个人得失，很令人感动。

回望过去的 26 年，我还要衷心感谢关心支持双旗山黄金矿业建设和发展的各位领导。时任副省长施性谋、时任省政府副秘书长张志清、时任省地矿厅副厅长姜玉志、时任中共德化县委书记许昆贞等许多领导都对双旗山金矿的建设给予强有力的支持。特别让我难忘的是许昆贞，双旗山建矿时，他刚刚担任县长，那时对于双旗山建矿，社会各界意见并不统一，是他据理力争，全力支持双旗山建矿。他多次来到双旗山，为双旗山发展把脉问诊，为企业发展解决了许多问题，指明了发展方向。1997 年省里组织的收网大整治活动，就是他具体协调指挥的，邱村金矿和黄金冶炼厂的组建也是他现场办公拍板决定的。

2021 年来，王志强同志在连载的基础上，又对后一段的情况进行续写，同时对原文进行较大幅度的修改，并联系了出版社，即将出版。王志强同志于 21 世纪初在双旗山金矿的所在地葛坑镇担任了多年的镇长、党委书记职务，作为“两矿一厂”的股东单位之一的负责人，他参与了“两矿一厂”的一些决策。他在任期间，时常到矿里调研，对双旗山金矿的发展历程了如指掌。他的这一部长篇作品，材料完整，结构紧凑，内容丰富详细，语言生动平实，不愧为描绘双旗山金矿崛起的不朽之作。

是为序。

福建省双旗山金矿原矿长　李斌

2021 年 12 月 10 日

目　录

第一章　故地展新姿

葛坑镇位于德化县北隅，与尤溪县的坂面乡毗邻。以下玲、葛坑、蓝田、富地和大正村的山脊为界，南流的溪涧注入涌溪，经葛坑镇的湖头、漈头村，以及桂阳乡和水口镇的几个村庄，在水口镇的涌口与发源于戴云山南麓的浐溪汇合成大樟溪，流经永泰、闽侯后，最终在江口汇入闽江注入大海；北流的溪涧则分别从龙塔村和水门村注入尤溪，经坂面乡的街面水库，尔后流经尤溪县城，经尤溪口，直接与闽江汇合。

从水门村注入尤溪的溪涧有两个源头，分别起源于葛坑村和蓝田村，起初是两条无名山涧，在水门村的章功自然村汇成一股后，起名章功溪。章功溪一路向东北方向悄然流去，并在溪流两侧形成十多公里长的细长峡谷。

2014 年仲秋时节，福建省双旗山矿业有限责任公司工会主席吴清彬亲自驾驶私家车带着笔者和《瓷都德化》总编辑王双季踏上久违的乡村公路，前往这片曾在本世纪头十年共同谋划发展、共同应对挑战并建立深厚友谊、留下深刻记忆的地方。

从葛坑镇区往北，沿着弯弯曲曲的水泥路，经蓝田村，进入水门村的章功自然村。

在青山环抱、稻黍掩映和白水东绕的山村一隅，有一个占地近二十亩，四周竖起高高的围墙，高墙上架设着防盗铁丝网，并且安装有强光探照灯，门口站着保安值守的元宝形特殊建筑，这就是福建省德化县黄金冶炼厂。

在冶炼厂办公室，笔者又看到了福建省双旗山矿业有限责任公司的最终产品——刚从中频炉熔化后浇铸出来的一块块沉甸甸、金灿灿的3千克标准金锭。

继续乘车缘溪行，夹岸古木参天，透过枝头看到远处的高山依然一片墨绿，近处的山茶、秋杜鹃和木芙蓉落英缤纷，而道路两旁的芳草似乎忘却了季节变换，照样享受着不退的高温，依旧鲜美。往东北行三四里，溪流忽向东转，沿着伴溪公路再行一两百米，峡谷变窄，仿如无路，细看，是一建筑挡了，车子的左侧，山与建筑之间，形成一个豁口，犹如桃园洞口。此时溪流又转向东北，路随水转，车子刚一转弯，豁然开朗：只见土地平旷，屋舍俨然，众人忙碌，机器轰鸣——笔者又来到了闻名省内外的原福建省双旗山金矿，如今的福建省双旗山矿业有限责任公司。

在这里，笔者见到了福建省双旗山矿业有限责任公司总经理谢文清，副总经理王佑、郑新烟、项红亮，党总支副书记吴金龙，总工程师李山泉等一批老朋友。笔者还见到了原双旗山金矿副矿长、现今担任江西省寻乌上都矿业有限公司总经理的陈志民，他是刚刚从江西省寻乌县回到双旗山办事的。

曾获得全国冶金系统和泉州市劳动模范称号的谢文清和分管生产的王佑刚刚从井下检查工作回到地面，身着的井下专业工作服上还布满了尘土。

多年前，笔者在葛坑镇工作时也经常来到双旗山，他们也大多是这个行头。

因之前电话里已初步说明了此行的意图，顾不上寒暄，笔者开门见山地说明了想写一个关于双旗山金矿二十多年发展历程的长篇通讯的来意，几位矿领导当即积极回应。

1993年从闽西地质大队调回德化就来到双旗山参加护矿和建矿工作的陈志民说：“双旗山金矿从1995年建矿到现在将近二十年了。它的成立，对于德化县乃至福建省的黄金产业都具有划时代的意义，它宣告了无序混乱、弱肉强食的旧开采模式的结束，代表着健康秩序、依法采矿时代的到来！”

1993 年 11 月从连城锰矿抽调来到双旗山的吴金龙说：“我们当初服从省里的安排，来到双旗山参加筹建工作，条件十分艰苦。我们当时的工作条件是有地盘做不了主，没有钱，没有厂房，没有设备，人也很少，整天还要和盗矿分子作斗争，和艰苦的自然环境作斗争，确实非常艰难。如今企业越做越大，条件越来越好，很多人恐怕都不记得这段艰辛的矿史了！”

分管探矿和生产的项红亮操着秦腔连声说：“双旗山矿业发展到现在实属不易，这里面凝聚着各级领导、社会各界和一代代双旗山金矿领导人的心血，凝聚着几百位双旗山员工的艰苦劳动和无私奉献，应该写，应该写！”

兼任福建省万旗非金属材料有限公司副总经理的郑新烟说：“双旗山金矿就像是一个孵化器，造就了很多的人才，很多人经过双旗山的锻炼，成为矿山科研的行家里手，成为驰骋国内外的企业家！”

如今在建阳黄地矿业有限公司兼任董事长的王佑说：“双旗山就是我们的家，就是我们的力量源泉，每当我们在外遇到困难和问题的时候，只要想到双旗山，就必定能够找到克服困难和解决问题的方向和办法。”

陈志民指着吴清彬说：“他是第一个到双旗山工作的，是双旗山金矿的‘活化石’，他可以提供别人所不掌握的第一手资料。”

谢文清说：“当初我们是一群追梦的人，在老矿长李斌的带领下，在双旗山实现了圆梦的过程。二十多年来，我们秉承‘超越自我、开拓创新、拼搏奉献、追求卓越’的企业精神，坚守‘忠诚守信、勤劳节俭、无私廉洁、谦逊文明’的企业道德，围绕‘建一流企业、创一流业绩、出一流人才’的经营目标，发扬‘一不怕苦、二不怕死’的精神，与盗矿分子作艰苦卓绝的斗争，白手起家，艰苦创业，在偏远大山内建设起一个经营范围覆盖省内外的现代化的矿山企业，实现了我们双旗山人的梦想。如今，接力棒交给了我们，我们就是要一代接一代把这个梦持续做下去。

这个梦，就是把双旗山矿业做强做大的梦，就是把双旗山做成覆盖省内外、国内外的日不落的百年老矿之梦！”

创作的事就这样定了下来。

接着，谢文清带着笔者浏览了最新探明的地下黄金矿脉分布图和刚刚完成的井巷设计图，参观了经过技改的现代化的采掘、破碎、选矿、浮选和化验的生产设备，以及福建省总工会授予的拥有近万册书籍的“职工书屋”和获得全国、省“模范职工之家”“模范职工小家”的健全而又简约的职工活动场所。

谢文清介绍说：“2015 年，是双旗山金矿建矿 20 周年。在这 20 年里，双旗山金矿的两百多名员工，在一个被民采、遭盗采的千疮百孔宛如蜂窝状的矿山上，在和盗矿团伙作艰苦卓绝斗争的情况下，白手起家，艰苦创业，以苦为甜，从无到有，从小到大，无私奉献，实现了滚雪球式的发展，建立起一个现代化的、覆盖省内外多个矿山的、以黄金为主多种经营的采矿企业。在这二十年里，以双旗山金矿为代表的‘两矿一厂’（福建省双旗山金矿、福建省德化县邱村矿业有限公司和福建省德化县黄金冶炼厂）累计为国家生产黄金十几吨，累计吸纳就业人数几千人，累计缴纳税收和利润分红数亿元。”

谢文清说：“矿山企业属于资源型企业，国内外许多矿山企业在资源枯竭后陷入严重的危机，美国的旧金山、国内的玉门和铜陵都有这个经历。双旗山矿业要摆脱这个魔咒，一方面要加大勘探力度，科学开采，合理利用，建立现代企业制度，建设百年老矿；另一方面，我们要通过现代资金市场募集资金，进军省内外、国内外的黄金矿业，把黄金矿业做大做强做长久。”

谢文清又说：“变质岩、老地层和火山口这些黄金成矿条件，德化北部的葛坑一带都具备。按照现代的地质成矿理论，经全面勘察，葛坑镇的双旗山金矿、邱村金矿及其外围和深部蕴藏着大量的黄金矿脉。现在，制约着黄金矿业发展的瓶颈是技术储备和勘探资金不足。我们双旗山矿业在省内外还拥有多个矿山或探矿权，制约发展的同样是资金问题。为此，我们从 2008 年开始对原有的‘两矿一厂’等企业进行股份整合重组，组建福建省双旗山矿业有限责任公司，为上市募股、在资本市场上冲浪做准备。”

说话间，已到了用午饭的时间，谢文清邀请笔者在职工食堂用餐。席间，谢文清接着说：“上市的准备工作我们已经进行了四五年，进展还算顺利。乐观的话，几年后能够实现上市。一旦上市，打通了从资本市场募集资金这一条路，所有发展中的矛盾都能够迎刃而解，就像名车走上高速路，双旗山矿业必将迎来更加美好的未来！”

午饭后，谢文清还要召开双旗山金矿和邱村金矿地质分析会，无暇陪同我们。吴清彬又亲自驾车带着陈志民和我们前往邱村金矿。

我们原路返回葛坑镇区，巧遇葛坑镇人大主席兼工会主席赖长城，便邀请他一同前往。

车子往东行驶十多公里，穿过邱村村来到仙公寨。

此时的仙公寨，不仅没了寨子，就连古时筑寨那高耸的山头也已坍塌为谷地。

沿着仙公寨的下山公路往前走，不多远便来到改制前的福建省邱村矿业有限公司，即如今的福建省双旗山矿业有限责任公司邱村金矿。

这个金矿的住所十分隐蔽，建在仙公寨山腰的一个四周被高大的树木掩映的缓坡处，有点像山西大同恒山下的悬空寺。

说是缓坡，只是相对于仙公寨及其附近的峭壁陡坡而言，其实并不平缓，坡度至少也在 40 度以上。

几年没来，邱村金矿又有许多变化。矿区内，主硐口和破碎、球磨、浮选、压滤车间以及化验、办公、食堂、宿舍错落有致地排列在山坡上，又增添了几座新建筑，设施也更加完善了。

登上矿部综合楼的楼顶，环顾四望，宛如置身全景风景画：左看，大沟曾经布满民采硐口的山谷已被大片的树林淹没；后顾，仙公寨那背负过分沉重的黄金包袱而低下的头颅如今已披上绿装；右眺，是一大片茂密的原始次生阔叶林，在茂密森林边缘的数里外，是一个地名叫纪岸的地方，曾是邱村村的一个自然角落，早已经没人居住了，镇办森盛林场的工区老房子还孤单地矗立在那里，已近乎荒芜的农田里，几头倦牛正在啃食着仍然青翠的野草；北望，近处以前深深的沟壑如今已经被尾矿填满，形成一大片平地，远处一个个不知名的山峦重叠起伏，似群龙狂舞。

多年前，笔者在葛坑镇党委政府任职，不知多少次来过邱村金矿，不知多少次见过眼前的美景，今日重访故地，更显得亲切和激动。

赖长城20世纪90年代中期就来到葛坑乡政府任职，经历和见证了“两矿一厂”的建设历程，虽一度离开葛坑到国宝、龙浔等乡镇任职，2011年获提拔后又重回葛坑，分工联系福建省双旗山矿业有限责任公司和企业工作，对“两矿一厂”的今昔也是了如指掌。而陈志民则参加了邱村金矿的后期组建，而后在很长时间内担任邱村矿业的负责人，对矿里的情况更是了然于心。

赖长城指着金矿的硐口，问陈志民：“你在双旗山金矿和邱村矿业工作的时间最长，你对这里的底子是最清楚的，有人说这里的资源快枯竭了，没有希望了，只有向外扩张转移一条路可以走，你怎么看呢？”

陈志民没有正面回答，说：“当年我们每年做的地质工作，探明的保有储量都只够开采一到两年，如今快二十年了，还是年年有余呀！”

陈志民接着说：“做矿山的就是要沉下心来，依靠科学把各项工作做实做细，来不得半点马虎，如果蜻蜓点水，走马观花，胡乱撒钱，那肯定是会把事情搞砸的。”

接着，我们几位和邱村金矿的同志一起回忆了过去，回忆了建矿时的艰辛，回忆了双旗山金矿、邱村矿业和黄金冶炼厂二十年来风雨兼程走过的路程，回忆了当初关心、帮助和支持规范开采和正规办矿的各级老领导许昆贞、林宝浙、柯德育、林合龙，回忆了为了“两矿一厂”的建设和发展而呕心沥血、无私奉献、高瞻远瞩的老矿长李斌，回忆了当年为了建设双旗山金矿而献出宝贵生命的总工程师何建忠，回忆了如今仍在双旗山坚守以及已经离矿或退休的一个个员工……

黄昏时分，我们离开邱村金矿。车行至仙公寨，我们停下车来，鸟瞰山下，只见本该是万径俱黑的原野，却被矿区耀眼灯光照亮了半个天际。我想，倘若夜间乘坐飞机飞过葛坑上空，一定会发现，双旗山、章功和邱村这三个地方，会像三个串在一起的金项链，发出夺目的光芒。

第二章　双旗本无名

三十多年前，并没有“双旗山”这个地名。

当时德化县葛坑乡与尤溪县坂面乡之间有两座相对较高的山峦，一座叫“后林旗”，一座叫“打顶旗”。

这两座山峦是德化县和尤溪县的界山，山的南面，属于德化县葛坑乡的水门村，而山的北面，就属于尤溪县的坂面乡肖坂村了。

由于这两座山都带有一个“旗”字，20 世纪 80 年代中期，闽北地质队入驻到这一带普查找矿，在编写地质调查报告时，为图方便，便把这两座相邻的山峦称作“双旗山”。

也许是历史上这两座海拔不足千米的山峦过于普通不值一提，也许是这里过于偏远县官没有到达出现疏漏，笔者翻阅了分别编修于明嘉靖年间、清乾隆年间和 1992 年版《德化县志·山川志·自然地理篇》，以及新近出版的《戴云山志》，都不见有记载。

与双旗山相隔两千来米的章功自然村，居民有 300 多人。与双旗山隔溪相望的山峰叫金钟形，沿小溪下游另有一个自然角落，名叫溪柄，是葛坑镇水门村的另一个村民组，只有寥寥几户人家。听这一带的老人讲，这里祖上就留下许多传说，其中有一个传说说的是：金钟形山里睡着黄金之神，还没有醒来，但经常会有一些不安分的金子偷偷跑出来溜达。因此，这一带的居民自古以来常常会用一些简单的提取工具在溪里淘金，也或多或少有些收获。

由于泉州市国有葛坑林场的一个工区建在章功，林区道路便修到了章功的林场工区住地。

但这条公路是属于林区简易公路，级别低，坡度大，弯弯曲曲、坑坑洼洼。平时除了一些运送木头的大型货车外，也鲜有汽车通行。

由于公路的坡度太大，起起伏伏，自行车在这里是派不上用场的。散居在这一带的村民条件好一点的可以开辆摩托车，普通家庭出行基本上靠步行。而离开章功要去双旗山、金钟形、溪柄，乃至尤溪县的肖坂，或者里面的人要出来，就只能用双脚丈量逶迤的羊肠小道了。

这里的村庄、山峦偏远而沉寂。

然而，20 世纪 80 年代末，这里的沉寂终结了。

20 世纪 50 年代，国家地质部门开始在德化县的葛坑乡水门村和尤溪县的坂面乡肖坂村一带做地质普查工作。1958 年进行 1∶20 万地质草测，1962 年发现了肖坂村的官田黄金重沙地质异常区，1965 年至 1966 年发现了含金蚀变带 22 处，含金黄铁矿石英脉 37 条，1981 年至 1985 年闽北地质大队三分队提交了《福建省尤溪县官田矿区官田矿段初步普查报告》。这一段时间，地质工作虽然取得了很大突破，但地质工作者严守工作纪律，保密工作做得很好，地质情报丝毫没有泄露。

1986 年至 1990 年，闽北地质大队一分队在双旗山德化一侧的 13Au 水门矿段开展进一步地质普查工作，1992 年底提交了《福建尤溪－德化双旗山金矿区 13Au 矿段地质普查报告》，并求得黄金金属量 4785.68 千克。

这段时间内，群众有意无意地获得了一些地质情报。

从此，当地群众便在山上乱钻乱挖，但都没有什么效果。一些村民便请来一些有地质工作背景的人员当“军师”，这些“军师”有的偷偷与一些村民互相勾结，暗中持股，有的有偿担任挖矿的“技术顾问”。有了这些“军师”的指导，挖矿的效果就大不相同了，双旗山山北一侧的盗采乱挖就这样逐渐蔓延开来。

此时，闽西地质大队也在德化县一侧双旗山的桐埔林一带拉沟、打探硐。当地村民看到这一情况，便认定这里也有金可挖，上山挖金，双旗山的后林旗、打顶旗一带也就开始出现了民采的人员。

马克思说过，资本如果有百分之五十的利润，人们就会铤而走险。就像 1848 年美国西进的人们在加利福尼亚发现了金矿一样，一传十，十传百，百传千，“章功出黄金”的消息在社会上以几何数级速度扩散，大量的人群涌向人们心目中的“金山”。

那时双旗山浅层有不少的高品位矿床。起初这些民采的队伍并不懂得如何采掘、如何辨识矿石，只是把“明金”（结晶出来肉眼可见的金粒）取走，采用水洗法洗金，黄金回收率仅 1%—3%，剩下的矿石则往章功溪里倒。

而一些人由于采矿的时间较长，知道这些被丢弃矿石的价值，就在夜间偷偷把这些矿石搬走，捡走了大便宜。

据一些参加过民采的人员回忆，水门村有几个到外省某金矿打工的人，懂得一些黄金的采掘和提取技术，在与其家人的通信中获悉了家乡发现金矿的消息，便辞去工作回到了水门村。这些人回来后，成为了挖掘和提取黄金的师傅，“氰化钠浸池、水银提取”就是他们带回的技术。使用这种技术加工金矿石，回收率可提高到 60% 左右。

双旗山沸腾了，章功沸腾了，葛坑沸腾了！就像美国淘金热一样，“金山”成为了人们实现发财梦想的“福地”。附近农民来了，工人来了，不久无业者来了，投机者来了，后来企业家来了，个别的国企职工、学校老师和机关干部也来了，再后来，云南、贵州、江西和四川等许多外地的“拳头师”来了，刑满释放和通缉在逃的人也来了……

一队队肩挑簸箕的民工在矿硐入入出出，一个个手握钢钎铁锤的师傅在井下拼死拼活，这些人不论是打工者、师傅还是老板都在山中安营扎寨。

但在他们身后，是一个个手握砍刀斧头棍棒的人在林中游荡。双旗山一带的狭长山谷成为了真正的江湖丛林。动辄恶语相向、用拳头棍棒说话成为了一种处世方式，尔虞我诈、弱肉强食成为了不变的规则。各个硐口大多由有势力有来头的人员把持，谁的拳头大，谁就是“英雄”，谁就是“老大”，谁就说话算话，那个地盘就属于他。

随着一个个探硐恣意往岩层延伸，钻探声、爆炸声响彻原野。由于没有专业技术人员的指导，掘进、爆破都是非专业人员进行，安全事故频发，经常有人受伤、死亡。又由于矿硐未经设计，盲目掘进，没过多久，许多矿硐在地底下相互连通。

更糟糕的是，邻县境内由于更早开始民采，许多矿硐打到了德化县境内，也和德化县境内的民采硐相互贯通。矿硐狭窄，又分不清方向，德化的民采人员和邻县的民采人员经常狭路相逢。一旦相遇，相互辱骂、拳脚相加是常事，甚至互扔炸药，造成群死群伤的事件也时有发生。

黄金民采的采矿、销售、加工一条龙产业链很快就形成了。从章功到溪柄摆满了各种浸池和洗金机，足足有 20 多台。葛坑、蓝田等一些地方也陆续安装了洗金设备。而邻县的浸池和洗金机更是密密麻麻，不尽其数。这些淘金设备使用的氰化钠和水银都是剧毒物质，矿粉经浸泡后，氰化钠残液肆意渗入地表或流向溪涧，造成土壤、水质严重污染。而土法提取黄金所使用的水银包裹法，不管是金矿石加入水银在洗金机中研磨，还是在坩埚中通过加热使水银挥发，都会造成地下、地表、水体和空中的水银污染。

笔者十年后到葛坑镇任职，曾到过一位当时在其住家旁的农田建过浸池的村干部家。由于他把浸池内的废弃物堆在该农田旁，虽然十个春秋过去了，那片建过浸池的农田依然寸草不生，鱼虫绝迹，更别说是耕作养殖了，足见土法洗金污染之严重。水银污染造成中毒的人也不在少数，笔者后来有一位那个时期在葛坑镇工作的同事，由于在工作中多次吸入空气中的水银蒸汽，造成轻度中毒，身体至今还没有完全恢复。

民采队伍中，的确有不少人短时期内赚得几十上百万财物，一夜暴富。这些人的成功在社会上造成了放大效应，让人产生了在“金山”挖金都能发大财的错觉。实际上，由于民采的盲目性，并不是所有人都能挣到钱。据当时参与民采的人员披露，来到“金山”挖金的人，挣到钱的大约只有三成，另外三成保本，其余的三成则亏本。

第三章　深山真丛林

双旗山矿区民采的早期，就引起了福建省地矿部门和德化县领导的高度重视。省地勘部门、省黄金公司领导和德化县、乡领导多次深入矿区了解情况，研究对策，共同寻求解决办法。

为了维护矿区的正常秩序，德化县召开了专门会议对这个问题进行专题研究，并派出县乡联合执法队伍到民采现场开展工作，制止非法挖矿。

然而，由于当时民采队伍人数众多、混乱无序，而当时的民爆物品又几无管制、随处可买，再加上那时候的执法队伍人数较少，寡不敌众，所以执法者有心无力，收效甚微。

面对这种状况，当时的德化县委书记郑来兴、县长傅镛堃专门召开会议听取乡镇和有关部门的工作汇报，研究解决办法。那时，社会各界对制止非法采金的认识并不一致，有些人甚至不以为然。这些意识也反映到一些领导和干部队伍中。会上，一些同志认为，德化县大部分农民群众还很穷，让他们挖些金子，挣些钱，无可厚非。但是也有不少同志认为，法律必须严格执行，矿山秩序必须严管，无序的状态必须结束。由于思想没有统一，会议虽然研究了一些措施，但执行后效果不是太大。

随着民采活动的持续泛滥，许多深层次矛盾逐渐显露了出来：采矿没有任何设计规划，回采率极低，造成资源严重浪费；采矿的硐主受利益驱使，防护设施投入不到位，造成死伤的安全生产事故频发；选矿采用原始方法，提取黄金使用的氰化钠、水银等化学物质的尾液随意排放，严重污染地表、水体和空气；打架斗殴、抢劫诈骗等黑社会性质犯罪问题严重等等。这些问题引起了县委、县政府主要领导和有关部门的担忧。

这阶段，省冶金厅又多次派人到德化县协调，要求根治滥挖乱采问题。为此，德化县的两位主要领导下了决心，多次在领导层会议上进行研究，统一思想，并且召开大型会议，宣传国家的法律法规，部署整治的措施和步骤。

1992年春夏间，县政府发布公告，明令乱采滥挖属于非法行为。同时强化护矿，安排矿管办组织人员奔赴双旗山矿区，对民采人员进行劝阻，对矿山进行守护。以公告日为界限，如再挖矿，则属于盗采，就是违法犯罪行为了。

德化县矿产资源管理办公室简称德化县矿管办，因制止双旗山黄金资源的私挖滥采而设立，属于事业编制性质，人员只有十多人，主任刘振生。接到护矿的任务后，分管矿产工作的副县长寇富衍立即到矿管办作动员讲话，刘振生对工作进行部署，除留守值班人员外，全员进山护矿。

护矿队由矿管办干部王德海担任队长，葛坑乡政府和葛坑公安派出所也派出人员配合，住所设在位于章功村民小组的国有葛坑林场章功工区。这里虽然离盗采严重的双旗山地带大约还有两公里的路程，但已经是最接近矿区且具备驻扎条件的地方了。

两公里的路程虽不是很远，但由于羊肠小道崎岖不平，走路也得三四十分钟的时间。

现任福建省双旗山矿业有限责任公司工会主席吴清彬就是最早的护矿队员之一。

据吴清彬回忆，当时的护矿队伍总体上说还是很薄弱的。虽然包括乡干部在内总人数有十多人，但因为是日夜巡查，要分三个班，每一个班也就四五个人。那时，山上的盗采现象十分严重，参加盗采的人员，不仅有本地的、外县的，还有不少外省的“拳头师”，以及个别刑满释放或者犯案在逃被通缉的惯犯。

巡查的第一天，值白班的同志就遇到盗矿分子的集体围攻，值夜班的同志更是被盗矿分子躲在暗处扔石头偷袭。那时的护矿队员没有配发统一服装，手无寸铁，也没有明确具体的执法权力，遇到盗矿人员，他们只能苦口婆心做工作，只有遇到一些屡劝屡犯或态度恶劣的违法人员，他们才能将这些人扭送到公安机关处理。

一段时间后，一些盗矿人员经过做工作离开了，也有一些人见到护矿人员就跑，等到护矿队员离开后又回到矿硐盗矿，玩起了老鼠和猫的游戏。本地的闭眼不见睁眼见，还好劝些，外地的就没那么好说了，那些外省的“拳头师”和犯案在逃人员相当一部分是亡命之徒，不仅不听劝阻，还扬言要对护矿队员进行报复。还有一些外县的盗矿分子见了护矿队，仗着人多势众，根本就不理会劝阻，照样我行我素盗矿。更可气的是，这些外县盗矿分子竟然把本县被劝退出民采的矿硐也作为他们盗矿的目标。

经过几个月的观察，德化县领导发现，德化单方面对矿区的整治，根本难以取得根治的效果。

针对这种状况，县政府以呈阅件的形式上报省政府，要求协调其他县共同遏制盗矿行为。在省地矿厅的协调下，其他县也成立了护矿队。为加大执法力度，提高执法效果，在省地矿厅的支持下，护矿队员配备了统一执法服装，统一使用省地矿厅的执法证，执法条件得到了一定程度的改善。

刘振生到了年龄退休后，郑泽洽接任矿管办主任。同时，德化县政府成立了德化县矿产工业总公司，郑泽洽兼任总经理，和矿管办合署办公。

这期间，为了壮大矿业管理和建设队伍，解决科技人员不足问题，同时也为日后的矿业发展做好技术储备，县里联系了闽西地质大队等地矿科技人员密集的地方，调回了十多名地质矿产专业的科技人员到德化县矿产工业总公司工作。陈振渡、陈志民等一批科技人员就是那个时期从闽西地质大队调到德化工作的。

陈振渡、陈志民和那批新调回的同志一上班就进山加入护矿队。那时陈振渡和陈志民都只有二十岁出头，陈振渡的个子一米九十，陈志民也接近一米八，其他几位新同志也都个个年轻力壮。他们的加入，使执法队的力量得到了很大的提升。

人员增加了，护矿队伍也跟着壮大。护矿队坚守在矿区，日夜巡查，见进山的人就劝，见盗矿就抓，大规模的盗矿得到了一定程度的遏制，确实取得了一定的工作效果，但盗采问题始终没有根绝。

这期间，杨梅乡安村村也发现了金矿，四面八方的淘金人又涌向安村。同样的鱼龙混杂，同样的弱肉强食，同样的乱象丛生，同样的盗采严重。县里又派出护矿人员到安村护矿，但是效果同样不明显。

那几年，德化县主要领导变动也比较频繁。1992 年初，傅庸堃调任泉州市公安局局长，吴汉民接任德化县人民政府县长一职；1993 年初，吴汉民接任提拔到省侨办当副主任的郑来兴，担任中共德化县委书记，林宝浙则接任吴汉民的县长职位。几任领导都对葛坑、杨梅两乡盗采黄金问题十分重视，在进行了认真调研后，都在寻找根治盗矿问题的解决办法。

黄金，通称金子，化学元素符号为Au，是一种带有黄色光泽的金属。黄金具有良好的物理属性、稳定的化学性质、高度的延展性及数量稀少等特点，不仅是用于储备和投资的特殊通货，同时又是首饰、电子、现代通讯、航天航空等行业的重要原材料。

在 20 世纪 70 年代前，黄金还是世界货币。目前，虽然作为世界货币的属性在下降，但依然在各国的国际储备中居重要地位，是一种同时具有货币属性、商品属性和金融属性的特殊商品。

中国在相当长的历史时期内，对黄金实行国家专营的制度。

进入 20 世纪 90 年代，随着改革开放政策的进一步落实，国家对黄金生产实行了较灵活的政策。在此背景下，国家黄金局在“八五”期间对各地黄金地质勘探实行地质储量承包的措施。

当时德化县的双旗山和安村两个矿区都列入省地矿部门重点勘探地块。福建省黄金公司获悉国家出台地质储量承包政策后，立即向省政府打报告，建议争取国家黄金局把双旗山和安村两个矿区纳入黄金地质储量承包的范围。

省政府同意了这个建议。经省黄金公司多方努力争取，国家黄金局同意了对德化县的双旗山、安村两矿区实行地质储量承包的方案，同时规定承包时间从 1991 年初开始到 1993 年 12 月结束，承包的储量分别是双旗山 4 吨、安村 3 吨。

这是福建省首个黄金储量承包的项目，也是试点项目。为此，当时分管地矿工作的副省长施性谋代表省政府与国家黄金局在合同上郑重签了字。

储量承包合同签订后，福建省地质部门从 1991 年下半年正式开始做地质勘探工作。由于那时民采刚刚开始不久，对地质勘探影响不大，工作开展得还比较顺利。省地质部门在 1992 年年底就完成阶段性勘探工作，提交了阶段性地质报告。

但是从 1992 年的下半年开始，群众在双旗山的勘探区内滥采乱挖现象快速蔓延，省地质部门的正常作业受到严重干扰，直至勘探工作无法进行。他们不得不于 1993 年 3 月撤离工作人员，停止勘探。

为了保护黄金资源，完成地勘储量承包合同，福建省黄金公司提前启动了双旗山金矿筹建的前期准备工作。该公司于 1993 年初向福建省计委提出了双旗山金矿建设的项目申请，福建省计委当年便以闽计（93）056 号文批准了双旗山金矿的建设项目。

1993 年 3 月，经与福建省地矿厅、福建省黄金公司协调一致后，林宝浙县长主持召开德化县政府常务会议。会议研究决定，成立葛坑金矿筹建处，卢东海任主任；成立杨梅金矿筹建处，陈能顺任主任。当时，卢东海、陈能顺都是德化县矿产工业总公司的干部。

两个筹建处成立后，人马立即到位。葛坑金矿筹建处设在葛坑乡电管站，杨梅筹建处设在杨梅乡三八林场。但是由于各方面条件的限制，筹建处并未能开展实质性工作，主要职责还是护矿，并为日后的开采作准备。

也在这一年，距离葛坑乡政府东边十多公里的邱村村仙公寨、大沟以及往东南近二十公里的桂阳乡的洪田村也相继发现了金矿，许多人又涌向了邱村、洪田，几天时间也聚集了上万人。

对于邱村一带金矿是如何发现的，有两种说法。

一种说法是，双旗山的民采、盗采活动造就了一大批黄金勘探、挖掘“专家”，这些“专家”中就有一些邱村人。有一次，邱村一位老人去世，按照风俗，同村的族亲都要回去帮忙料理后事。在挖掘坟墓时，有参与过双旗山采金的人发现这里的石头和双旗山的金矿石有着惊人的相似，便开始了挖掘。

另一种说法是在章功的民采时期，就有一个人到处找矿，当他找到邱村的仙公寨时，发现了金矿。这个人便不动声色，昼伏夜出，偷偷挖了有半年多的时间，挖得的矿石堆满整座房屋。后来一个偶然的机会被人发现，人们这才蜂拥而至。

邱村金矿发现后，县里汲取了双旗山放任民采造成泛滥的教训，立即成立县黄金工作领导小组，由县领导担任组长，下设办公室，会同葛坑乡政府共同对矿区进行管理。

为把采挖引入有序轨道，县黄金工作领导小组及其办公室采用竞标的方式，进行有偿探硐。中标者上缴承包费，在指定位置进行探矿。当探硐掘进到黄金矿脉时，中标者必须及时上报县黄金工作领导小组及其办公室，县里再根据具体情况给予五至十五天的开采权。如中标者探到黄金矿脉不及时上报，县里则有权直接没收探硐，取消中标者的开采权，再次公开发包。

挖金的来了，洗金的来了；卖挖矿设备的来了，卖洗金设备的也来了；卖生活用品的来了，开歌舞厅的、开发廊的也来了……人流不断涌入，仙公寨和大沟一带人山人海，就连山上的植被也被踩焦。那时的邱村通往仙公寨的村口，开着上百家餐馆和商店，热闹非凡。通往仙公寨和大沟的山口则被称为“菜馆格”，人们都戏称这里为“小香港”。

无数探硐在地下延伸，邱村地底下也形成了一个绵延数百公里的不眠世界。无数的洗金机摆满邱村、洋山格、李田直至曾坂、下涌、上涌，日夜轰鸣不断。

为加强对邱村金矿区民采活动的管理，县里还派出了以县委常委许援朝为组长的庞大工作组入驻邱村开展工作，成员来自公、检、法、纪等各个部门。许援朝是从泉州市直机关到德化县挂职的干部，当时县委分工他挂钩金矿区。笔者的父亲当时在县纪委任职，也曾被选派到邱村开展工作。

这期间，德化县矿产工业总公司先后和有关地质勘探部门在邱村建立了德化县黄金中间性试验场，开展黄金采矿、选矿和冶炼的中间性试验；在杨梅乡三八林场建立了黄金选矿厂，进行小规模生产。这两家企业均由熟悉业务的陈振渡担任厂长。

第四章　建矿开头难

吴汉民、林宝浙到任后，多次派人到省有关部门进行沟通，并亲自到省地矿厅和省黄金公司与有关领导联系，探讨正式建设矿山企业的事宜。

经反复沟通协调，1993 年 6 月，福建省黄金公司和德化县人民政府就联合开发双旗山金矿达成初步意向。当年 7 月 26 日，福建省黄金公司向福建省冶金厅打了《福建省德化县双旗山金矿项目建议书》的报告，省冶金厅不久即行文报送省计委和国家冶金部黄金管理局。省计委当年 9 月 1 日批复同意，国家冶金部黄金管理局也函复省冶金厅同意双旗山金矿建设项目。

1993 年 10 月 6 日，福建省黄金公司分别成立了福建省双旗山金矿和福建省安村金矿的筹建工作领导小组。11 月 18 日，福建省黄金工作领导小组和福建省冶金工业总公司联合下文批复，同意成立福建省双旗山金矿。金矿的股份比例为，省冶金矿山公司（与省黄金公司一套人马、两块牌子，即省黄金公司）占股份 60%，德化县矿产工业总公司占股份 40%，双方共同出资 50 万元。

福建省双旗山金矿的筹建班子和其他人马也陆续安排到位，省黄金公司的开发部副经理许金存出任矿长，德化县矿产工业总公司的副总经理卢东海任出副矿长。其他人员也从两个股东单位抽调，首批省、县各派出十五人，除了正副矿长外，谢文清、吴金龙、谢乐华、宋开族等人员都是那时省黄金公司从各单位抽调来到德化的，县矿产工业总公司则选派了陈志民、吴清彬、曾逸达、卢汉杉等同志来到该矿的筹建处。

福建省安村金矿也搭起了以省黄金公司派出的朱法武为矿长、德化县矿产工业总公司派出的陈能顺为副矿长的领导班子，省县股东也各选派若干人员参加筹建。

省县两个股东给两个股份企业下达了两个明确任务：一是尽快筹建起能够独立进行采矿和选矿的企业，实现正规办矿；二是继续做好护矿工作。

许金存是莆田人，出生于1958年，那时也才三十多岁，写得一手好字，还考取了律师资格，历史知识十分丰富，讲古代故事可以滔滔不绝，就是有点书生气。接到任务后，许金存带着人马很快就来到章功驻地，相关工作也很快展开：一是把人员组织起来，对工作进行分工；二是对矿山筹建工作进行初步安排；三是会同省黄金公司进行可行性研究，联系设计院对建矿方案进行初步设计。

从入驻双旗山护矿开始，省县派出的护矿人员都是住在葛坑林场章功工区，护矿值班时要走上三四十分钟，才能到达矿区；从矿区再深入到各个硐口，进入矿硐巡查，又要几个小时的时间。因此巡查效果并不理想，常常是巡查时盗矿者避开，巡查的人走后，他们又出来盗矿。

许金存知道，只有在矿区护矿，才能真正取得比较好的效果。为此，他决定在矿区建工棚，护矿人员在矿区的工棚护矿。

由于没有公路，建工棚也只能因陋就简。1993年底，他们买来彩条布，自带工具，在盗采重灾区的13Au662m处用木头和彩条布搭起了两座值班工棚。这是双旗山金矿建设的属于自己的首个“建筑物”了。说是值班工棚，其实非常简陋，就是用木头在崎岖不平的地上支起个架子，然后用彩条布当瓦片盖在上面遮雨，在四周围起彩条布挡风。

值班工棚建好后，没有任何仪式，算是投入使用了。当晚，留下谢文清、陈志民、吴清彬和谢乐华四个人分在两个工棚内值班，其他人则回到章功林场工区。

工棚附近没有水，用的水要到附近的山涧去打；没有电，只有手电筒和燃油马灯；没有通信工具，那时候，程控电话刚通到乡镇，移动电话更是稀罕物，即使有，也没有信号。四个人拾了些柴火，用石头支起简易灶台，做了晚饭。草草用餐之后又到硐内巡查，劝返几个闯入硐内的可疑人员。

双旗山冬季的夜很冷，四人回到工棚，已经入夜，此时工棚外已经结了薄霜，他们生起篝火御寒，并在篝火旁以水作酒，共同庆贺，憧憬着双旗山金矿建成后的美好未来。

正当他们稍事洗刷回到棚内卧床睡觉时，突然一声闷响，一块石头落在谢文清睡觉的工棚顶，砸坏木板和彩条布落在地上。他立即意识到这是盗矿分子躲在暗处下黑手，立即起身防备。一刹那，一块块石头又如雨点般落下，他和同一个工棚的谢乐华便拿起搪瓷脸盆扣在头上，防止头部受伤。落下的石头砸在脸盆上，发出刺耳的“咚咚”响声。一些石头没能挡住，砸在身上，两人的肩部、腿部都不同程度受伤。

这时，住在另一个工棚的陈志民听到声音，立即招呼吴清彬一同用德化腔调的闽南话大声训斥，对方这才停下攻击。

事后经多方打听，才知道这次夜间袭击是一些盗矿分子为了给在他们眼皮底下安营扎寨的护矿队下马威，密谋策划、组织实施的。当他们听到护矿队里有本地人时，害怕自己身份暴露遭到打击，才停止了袭击。

要是普通人早就被这突如其来的不明袭击吓坏了，但他们中大部分人都在双旗山与盗矿分子周旋了很长时间，经常遇到这种情况，可以说是身经百战，因此并没有被盗矿分子所吓倒。袭击过后，他们四个人轮流值守观望，没有值守的人则躺在被砸坏的工棚内，望着星星、顶着严寒进入梦乡。

第二天，吴清彬步行到章功林场工区向矿领导汇报了昨晚的遭遇，提出：为了安全起见，要把工棚修牢固，同时要增加值班人员。许金存采纳了吴清彬的意见，立即安排重修工棚。

那时候，葛坑境内方圆数十里的人都挖金去了，很难找到木匠。他们经多方打探，花数倍于市场行情的工资才从县城找来一个木工，在原地重建工棚。

山里多的是树木，就地取材还是很方便的。用木头重建的工棚有点像图瓦族式建筑，坚固多了，上面是木板作顶，并盖上“杉皮瓦”，四周用木柱一根根叠起，内层还用木板钉牢防风。陈志民戏称道：“这还真有点像山间别墅了！”

新工棚建好后，护矿值班人员增加到每班六人，巡逻继续进行。

挖金的人被劝了走，走了一段又来，护矿队员与他们周旋着，三天两头见面，如果不是护矿与盗矿的对立，在这深山老林里，他们都该成老朋友了。

然而，有着巨大经济利益的盗矿分子是不甘心罢休的，他们想尽一切办法要赶走护矿队。一次，有人趁护矿人员不注意时，在护矿队煮饭的锅里放入砂土，护矿人员等到吃饭的时候才发现，导致那天当班的人饿了半天的肚子。

在山里护矿，不仅要和盗矿分子作斗争，还要经受住严峻的自然条件的考验。山路崎岖，矿硐狭小，摔伤碰伤是常事；春夏雨季，大雨滂沱，山洪暴发，人和工棚都差点被卷走；山高谷深，草茂林密，常有野猪、毒蛇光顾；蚊子叮咬、蚂蟥附体更是家常便饭了。

有一天，一位护矿人员睡觉后，忽然觉得一个冰凉的东西从枕头伸出，贴到他的脖子。经验告诉他，可能是进蛇了。他慢慢移开脖子起身，打开手电筒一照，果然是一条毒蛇，正把枕头当蛇窝呢！他只好拿来木棍，慢慢地把蛇“请”出工棚。

第五章　盗矿猛如虎

几个月过去了，由于民采活动的干扰，尤其是一些盗矿分子的侵入，双旗山金矿的筹建工作没有取得多少进展，连护矿都很困难，建矿更显得遥遥无期。

同时，或许是混乱的环境淹没了人们建矿的激情，或许是新的问题过于复杂而一时还没找到解决办法，或许是由不同单位拼凑起来的班子和人员不好协调，本来不多的人群开始出现拉帮结伙现象，许金存的权威受到挑战，工作推动出现了梗阻，工作部署难以落实，无序的现象逐步在筹建处中蔓延开来。

许金存觉得压力很大，就向省黄金公司、县政府反映了情况。省黄金公司和县政府协商后，报告了省黄金工作领导小组。省黄金公司为此成立了两个金矿的目标小组，负责落实两个金矿应由省公司承担的筹建任务。

同时，为了加强与地方的协调，省黄金工作领导小组成立了由省冶金工业总公司副总经理、省黄金办公室主任陈维炫为组长，由省黄金公司和德化县、乡有关领导组成的福建省双旗山金矿、福建省安村金矿工作协调领导小组，主要目的是利用省职能部门的权威来指导协调护矿工作，从而减轻对建矿的干扰，实现正规办矿。

协调小组成立后，多次召开会议，主题还是要集中力量保护矿区不受盗挖。

1994 年 3 月中旬，在县委书记吴汉民、县长林宝浙的部署下，县里组织队伍配合护矿人员进行清山，对位于主矿区的拷垅矿段进行全面清理，赶走民采人员上千人。

清理过后，由于护矿力量还显不足，民采人员仍然不分昼夜地潜入矿硐盗矿，而且规模还在扩大。

当月月底，吴汉民、林宝浙又亲自部署指挥，组织了更大规模的清山活动。但由于矿区范围太大，又处于两县交界，清理活动没有取得应有的效果。

省两矿协调小组也多次到相关县督促、指导和协调护矿工作，但作用有限，越界盗矿现象还是愈演愈烈。

1994 年 3 月初，山东省烟台黄金设计研究院完成了双旗山金矿的初步设计，提交了《福建省双旗山金矿初步设计方案》《福建省安村金矿初步设计方案》和《福建省双旗山、安村金矿初步设计补充方案》，经审查论证通过，获得福建省冶金工业厅的批复。补充的建矿方案采用一个矿、两个采区和一个选矿厂的方式，把安村矿区也纳入双旗山金矿的开采范围。

为配合建矿工作，省地质部门在当地政府及有关部门的大力支持下，排除了民采和盗矿分子的种种干扰，于 1994 年 7 月起对双旗山区域补做了未完成的勘探工作，获得黄金储量 C+D 级 4715 千克，并提交了勘探报告。同年 12 月，省计委正式批准该报告。

葛坑乡的邱村村和桂阳乡的洪田村相继发现金矿后，虽然一些淘金者转向邱村、洪田，但是，县镇的管理重点也要转向邱村、洪田，本来安排在双旗山的执法人员也被抽走不少。此时双旗山的护矿任务基本上落在了双旗山金矿的三十多位员工身上。那些外县的盗矿分子认为是个好机会，于是又乘虚而入，在双旗山的盗矿活动又猖獗起来。

1994 年 6 月的一天，卢汉杉正在工棚值班，几个外县的盗矿分子闯入工棚，对卢汉杉进行拳打脚踢，并用炸药塞入其口中，扬言引爆。好在其他护矿人员听到动静，及时赶回，闯入的那些盗矿分子才闻风逃脱。

在巡逻过程中，遇到护矿人员少的时候，暴力抗法的事件也常常发生。护矿人员凭着机智、勇敢和对事业的忠诚与盗矿分子进行了长时间的周旋和斗争。

针对盗矿团伙越来越猖獗的状况，在省协调小组和县政府的直接领导下，1994 年 7 月 8 日，又一次组织了大规模清山，封堵硐口，并且安排武警值班，取得了较好的效果。

然而，德化县一侧的暂时安宁，邻县的盗矿分子却又蠢蠢欲动了。

这年 8 月初的一天，陈志民、吴清彬等几个人像往常一样在矿硐巡查。在临近山北一侧时，他们听到钻机轰鸣声格外密集，比往常要大声得多，爆炸声也此起彼伏，比往常集中而响亮。在他们试图接近时，遭到一伙手持棍棒的盗矿分子的武装阻拦。陈志民猛然意识到这其中必有文章，于是不动声色地返回工棚。当晚，他们估计这伙人已经歇息了，便又返回矿硐，发现山北一侧的二十几个硐口正对着 13Au 方向凿进。

问题非常严重，如果照此挖掘下去，用不了多长时间，德化县境内的主矿脉必然很快就会被掏空！

事后了解到，这次大规模的盗矿行动是在个别吃里爬外的地质队技术人员的参与和技术支持下进行的，否则的话，那些盗矿团伙根本就没有这个能耐。

事情紧急，许金存在听到陈志民的汇报后，当晚就向德化县政府和省黄金公司的领导汇报。紧接着，县政府、省黄金公司和省冶金厅层层向省人民政府发出紧急报告，反映这一严重问题，请求省政府采取措施，立即制止山北一侧的非法盗采行为。

省政府接报后，立即给相关县人民政府发出“关于制止非法开采双旗山金矿的通知”的内部传真电报，指出：“地处你们两县交界处的双旗山金矿，发现有 25 个硐口向双旗山金矿 13Au 主矿体方向掘进，并有大量矿石采出，如不及时加以制止，将引起连锁反应，造成整个矿区的混乱。黄金资源属于国家特定保护的矿种，国家明令禁止个体开采，请你们两县政府认真按照国家有关规定，采取坚决措施，制止非法采矿。”

通知发出后，德化县一侧对一些民采行为再次认真进行了清理。而山北一侧呢？据泉州市人民政府事后的调查报告我们清楚地知道：山北一侧的盗矿团伙依然我行我素，大肆进行非法开采，秩序混乱，25个硐口继续向13Au掘进，盗采的矿石数以万吨计。

为应对这种情况，进而引起省里的进一步重视，德化县政府不得不于8月10日发布在桐埔林一带对外发包两个矿硐的公告。省黄金公司获悉后，找到林宝浙县长，要求停止发包。

林宝浙指出：“邻县若不停止向我方13Au方向掘进挖矿，德化县必然吃亏；省里应当下大力气督促相关县停止盗挖，确保位于我方一侧的矿脉不受侵犯，我们才能采取措施停止发包。”

经省政府办公厅再次协调，德化县服从了大局，停止了发包。

双旗山金矿成立时，只有50万元的资本金。成立后，除了一些没收矿石拍卖的收入外，没有其他任何经营收入。而支出则是刚性的，除了办公经费、人员工资外，还有部分的基础设施投入。随着时间的推移，经费逐渐告罄，到1995年1月，账户只剩下1000多元，开不出工资了。

身为矿长的许金存求爷爷告奶奶似的找省黄金公司和德化县矿产工业总公司要求补助经费。但是，金矿从筹建开始，到当时已经一年多了，由于筹建处在探矿、建矿方面都还没有取得实质性进展，两家公司都失去了信心，婉言回绝了拨款要求。

为了弥补无米之炊，也为保护好13Au主矿体，此时的双旗山金矿只能把一些零星的、护矿力量无法顾及的边角矿承包给原来开采的硐主开采，但收入仍然十分有限。无奈，他们又将罚没的矿石送到当时位于杨梅乡三八场的一个选矿厂加工，以期增加些许收入。但矿石加工完成后，便杳无音讯，虽经多次催促，也迟迟没有收到货款。

一月份领不到工资，就意味着过不好春节了。那时候，大家的工资都很低，也就三四百元，都指望着节前能拿到足额的工资并多发些奖金回去好向父母、妻儿交代。在听到许金存关于发不出工资的消息时，三十几号人都像霜打的茄子——蔫了。

从德化县矿产工业总公司来的人马，包括陈志民、吴清彬在内，都回到原公司上班。谢文清、吴金龙、谢乐华、徐金飞和宋开族等从省黄金公司来的人则回不去了，他们只能坚持下来。留守的人只从有限的没收被盗矿石拍卖的收入中拿点微薄的工资，从冬天坚持到春天。直到现在，当时的双旗山金矿仍然欠着他们两个月的工资没有发放。

与双旗山金矿同时组建的安村金矿虽然护矿环境相对于双旗山金矿要好些，但探矿的结果是没有足够的资源量支撑建矿。不久，安村金矿解散，部分人员分流到双旗山金矿，包括陈能顺在内的部分人员则回到原单位上班。

第六章　李斌挑重担

1995 年初，就如何改变双旗山金矿停留于被动护矿，探矿和建矿没有取得实质性进展的问题，福建省黄金公司和德化县人民政府再一轮进行了多番协商，提出了多个方案。经过分析比较，双方都认为应当进行股份重组，并且派出经验丰富、干事得力的同志建矿。

为了选配好重组后双旗山金矿的主要负责人及其班子成员，省黄金公司和德化县人民政府在各自范围内对人员进行全面的遴选和考核。经慎重考虑，原福建省阳山铁矿副矿长李斌同志作为福建省双旗山金矿主要负责人的人选脱颖而出。同时考虑到在双旗山建设矿山的复杂性和艰巨性，经双方协商，决定由省黄金公司的总经理柯德育暂时兼任矿长一职。

当年 3 月 23 日，受德化县主要领导的委派，中共德化县委常委许渊朝带领德化县矿产工业总公司总经理郑泽洽等几位同志到省冶金矿山公司（即省黄金公司），与经理柯德育等几位同志就如何加快双旗山金矿开发问题进行协商。经过讨论，双方达成一致意见，在报请福建省冶金工业总公司同意后，形成了组建新的福建省双旗山金矿的会议纪要。

5 月 15 日，福建省双旗山金矿的领导班子进行了重组。柯德育兼任福建省双旗山金矿矿长，李斌任常务副矿长，卢东海任副矿长，何建忠为总工程师，吴金龙为矿长助理。由于柯德育还担任着省黄金公司和省冶金矿山公司两个单位主要负责人的职务，确定矿里的日常工作由李斌主持。

5 月 26 日上午，林宝浙在县政府接待室召开双旗山金矿班子到位后的首次生产建设协调会。会议决定，双旗山金矿生产建设总投资1000万元，同时对双旗山金矿的股份进行重组，省黄金公司占45%股份，县（含乡、村、林场）占55%股份。县占股份定为县矿产工业总公司25%，葛坑乡政府10%，水门村委会10%，葛坑林场10%，实际股份比例按实际到资所占份额为准。规定资金到位时间为每月15日，6月份到位30%，7月份到位40%，8月份到位15%，9月份到位10%，余下5%作为机动。

为减轻股东的负担，会议还决定金矿使用的土地由县土地局按租赁用地办法办理使用手续，由双旗山金矿与水门村委会签订租赁协议，按每亩每年1万元给予补偿。此外，还对电力供应、环保手续、安全保卫、公路建设等方面的具体问题形成了协调意见。

柯德育出生于1948年，担任省黄金公司和省冶金矿山有限公司的总经理多年，可谓学识渊博，经验丰富，具有很强的组织能力和协调能力。

接到任命后，柯德育就召集矿领导班子开会，对班子成员进行分工，并对各有关科室人员进行配备，下午就召开全矿员工大会，对工作进行部署。

柯德育说："双旗山金矿是一个充满希望的矿山，经过长期的勘探，我们得出了勘探结果是，我们的矿山拥有四吨多的黄金储量，这是一个鼓舞人心的结果！国家计委黄金局把我们列入储量承包首个试点企业，这对于企业是一个绝好的发展机遇。双旗山又是一个充满挑战的矿山，多年的滥挖乱采，已经给矿产资源造成了巨大的浪费，如今，要遏制这种现象，还有许多工作要做。双旗山还是一个造就人才的矿山，乱世出英雄，治世出忠臣，希望大家通过共同努力，把双旗山的乱世打造成治世，各位从'英雄'转变为'忠臣'。

"阳山铁矿是省县联合办矿的典范，我们要向阳山铁矿学习。我们的目标，是认真贯彻中央和省里的有关规定，强化护矿，加强管理，落实正规办矿。

"我作为矿长、法人代表，应该为矿山发展尽职尽责，为矿山发展营造良好环境。但是作为省黄金公司和省冶金矿山公司的总经理，还有很多工作等着我处理。为此，根据上级安排，由李斌常务副矿长主持日常工作。李斌同志素质高，能力强，他在阳山铁矿工作了很长时间，经验丰富，很有大局意识，双旗山金矿今后的日常事务由他全权负责。上级对李斌同志的任命是经过深思熟虑的和慎重的，希望大家服从李斌同志的安排，支持李斌同志的工作。”

会上，还成立了双旗山金矿建设指挥部，李斌任总指挥。

安排好工作不久，柯德育就回到省公司，虽然他隔一段时间就会来双旗山看看，电话联系常常进行，但建矿的绝大部分具体工作任务都落在了李斌身上。

李斌出生在 1962 年，安徽潜山人，1986 年毕业于江西冶金学院矿业系测量专业，在阳山铁矿当过技术员、办公室主任、销售科长、矿长助理和副矿长，之前还有一段停薪留职到安徽创办企业的经历。本来，李斌在阳山铁矿干得很出色，是矿里的骨干，更是矿里一把手的有力挑战者。这一次，李斌应聘双旗山金矿领导，一方面是服从省冶金厅的安排，另一方面，也是他希望施展才华，挑战自己，实现人生价值，为国家的黄金矿业发展做贡献。

要建厂开矿，首先就是要解决土地问题。虽然县里的协调会对土地问题作出了原则规定，但土地的所有权在水门村委会，使用权在该村的村民，具体落实还有很多工作要做。为此，李斌安排陈志民全权负责征地和拆迁工作。

二十四岁的陈志民手勤脚快，他白天在矿里上班，晚上就进村入户。那时水门村的村支书叫陈章尧，村主任叫陈章宝，他们都说补偿标准太低，村民意见很大，不好做工作。陈志民独自一人拿出县里的会议纪要，反复在他们两个人家里磨嘴皮，用了好几天的时间，两人终于松口了。

紧接着，陈志民又开始做村民的工作了。矿里首期需要征用 50 亩地，这里面有农田，有旱地，也有山地。这些地块分属二十几户不同的村民，陈志民一户一户做工作，动之以情，晓之以理。但有的儿子想通了，父亲不同意，有的妻子想通了，丈夫不同意，有的村民拿出自家酿造的米酒请陈志民喝，就是不讲征地的事。但经不住陈志民耐心做工作，一周以后，村民也松口了。

1995 年 6 月 11 日，葛坑乡乡长曾上训在葛坑乡政府主持召开双旗山金矿用地协调会，双旗山金矿的李斌、陈志民和水门村村两委成员出席。会上，曾上训乡长宣读了县政府的会议纪要，要求水门村两委要从大局出发，支持金矿建设。但村两委成员都以补偿款太低、村民意见太大为由，要求提高补偿标准。上午半天过去了，没有结果，吃完午饭继续谈。下午半天过去了，还是没有结果，吃完晚餐继续谈。谈到晚上十点，没有结果，就吃夜宵，然后继续谈。直到次日凌晨三点多，一个个都在打哈欠，也许是太困大家都想尽快回家睡觉了，陈章尧、陈章宝才分别代表村支委和村委会在土地征（租）用协议上签下名字。

那时双旗山到章功的公路还没有开通，那一段路需要步行，李斌和陈志民回到双旗山已经是快凌晨五点了。矿里事多，早上七点多，李斌早就起床上班了，陈志民也在洗漱。

这时忽然传来敲门声。陈志民赶忙去开门。一看，原来是陈章尧和陈章宝领着十几个村民站在门口。看来，他们俩也是一夜未眠。

进门后，未等陈志民招呼他们坐下，陈章尧急匆匆地说：“刚才那个协议我们签的不算数，要作废。”经询问，原来是一些村民一晚上就等在陈章尧家里，总想提高补偿标准，一听说协议签了，就在陈章尧家里大吵大闹一番。

陈志民虽然年轻，但经历了这几年在双旗山护矿的锻炼，已经积累了丰富的群众工作经验。他心平气和地对大家说：“你们一定还没有吃早餐吧，我去安排一下。”

陈志民来到食堂安排炊事员做几个早菜，又去找李斌。但找来找去就是找不到，一问，原来是和地勘人员下井去了。

陈志民回到宿舍。所谓宿舍，实际上就是一个木制的既当宿舍又做食堂还当会场的简易大统间，一旁打着大统铺，另一旁堆放着吃饭开会时才支起的饭桌。村干部和村民们横七竖八地坐在床边或者凳子上。

陈志民与村民们聊着家常，就是不正面回应协议的问题。一会，早餐做好了，就支起饭桌，招呼他们一起用早餐。这个早餐虽没有山珍海味，但有咸鱼，有卤蛋，有花生米，有青菜，这在山里算是很丰盛的了。吃下一碗稀饭后，陈志民知道有些村民有喝早酒的习惯，便拿出德化米烧。好酒的村民就先喝了，接着陈志民动员大家一起用大碗干。干了几轮，几个村民都喝醉了，歪歪斜斜地陆续回家去了，村干部也相继离开了。

此后，陈志民了解了其中的原委，原来是有几个村民对村干部有意见，再加上个别家庭遇到天灾人祸，经济比较困难，想拿点现金，就出来闹了。陈志民慰问了困难群众，又陆续入户做了这些群众的工作，功夫不负有心人，经过了三个晚上的连续工作，终于解决了问题。此后，双旗山附近的村民对矿里的工作也逐步由抵触转变到理解和支持。

土地问题解决后，各项工程就全面推进了。

但说时容易做时难。李斌和他的同事们面对的不仅是一个千疮百孔、混乱不堪的矿山，而且原双旗山金矿的班子和员工就像一盘散沙，没有凝聚力，工作力和战斗力自然也就大打折扣了。这样一个矿山，这样一个队伍，如何把矿山企业建设起来呢？

李斌知道，想要把双旗山金矿建设好，首要任务是把全矿几十号员工团结在一起，把他们的积极性调动起来，树立起干事创业的精气神。

李斌清楚，要凝聚人心，关键在自身，在于他这个实际上的领头人。为此，他处处严格要求自己，凡是要求别人做的，自己首先做到，凡是要求别人不能做的，自己首先不做。他以企业的发展为己任，干事在前，吃苦在前，遇有问题，总是和属下多商量，多听取他们的意见。

双旗山金矿的风气逐步好转，吴金龙、谢文清、陈志民、吴清彬等一大帮正直的年轻人站了出来，全力投身到建矿工作中。

开始的时候，还是有个别人像之前那样我行我素，拉帮结伙，干些见不得人的事。李斌了解后，采取了坦诚交流的方法，和那些同事交心，动之以情，晓之以理，终于感动了那些同事。其他几十名正在观望的员工也为李斌的事业心和责任感所折服，为其虚怀和坦诚所赞叹，为其人格魅力所感染，发生了很大的变化，整个队伍的精神面貌也因此焕然一新。

李斌是一个面对任何艰难险阻都能沉着应对的，举重若轻的人。护矿是矿里的头等大事，他安排好护矿工作后，和全体员工在双旗山驻扎了下来，带领中层以上领导用了三天的时间，走遍双旗山金矿范围内的每一块土地，每一个硐口，深入硐内弯弯曲曲、大大小小数以百公里计的民采硐和盗硐。

对矿区的基本情况掌握以后，李斌果断提出了八个月试产、一年内投产的建矿目标，并以此为时序进行倒计时安排。

要在这样一个被民采、盗矿破坏得如此严重的矿山建起一个集探矿、采矿、选矿一条龙生产线的现代化矿山企业，谈何容易！虽然从省黄金公司和县矿产工业总公司抽调了不少人员，但工程技术人员还是严重缺乏；双旗山漫山遍野都是民采、盗采的矿硐，这些矿硐都是盲目乱挖，严重破坏了矿山的布局；烟台黄金设计院 1994 年的设计方案只是初步方案，如今要正规建矿，还要将这些方案具体化并进行施工图纸设计；从章功工区到双旗山有近两公里的路程没有通公路，要建设矿山，首要任务就是要先把道路打通，否则的话后面的工作都难以开展；高压线路要架设，没有电什么也干不成；化验室、选矿厂、办公场所要建，否则即使挖出矿石也白搭……

三十多岁的李斌处理问题总是快刀斩乱麻，办事迅疾果断。他和柯德育、何建忠商量后，通过省冶金厅途径，聘请到了山东省招远黄金设计院的高级工程师曲宝观担任双旗山金矿的总设计师，接着和何建忠运用树状图和网络计划技术这些现代化管理手段，把选矿厂建设、化验室建设、供水、供电、尾矿库等工程项目进行科学安排，规定各个项目的完成时限，将各项繁杂工作具体化。

对于纷繁复杂的各个事务，李斌既善于运筹帷幄、决胜千里，又能够身先士卒、率先垂范。对事关全局的重要工作和关键环节，他亲自把握，亲自落实；对于一般性的工作和业务，他又充分授权，敢于放手。那时候，谢文清、陈志民都只是二十岁出头的小伙子，谢文清因为细心和听话而招人喜爱，陈志民则以心直口快、想做事能干成事而受到青睐，都相继成为企业的骨干。

在矿山建设攻坚工作会上，李斌说：“双旗山是一个黄金资源十分丰富的地方，上级政府确定在这里建设黄金企业，是一个非常正确的决定。我们将通过自己的不断努力，干一番前无古人的伟业，在这个地方建设一座现代化的黄金城。

“矿山建设如今处在百废待兴时期，上级派我们来，股东请我们来，不是让我们享清福的，更不是让我们当甩手掌柜的，是让我们干事创业的，是骡子是马，拉出去溜溜，是英雄是狗熊，干一段就见分晓！

“建矿工作千头万绪，为了节省开支，今后凡是我们自己能够做的，都要亲自动手，少雇人，直至不雇人。”

班子成员和几十名员工都被李斌的激情演讲所感染，群情激昂。分管后勤的副矿长卢东海、分管工程技术的何建忠、分管井下工程的矿长助理吴金龙、负责综合部的谢文清、负责供销采购的陈志民、负责开路小组的工程师宋开族、负责保卫工作的吴清彬，这些最早来到双旗山的骨干，都铆足了劲，准备大干一场！

这是一个干事创业的年代，这又是施展才华的年代，多少人在这个时代经历磨砺和洗礼，成就了人生的辉煌！

第七章　基建猛推进

根据李斌的安排，陈志民在完成征地拆迁任务后，又负责电力线路的架设工作。

陈志民来到德化县电力公司，找到副总经理李志清。李志清非常支持，立即派出施工队前往葛坑。陈志民联系好了正在放暑假的富地小学校舍，和施工队一道在那驻扎了下来。

别看只是电力线路架设，陈志民也有很多工作要做，电线杆安装，需要土地，要与村民协商，线路经过的地方，一些高大的树木要砍伐，不仅要村民同意，还要报送林业部门审批。这些工作做完了，陈志民就全程与施工队一起抬电线杆，一起安装，一起拉导线，一起架设。经过近十天的艰苦努力，一条从李田变电站通往双旗山的近二十公里的高压线路终于架设完毕，双旗山终于破天荒有了电力供应。电力线路架设完成后，陈志民又奔赴到了采购各种设备、物资的第一线，担任了供销科科长。

看看 1995 年 5 月 26 日双旗山金矿生产建设协调会后半个多月内的工作效率：

土地征用方面，6 月 11 日，与水门村签订了土地征（租）用协议，土地折价投资。涉及葛坑林场的林地部分采取租用办法，同样折价入股。

公路和基建方面，完成测量、设计、工期设定和工程招投标，并于 6 月 18 日全面开工。

施工图纸，委托具有国内黄金甲级设计资质的山东省烟台黄金设计院进行设计。

设备订货方面，经货比三家，确定技术成熟、质量稳定的山东省招远生产的选矿设备，其中破碎系统选用了当时最先进的全省首套深腔式颚式破碎机，其他辅助系统也全部落实。

人员招聘方面，经过面试，首期招收了六名武警退伍军人，并充实到护矿队，其他人员的招聘工作也在进行中。

……

当然，双旗山金矿最忙的是李斌。

除了要安排厂房建设，井巷施工，李斌还要协调上下左右关系，为企业发展营造良好的外部环境。在他的努力下，上到省政府及其有关部门领导，下到普通百姓都对双旗山金矿的建设给予很大的重视与支持。省冶金厅、省黄金管理局、省黄金公司及县领导吴汉民、林宝浙、林昌宝、张华南等领导纷纷来到双旗山，听取汇报，撑腰解难，为即将建成的金矿呐喊助威。

正在双旗山金矿各项建设工作加快推进的时候，7 月 2 日，矿里又发生了一起盗矿分子袭击建设指挥部的事件。

这天是星期天，但双旗山全体员工从建矿那一天起，就没有休假的习惯。近午时分，金矿选矿厂的场地正在平整，有十多个盗矿分子站在山上居高临下向 662m 工棚驻地扔石头袭扰。包括新招收的几位武警退伍军人在内的护矿人员见状，立即手持护身棍棒，登山劝阻。不想，这些盗矿分子不仅不停止，反而召集同伙对护矿人员进行谩骂、围攻和殴打。盗矿分子越聚越多，竟有百多人，而双旗山金矿当时的护矿人员也就十多人。在冲突中，对方仗着人多势众有恃无恐，而双旗山金矿的护矿队员团结一致，奋力反击。

这是正规办矿与非法盗矿的冲突，是正义与邪恶的冲突。在冲突中，许多双旗山金矿员工不同程度受伤，其中，赖东林被石头击中头部，鲜血直流；刚从武警退伍招录的张卫被盗矿分子追逼掉落五六米高的陡坡，造成手臂骨折。

正在附近研究工作的李斌、吴金龙、陈志民闻讯后，立即组织选矿厂基建队伍及现场施工人员赶到山上救援。李斌和陈志民赶在最前面，到了现场后，登上一高台。陈志民用闽南话大声说道：“非法采矿、寻衅滋事是违法行为，造成后果必将受到法律的制裁。请无关人员离开，不要上了坏分子的当！”

那时，双旗山附近的许多村民也已经站到了双旗山金矿这边，他们听到喊声，也赶来助威。最后在正义气势的压制下，一些受蒙蔽群众逐步散去，剩下几个带头的盗矿分子才悻悻离开。

为了防止类似事件的再度发生，营造较好的生产和建设秩序，李斌立即赶往城关，向县领导汇报。吴汉民、林宝浙立即要求林昌宝、陈能意牵头处理此事。

林昌宝当时担任中共德化县委常委、县纪委书记兼县政法委书记，他和公安局局长陈能意合计后，抽调公安和矿管办等单位的人员，由林昌宝和陈能意亲自带队于 7 月 6 日对双旗山一带再次进行综合执法。综合执法队进山后对矿区进行全面检查整治，赶走盗矿分子，查封田坂一带的洗金机、空压机等黄金加工设备，取得了一定的效果。

为了加强执法力量，增强威慑力，李斌还和林昌宝、陈能意就双旗山金矿和德化县公安局在矿区进行治安联防的事宜进行磋商，县里同意在矿区设立治安点，由县公安局派员与金矿保卫人员一起护矿。

处理完被袭事件，李斌马上组织人员加快推进工程进度。

好事多磨。正当各项工程开足马力向前推进的时候，天公好像要和建设者开玩笑似的，从 7 月 15 日到 8 月 1 日，刮了几次台风，也连续下了半个多月的大雨。要是平时，遇到这样天气，各项户外工程都叫停，合同也大多有“雨天顺延”的规定。但是双旗山金矿建设工程是在和盗矿分子抢时间、赶速度，是停不起的。李斌和土建的中标商——葛坑建筑公司的经理陈章旺商量，要求雨天不停工，继续施工。陈章旺理解李斌的心情，他们克服一切困难，冒着暴风雨继续作业，一直以合同规定的时序推进。

正在土建工程快速推进之时，股东那一边，资金的到位问题却在拉后腿。建矿之初，李斌考虑到大部分股东资金困难，就主张在设置建设方案时尽量把投资额压到最低。但由于各种主客观因素，县生产建设协调会规定的资金到位时限，一些单位并没有落实，到 8 月中旬，资本金仅到位 240 万元。这些资金早已经花完了，后续资金如不尽快到位，势必影响整个工程进度。无奈，李斌只得向上汇报。

8 月 18 日，张华南副县长召开双旗山金矿建设有关问题协调会议，并形成了会议纪要。会上，李斌就前期筹建工作向各位股东进行了通报，张华南在肯定建设进度的同时，要求各股东尚未到位的资金必须在 9 月 15 日前到位。同时还对掘进和采矿工程队的选择原则进行研究，为防止工程队和盗矿分子内外勾结，在议标时优先考虑选择外省工程队。

会是开了，但是一些股东的资金还是迟迟没有划拨过来。省黄金公司知道后，怕建矿的大业就此泡汤，于是通过关系和一位南安籍香港商人洽谈投资事宜，但谈了将近一年，金矿都快建好了，也没有进展，只能放弃。而双旗山这边则只能是勒紧腰带，一边想办法一边继续按照施工计划时序推进。

李斌和陈志民只得求爷爷，告奶奶，和工程队、设备制造商、供应商求情协商，终于感动了他们，得到了他们的理解和支持。订购的设备继续赶时间制造，各个工程继续以最快的速度推进。这样，订购的设备按照合同要求准时完工，并及时发货；土建施工工期不仅没有因资金和天气原因推迟，反而提前完成了任务。

为了节省开支，在日常工作中，李斌总是把开支这个水龙头拧得很紧。只要是能够自己完成的，李斌总是叫一声“跟我来”，然后第一个冲上去，带领一帮人亲自动手。选矿厂建设的主体工程虽然对外承包了，但还有许多合同外的项目要做。李斌没有再请人，而是和他的同事们用自己的双手一件件做，一个个完成。那时双旗山金矿的几十名员工，一个个双手无不长满了厚厚的老茧。

主体工程完工后，生产设备也陆续从山东烟台黄金设备厂运来。当时，选矿设备从生产厂家运送到德化城关用的是大型货车，但从德化城关到双旗山就不行了。那时德化城关到葛坑的公路只有重丘四级标准，道路弯弯曲曲，虽然部分路段刚刚铺设了柏油路面，但大型货车仍然不能通行；从葛坑到双旗山金矿的道路更是不列级的乡村公路，大型车更是走不了。要把设备顺利运送到双旗山金矿选矿厂，唯一的办法就是换车。

当时换车的地点选在城关坪埔现双旗山黄金大厦门口。李斌没有请专业的搬运工，而是和大家一起装卸换车。选矿设备笨重庞大，装卸非常困难，李斌和陈志民个头高大，自然在承重最大的部位搬运。在搬运过程中，李斌的左脚小腿不慎被设备的尖角刮开了一道长十多厘米的伤口，鲜血直流。不得已，他只能让员工送到县医院作了缝合手术。刚缝合包扎完毕，李斌不顾医生和同事的劝阻，硬是忍着伤痛，叫来车子，又回到现场继续指挥装卸换车，尔后又随车进山组织安装。

第八章　风雨同舟济

考虑到设备的安装质量直接关系到设备能否正常运行和使用寿命，李斌还是想请专业安装公司安装。他让机修组与一家专业的安装公司打电话，让他们派出专业队伍来双旗山承担设备安装业务。

但没想到的是，接电话的业务员并没有把这个业务向公司领导汇报，而是偷偷揽了私活，临时叫来几个“老鼠工”，拼凑起所谓的“安装队”，来到双旗山签订了合同，对双旗山选矿设备进行安装。这些拼凑的“安装队”施工极不专业，安装过程发生了多个事故，出现了一系列问题。特别是他们在对球磨机基座进行定位时，测量误差太大，球磨机安装后，由于两边的轴承不在同一条轴线上，调试运转时轴承就发热，愣是后来怎么调整都没有效果。

从设备安装的那一刻起，李斌就一直坚守在安装现场，始终没有离开。他看出了问题，果断辞退了这个冒牌的“安装队”。

接下去怎么办？李斌想起了郭清水。郭清水是他在阳山铁矿的老部下，一个工作认真、业务精湛的机修厂厂长。李斌估计这回郭清水也该退休了，便设法联系了郭清水，说明了情况请他帮忙。郭清水此时真的已经赋闲在家，接到了李斌的邀请，很快就赶到双旗山。

一到双旗山金矿，郭清水就担负起了设备安装技术总监的角色。他看完图纸后，果断对设备的安装方案进行重新调整。在郭清水的指导下，李斌又亲自带领员工按照郭清水的指导对之前已经安装的设备拆开重装。

经过三天三夜的连续奋战，球磨机这个关键设备的安装、调试终于完成。李斌和他的员工们又共同度过了不眠的 72 个小时。虽然疲惫不堪，但当听到机器发出悦耳、匀称的轰鸣声时，他们都露出了灿烂的笑容。

设备安装完毕后，郭清水又第二次入伍，担任了双旗山金矿的设备顾问。

此后，其他设备安装，李斌和郭清水都带领员工亲自上阵。在李斌的带领下，一个个员工都表现得很好，没有一个员工讨价还价、计较得失，没有一个员工拈轻怕重、叫苦叫累。用李斌的话说，此次设备安装不仅节省了开支，还锻炼了队伍。

这是双旗山人首次以双旗山速度建设双旗山金矿：1995 年 8 月底，章功到双旗山近两公里的道路开通；8 月 25 日，完成电力外线架设；9 月 10 日，完成临时供水系统建设；10 月 30 日选矿厂土建工程完成，进入设备安装；10 月 10 日，开始采矿；1996 年 1 月 13 日，所有设备安装调试完成，开始试产。

从 1995 年 5 月份入驻双旗山，到 1996 年 1 月初试产，李斌和全矿员工披星戴月、风餐露宿，几乎就没有休息过，回城和家人团聚更是奢侈事了。如今，试产了，就更没有时间休息了，乙亥除夕是注定不能和亲人团聚了。因宿舍还没建设，全矿六十几号人仍然在既是宿舍又是餐厅的大统间打地铺，一人一位，李斌也不例外。

试产的设备调试还算顺利，很快就正常运转了，随着一车车矿石送入破碎机，一袋袋金精粉送往仓库，选矿后的尾矿通过管道输送到尾矿库，大家都沉浸在初战告捷的欢乐气氛中。

1996 年 2 月 19 日是丙子年的正月初一，因临近雨水节气，连续数日下着大雨。虽然在季节上已属于春天了，但一点春意也没有，天气奇冷。一些后勤管理人员在办公楼前的操场上燃放烟花爆竹庆贺新春，李斌、谢文清、陈志民和其他几位同志则先后到井下慰问一线职工，到选矿车间和员工一起操作机器。

近午时分，一位巡查的员工气喘吁吁地从尾矿库赶回来，向李斌报告说："雨太大了，尾矿被大水从尾矿坝中冲出，章功溪的水都变浑了！"李斌一听，知道事情重大。

那时，由于基建资金缺口大，尾矿库没有按照原设计方案对挡土墙进行混凝土浆砌施工，只用石块干砌。这样的施工方法如果没有遇到这样连续雨天，尾矿经过一段时间的沉积和压实便会凝固，也就不怕那些缝隙了。但现在天公不作美，尾矿刚往库里输送，就下了大雨，自然被山洪冲走。

李斌清楚地知道，章功溪的下游不远便是尤溪地界了，一旦大量尾矿冲入下游，有可能对生态造成一定的影响。如果下游地区借题发挥，小题大做，向上反映，不仅会增加许多麻烦事，而且可能危及金矿的生存和发展。

险情就是命令，李斌立即要求综合部根据预案把所有非一线生产人员集中起来。不一会，几十号人集中完毕，因为是新春第一天，包括李斌、吴金龙、谢文清、陈志民、吴清彬在内，大家在外面罩着雨衣，里面都穿着崭新的衣服。顾不了许多，大家扛起编织袋和锄头、铁锹，冒着寒雨向尾矿坝进发。李斌和陈志民个子高，大步流星走在前面，谢文清和大家则一路小跑追赶，须臾功夫，就赶到尾矿坝。

此时，从山上流下的几股雨水在尾矿坝处已经形成一条湍急的水流流向坝内，把这两天刚刚输送到这里还来不及沉淀的尾矿液冲走。这些尾矿液和雨水混合而成的泥浆从挡土墙的缝隙和两端流出，极有可能冲垮挡土墙，进而威胁着试产一个来月已经压实的尾矿库。

李斌声音大，他对人员进行了指挥和分工，有的到上游开引流渠，有的把尾矿装入编织袋，有的搬运，有的在挡土墙内侧加固防渗墙，包括吴金龙、谢文清、陈志民等一大帮人，忍受饥饿与寒冷，齐心协力，连续奋战好几个小时，终于把防渗墙砌好。这时候，每一个人都像泥人似的，新衣服也都成为泥衣服了。

老天就像是要和双旗山人过不去似的，从正月初二开始，潇潇春雨变成茫茫大雪铺天盖地而来。当天晚上，李斌在睡觉时感觉电热毯出问题了，越来越冷，还以为是内线出了故障，于是起床来到室外的配电盘处，借着窗外大雪的反光检查了保险丝，却发现保险丝还好好的。原来是外线不来电了。

那时，双旗山金矿的有线电话还没有开通，全矿只有李斌的一个“大哥大”成为大家的“公共电话”，当时铁钉山的信号发射塔也还没有建好，“大哥大”使用时要跑到山上选择适当角度才能收到尤溪的信号。李斌借着雪光，跑到平时打电话的位置，却没了信号，换了好几个地方，依然如此。李斌知道，附近的电力线路一定是被冰雪压断了。

没有了电，什么事情也办不成。

本来，德化属中亚热带海洋性季风气候，唐代就有人以“四季有花常见雨，一冬无雪却闻雷”的诗句来形容泉州一带，双旗山虽地处戴云山北麓，平时也极少下雪，因而电力线路设计的抗冰雪标准并不高。像今年这样先是持续下雨，接着又转而下雪结冰的极端天气实属罕见，至少也是几十年一遇。

天刚蒙蒙亮，李斌亲自驾驶着全矿唯一的一辆“北京”牌吉普车，带着谢文清、陈志民和陈文辉就往城关赶。从双旗山金矿到葛坑全是简易公路，一路泥泞，低海拔处冰雪不厚，车子碾过去后，雪水和泥浆混合就像抹上一层油，格外的滑。李斌便打开四轮驱动，以低速挡前行。当行驶到临近蓝田村的爬坡路段时，海拔变高了，冰层也更厚，吉普车在原处打滑，无法前行。无奈，李斌在车内驾驶，谢文清、陈志民和陈文辉三个人只得下车站在车后面推车。三人还未用上劲，因后轮高速转动而飞溅出来的泥浆已把他们全身镀了“金”。三人合力推车，车子离开打滑处，一溜烟往前冲去，三人皆因用力过猛，重重地扑倒在地上。此时，他们三人是从头到脚都被金色的泥浆裹满。

到了城关，几个人直奔德化县电力公司，反映了双旗山专线被冰雪压断造成全矿停电的情况，当时正在值班的电力公司副总经理李志清高度重视，当即安排人员、筹措物资，承诺尽快进山抢修。

从电力公司出来，四个人这才感觉到钻骨的冷，陈志民和陈文辉在城关有家，李斌先送他们回去换衣服，而谢文清那时还是单身，在城关没有居处，自然也没有换洗衣服了。李斌只得开着吉普车满城转。正月初三，在中国人的传统习惯里，还属于春节，虽然那时城关已经禁止燃放烟花爆竹了，但在城郊处鞭炮声还是此起彼伏，响彻云霄。人们串门的串门，游园的游园，聚会的聚会，大多服装店都关门歇业。转了好一段时间，谢文清才在南门的一间服装商店里买到了换洗的衣服。

中午时分，几人先后来到李斌在城里的家。李斌在德化县工商局工作的妻子早已经准备了丰盛的午宴，几个人都饿坏了，狼吞虎咽地吃了起来。接着，李斌又开了一瓶高度酒，大家又喝酒御寒。

正月初五，李斌一行陪同电力公司的抢修人员又进山了。李斌组织一帮人配合电力公司的抢修人员沿着线路巡查，这才发现，初二那场大雪过后，由于气温再降，转变为冰冻天气，由雪水和雨水凝结成的一串串冰柱悬挂在高压线上，许多电杆、电线不堪重负，电杆被压倒一大排，线路更是被拉断成几十截。穿过村庄和农田的路段则把不少村民的房屋、过冬农作物压坏。

李斌把双旗山金矿的人员分成两组，一组由谢文清带队配合电力公司抢修人员将倒伏的电杆扶正，对压断的线路重新架设。另一组由陈志民带队，沿路对损坏村民的农房、农作物进行登记造册，与农民签订赔偿协议。李斌除了带领机修人员对设备进行检修保养，还得两头跑，追赶进度。

这次抢修持续了十来天，直到元宵节，才竖起最后一根被压断的电杆，把最后一截断线接好，通上久违的电流。这十几天里，几十号人，白天在冰天雪地里作业，苦累不说，由于没电，晚上还要躺在冰冷的地板上睡觉，那份苦，在当代，是很少有人尝过的。

此后，又经过两个多月的调试和试运转，所有设备运转正常。1996年4月23日，柯德育和不久前刚到任的德化县人民政府县长许昆贞在双旗山金矿选矿厂的设备前庄严宣告："福建省双旗山金矿正式投产！"

这是福建省有史以来第二个规范化开采的金矿及其选矿企业。此前的闽侯金矿建矿于1991年7月，储量少、规模小，日处理矿石仅25吨，年产含量金仅30.9kg，且因资源匮乏，运行不久即关闭；上杭的紫金山金矿那时才刚刚筹建，尚未投产。

面对如今的成就，所有经历过风风雨雨的双旗山人都欢欣鼓舞，流下了激动的泪水，双旗山顿时成为一片欢乐的海洋。双旗山金矿投产的消息同样传遍了八闽大地，省地矿系统、省黄金公司这些为福建的黄金事业踏遍千山万水、尝尽酸甜苦辣的人们无不流下激动的泪水。

第九章　老将出齐鲁

李斌则无暇加入到欢乐的人群中，送走了两位领导，他来到选矿厂察看生产情况，思考着下一步的打算，又回到办公室。

正在这时，浙江苍南井巷工程公司总经理朱良哈走进李斌办公室。这个由招标进入负责井下巷道采挖和掘进的工程队是一个有着丰富井下黄金采掘经验的专业队伍，此前曾在山东招远的多个金矿承包井下工程。朱良哈在办公室坐下后，脸色有些黯然，说："李矿，民采和盗采使井下地质情况发生了很大变化，以前的设计方案必须修正。我们进场后技术人员就对662中段的资源情况进行详细的调查，我也进行认真核实，根据我们多年的硐内工作经验，这里的储量只够开采半年左右，也就是说到今年年底，662中段的采掘就将结束。"

根据山东烟台黄金设计院的设计方案，662矿段的储量可供开采两年以上，如果储量真实就能让刚刚成立的矿山有足够的时间和精力寻找替代矿源。但这个变化实在太快，使李斌及其刚刚成立的双旗山金矿猝不及防，采矿形势陡然变得异常严峻起来。如果在这半年时间内找不到新的矿脉，选矿厂就要面临无米之炊的局面，整个企业就要停产。

李斌立即叫来总工程师何建忠、矿长助理兼生产科长的吴金龙、综合部主任谢文清、供销科长陈志民，以及井下工程师宋开族、谢乐华、方进国、何明珠等人，和朱良哈一道开"诸葛亮会"，商量对策。

宋开族说："我们在好几个矿段都开展了工作，同志们勘探真的是很努力了，但由于大家以前都没有接触过金矿，只是从书本上学，还没有取得效果，症结还是经验不足。”

何明珠说：“我在一个民采的旧硐发现有一些东西，但是把握不准，我觉得还是需要大家多交流，多沟通，集思广益，几个人一起分析，可能就解决了。”

何建忠本来是省黄金公司的总工程师，其特长是选矿设计，对井下工作虽不是十分熟悉，但毕竟见多识广，说：“好几位同志都向我反映井下有一些东西，但都没有太大把握。我们现在遇到的主要问题是缺乏有经验的井下工程师，凡事都求人，求工程队，这不是好办法。我看应该设法多引进几位懂行的人，问题就解决了。此外，我们也不能只把目光盯在662矿段，其他矿段的工作也要加大工作力度。”

陈志民说：“我赞同何总工的意见，多找几个突破口。但是引进井下工程师也不是一朝一夕的事，要面对现实。我相信实践出真知这个道理，民采时期虽然有很多盲目性，但也锻炼了一批经验丰富的人。我建议是不是能够吸收一些有民采经验的人，为我们找矿，然后再对其他矿段的民采硐进行重新编录，找出新矿脉。”

谢文清说：“我看也可以请朱总根据几个月来的井下经验，为我们的井下工作把把脉，提一些建议。”

李斌听完大家的发言，说：“刚才大家的意见建议都很好，下一步主要抓好以下几项工作：一是要把工作重点放在井下，充实井下地勘人员，对双旗山的黄金资源进行再勘探、再摸索、再认识；二是由综合部负责物色有经验的地勘科技人员，采取招聘或请进来的办法解决有经验的井下工程技术人员不足的问题；三是不能顾此失彼，选矿厂要加强制度建设，建立良好的管理机制。”

会后，矿务会对工程技术人员分工进行了调整，由总工程师何建忠直接负责地质工作，并把吴金龙、宋开族、方进国、谢乐华、何明珠分到地质组，对双旗山的地质情况进行重新勘察。为了吸收民采的经验，矿里还物色了几位参加过民采的当地农民进山入硐帮助找矿。

何建忠、宋开族等几个人一方面对地质部门的勘探报告进行重新研读，加深认识；另一方面，花费大量的人力物力对民采巷道进行编录、整理，补充了勘探时遗漏的矿体。

双旗山的地质工作在艰难地摸索着、前进着。

正当双旗山金矿的各项工作有条不紊地推进的时候，谁也没想到总工程师何建忠却倒在了工作岗位上。

事情的经过是这样的：何建忠本来就有心血管病史，按说不宜过于劳累。但作为矿里的总工程师，他一直为储量问题而殚精竭虑。1996 年下半年，他又和宋开族等地质人员一道为双旗山增储问题深入井下各个民采硐调查研究，作做大量的工作。当年年底，何建忠到德化城关出公差，突发心血管疾病，送医时已不治，丢下未竟事业，不幸去世，年仅 55 岁。

双旗山金矿为何建忠举行了简单而又隆重的遗体告别仪式，李斌和双旗山金矿的同事含泪送别这位把一生都献给黄金事业的湖南籍总工。

何建忠辞世，技术总管的位置出现空缺，这对于新建的矿山来说是一个巨大的损失。

斯人已去，后继谁人？

一个山东大个的形象在李斌的头脑瞬间闪过，他想起了曲宝观。一年前，双旗山金矿的井下开采方案由具有国家一级设计院资质的山东省烟台黄金设计院设计，具体负责设计的项目负责人就是该院的副总工程师曲宝观。曲宝观在工程设计时多次来过双旗山，他渊博的专业知识、丰富的设计经验、严谨的工作作风给李斌和双旗山金矿的同志们留下深刻的印象。李斌曾听曲宝观说过他很快就要退休了，现在，双旗山金矿的总工出现空缺，能不能把曲宝观请过来呢？

李斌本来就留有曲宝观的联系方式，就给他打了电话，表达了请曲老再次出山的意思。曲宝观此时真的已经退休在家休养，他和李斌也已经有了几次接触，对李斌亲力亲为、豁达豪爽的性格也很赞赏，就接受了李斌的邀请，不日就来到双旗山。

曲宝观一到双旗山，立马就进入状态，和同事们打成一片，投入到紧张的工作中。同事们发现，这位一米七几的个头、身材魁梧、皮肤微黑的总工程师，讲话声音不大，很容易与人交流沟通，从来没有看过他摆出总工程师的架子，也从来没有看到过他生气的样子，是一位和蔼可亲的前辈。虽然他因为腿脚不好，平时不喜欢串门，但不论是矿领导，还是地质工作者，甚至一线工人，找他汇报或请教工作，他都认真倾听，并且用让各种对象都听得懂的语言来解答。

为了了解矿山的地质资源情况，曲宝观克服腿脚不便的困难，深入井下井上各个地方，对双旗山一带的矿产资源情况进行摸底调查，同时通过座谈，对双旗山金矿的总体情况，特别是工程技术人员的情况进行了全面了解。几天后，曲宝观也觉得，双旗山金矿现在的薄弱环节还是地质和井下，还是要继续加强这方面的队伍建设，于是向李斌推荐了山东地质六队的两位地质工程师，一位叫李爱民，一位叫杨之利。

李斌本就求贤若渴，听到曲宝观的推荐，便让他尽快联系。

不久李爱民、杨之利二人也来到了双旗山。

曲宝观和李爱民、杨之利对宋开族等几位地质人员对民采硐的补录材料进行认真分析，对地质资料重新研读，对井下的民采硐进行全面勘察，发现了新的黄金矿脉，又对以前的设计方案进行修正，双旗山地质找矿和井下生产的局面就此初步打开。

目标是个人、部门或整个组织所期望实现的成果，没有了目标就没有了希望。一年前，李斌提出“少投入，快产出，多产出”的建矿目标，如今，勘、采、加一条龙的企业初步建成。下一步，进入正常生产状态的企业要确立什么目标呢？李斌经过认真思索，又提出了“建一流企业，出一流人才，创一流效益”的目标，通过三个“创一流”，力图把企业的核心价值观树立起来，把双旗山人的精气神凝聚起来。

制度建设也在抓紧进行。俗话说，创业难，守业更难。新建的企业，特别是黄金企业，如果没有建立起完善的管理制度，包括外管和内控制度，很快就可能面临土崩瓦解的局面。为此，在企业管理方面，李斌提出了“简单机构，系统计划，执行有力，严格考评”的总体思路，建立起“以财务计划管理为中心，以基础管理为重点，以综合考评为手段”的一系列管理体系。

新的工作安排妥当以后，接着，就是认真抓好落实了。很快，生产调度、日常管理都走上正轨，整个企业开始以满负荷的状态运转，选矿厂日产 50 吨的二系列生产线也动工兴建。当年 5 月，生产出价值近 200 万元的第一批黄金产品；10 月，建成二系列生产线。到年底，累计处理矿石 3.68 万吨，生产金精矿 1450 千克，产出黄金 160 千克，完成产值 1316.8 万元，实现税利 165.7 万元，实现可分配利润 110 万元。

第十章　千里售黄金

经过几个月的制度建立、磨合和完善，双旗山金矿的运行基本走上了正轨。李斌和他的团队又在筹划新的举措了。他们在考虑新建两个项目，一个是筹建黄金冶炼厂，一个是筹建邱村金矿。

先说筹建黄金冶炼厂的事。地下矿石采掘出来后，经过多级破碎、球磨，使用泡沫浮选法，进入梯级浮选池浮选。这种浮选法起源于一个世纪前的澳大利亚，是利用矿物表面的物理化学性质——疏水性的差异来选分矿石的方法，适用于选别 0.5mm 至 10um 的金矿粒，是选金生产中应用最广泛的一种选矿法。但是，浮选过程中泡沫包裹着的不仅有黄金，也有其他杂质。经过浮选法生产出来的产品叫金精矿或金精粉，每吨只含 70 克左右的黄金。这些金精粉须再经置换和冶炼加工，才能得到高纯度的黄金，整个产业链才算闭合。

当时福建及周边省市都没有黄金提纯企业，因此这些金精矿得送到诸如河南、山东等遥远的黄金冶炼企业加工。

据李斌回忆，1996 年 5 月，第一批金精矿生产出来后，卖到哪呢？李斌和陈志民想了很多办法，都行不通。后来他们想到了上级部门——省冶金厅和省黄金公司，便请他们帮忙联系。省黄金公司就联系到了河南中原黄金冶炼厂。

河南中原黄金冶炼厂位于三门峡市，是中金黄金股份有限公司的直属企业，也是中国黄金工业支柱企业，是当时中国最大的专业化黄金冶炼企业之一。

因为是第一次销售金精矿，李斌特别重视，怕普通车辆路上遇到麻烦，便和德化县公安局新任局长谢永强联系，请求为双旗山金矿的保卫科配备警用车辆。

谢永强很支持，立即申请了一辆“桑塔纳”牌警用轿车的指标让双旗山金矿保卫科购买。这在当时也符合政策规定。

递交申请，办理手续，等待审批，到省厅接车……半年后，车辆接回双旗山金矿，李斌立即安排供销科科长陈志民和保卫科的三位同志用该车专程押送金精矿。

那时路况不好，堵车是常有的事，几个人用了好几天的时间，行程千余公里，才来到位于三门峡市的这家黄金冶炼企业。

然而，这家国有老大，根本就没把这一点金精矿看在眼里，推三推四，嫌这嫌那，就是不愿意收购。陈志民费了许多周折，也没能谈妥购销事宜。

总不能把金精矿又运回德化嘛，陈志民心有不甘。经多方打听，陈志民找到了这个企业的一位好心的中层领导。这位中层领导建议陈志民一行可到山东莱州试试，并帮助陈志民联系了对方。

从三门峡到莱州又是1300多公里，又是一路奔波，日夜兼程，陈志民一行来到了莱州。在莱州，陈志民终于和山东莱州黄金冶炼厂的领导达成了成交协议。

但这也是一家国有企业，“老大”的脾气也不小，在提取货款时又遇到了麻烦。

陈志民便在酒店安排宴请该冶炼厂的领导和相关人员。为了尽快拿到货款，陈志民二话没说，拿起大杯就喝。一杯接着一杯，一碗接着一碗，陈志民一口气喝下了许多白酒，直到喝得晕头转向趴下。第二天，陈志民一行终于如愿拿到了该矿179.8万元的汇款转账支票。

虽说近一个月的一路劳顿，再加上过量地敬酒头还在隐隐作痛，但拿到支票的那一刻，陈志民还是异常欣喜，立刻打电话向李斌报告。

山东人也喜欢结交朋友，看到陈志民为人豪爽义气，便与陈志民相互留下联系方式。

就这样，他们不仅成了好朋友，双旗山金矿也和莱州冶炼厂建立了长期的合作关系。通过莱州黄金冶炼厂的朋友，陈志民又与烟台黄金冶炼厂取得了联系，也建立了业务关系。此后，双旗山金矿与这两家企业相互支持，相互配合，合作得非常融洽。在德化的黄金冶炼厂投产之前，双旗山金矿生产的金精矿全部通过火车发运到山东的莱州冶炼厂或是烟台冶炼厂加工。

但是，金精矿不是普通商品，发货不能一发了之。按规定包装完毕后，要由供销和保卫人员专程押送到当时距离德化最近的永安火车站托运，再派出供销人员到山东的就近火车站接货。接到货物后，再送到莱州或烟台黄金冶炼厂，先后经过取样、制样、过磅、化验、结算，这样送货的程序才算完成。这种送货加工的办法，不仅要花费大量人力物力，黄金冶炼的收费也很高。早期没有条件时，作为权宜之计尚可，但长此下去，必然影响整个黄金矿业的效益。在德化建设黄金冶炼厂对当时来说是势在必行。

再说邱村建矿的故事。邱村金矿自 1993 年被发现以来，虽然较少有外县盗矿团伙的干扰，但面临的问题同样严峻。

虽然探硐经过发包，同时向洗金机收取管理费，但粗放采掘、加工造成的资源浪费是那些收入无可比拟的；良莠不分、鱼龙混杂的人员集聚，不可避免地产生弱肉强食的丛林法则，黑社会活动猖獗；发包式的管理，监管难以到位，安全生产责任制难以落实，伤亡事故频发；个别被派到矿区的干部难以抵挡金钱的诱惑，被拉下水……

面对这些情况和问题，省冶金厅领导和许昆贞县长形成了一致的意见，就是要撤出民采队伍，抓紧组建正规的矿山企业。

李斌向省、县两个主管部门汇报关于筹建黄金冶炼厂和组建邱村金矿的想法，获得省冶金厅、省黄金公司领导和许昆贞县长的肯定。许昆贞指示李斌要抓紧做好前期准备工作，他将适时召开现场办公会。

李斌立即安排谢文清和陈志民开始这“一厂一矿”的筹建前期准备工作。他们安排人员进行了可行性研究和建设方案设计，对工艺路线进行了科学论证，并进行初步选址；和双旗山金矿的各个股东进行沟通，得到大部分股东的认可，承诺投资；股东的组成和股份的比例安排，也很快拟定出了初步方案；人才也是个问题，邱村建矿问题不大，经过双旗山金矿建设，技术储备能够满足，但黄金冶炼厂建设，还得考虑引进人才。

但在邱村金矿的建矿问题上，征求意见时还是遇到一些不同意见，主要还是担心一旦停止了民采发包，影响县乡财政收入。

李斌提出，那就先划出一块地方建矿，等条件成熟，大家都认可了，再扩大到整个矿区。这样，有意见的同志也没话说了。

就这样，两个项目的建设计划摆上了议事日程。

1997 年 6 月 20 日上午，许昆贞召开了开办葛坑黄金冶炼厂和邱村金矿工作的现场办公会，并形成了两份会议纪要。

在召开创办葛坑黄金冶炼厂的会议上，确定由省黄金公司与德化县国有资产投资经营公司合股创办，省黄金公司占 45% 的股份，德化县占 55% 股份（其中所在乡村占全部股份的 20%），概算资金 500 万元，设计生产能力为日加工金精矿 20 吨，各股东的资金必须在 8 月至 10 月到位，并于 1998 年 2 月前投产。为加强对筹建工作的领导，决定成立葛坑黄金冶炼厂筹建工作领导小组，省黄金公司总经理柯德育任组长，副县长张华南任副组长。

在召开创办邱村金矿的会议上，同样采用了省黄金公司与德化县合股创办的形式，确定省黄金公司占 30% 股份，德化县占 70% 的股份，概算总投资 800 万元，设计生产能力为日处理矿石 100 吨，股东资金同样规定在当年 8 至 10 月到位，计划 1998 年 2 月前投产。同时成立筹建工作领导小组，副县长颜呈灿任组长，李斌任副组长。

两个新办企业的工商登记也很快完成，名称分别是福建省德化县黄金冶炼厂和福建省德化县邱村矿业有限公司。由于这两个企业都由福建省双旗山金矿的经营团队统一管理，在管理层次上，确定把这两个企业的负责人按照企业中层配备。

两个办公会的亮点，在于破天荒地通过省公司和县领导担任筹建组组长，把企业行为上升为上一级机关的意志，为工作的推进减少了不小的阻力，足见许昆贞在发展经济方面的良苦用心。

第十一章　护矿警钟鸣

双旗山金矿依法成立后，盗矿分子的嚣张气焰并没有被彻底压下去，有时反而有愈演愈烈之势。特别是一些外县的盗矿分子，更是疯狂到了无以复加的程度。

经过多年的盗采滥挖，双旗山附近区域形成了盗采、加工、销售的完整产业链，这个产业链的每一环都聚集着一帮看似非常“专业”的人群，这些人都不希望利益旁落。特别是在临县的一些区域，已经被黑社会性质的团伙所把持、控制。在这种状况下，护矿与盗矿、执法与抗法、正义与邪恶的交锋不可避免。

双旗山金矿自开始大规模建设以来，大部分人员都到建设、生产一线，全员护矿的时代已经过去，护矿任务基本落在了吴金龙、谢文清前后两任保卫科科长身上。虽然这期间，矿里也招收了一些保卫人员，如武警部队的一些退伍军人。但面对敌强我弱的局面，保卫工作还是开展得相当艰难。

为了强化护矿工作，李斌决定，从自己做起，建立矿领导带班巡逻制度。从此，矿综合部对矿领导进行巡逻排班，确保每一班都有一个矿领导带班。有时虽然不是李斌的班，但只要有空，他便主动带队巡逻。

个头高大的李斌在巡逻中也时常遭遇盗矿分子。起初，这些人还不认识李斌，照样玩起了伎俩，有时仗着人多，有时仗着占据有利地形想和护矿人员玩玩。但李斌是兵来将挡、水来土掩，遇到盗矿团伙围攻动武，李斌就带领同事举起木棒和他们搏斗，时常还把盗矿分子抓回移交公安机关。遇到盗矿分子围攻谩骂，他就用大嗓门和他们论战，不论遇到何种情况，李斌所带的护矿队总能完胜。慢慢地，李斌成为盗矿分子的梦魇，遇到李斌带班巡逻，盗矿分子唯恐避之不及。

一天，李斌在看新闻的时候看到一则关于武警边防部队使用警犬陪伴巡逻边防线的报道，给了他启发：我们双旗山金矿能否也养几只警犬用于护矿呢？

李斌立即和县公安局局长谢永强挂电话，说明意图。谢永强表示可以先了解一下，随即与上级公安机关以及省警犬育种场取得了联系。

不久，上级公安机关批准了在双旗山金矿保卫科配置一对警犬的申请。双旗山金矿便从省警犬育种场带回了一对警犬。然而，等警犬被带到双旗山金矿一看，那警犬只有四五个月大，还属于子犬。去带警犬的保安说，这个子犬刚开始训练，大约还需要一年的时间才可以训练成为警犬。

艰难的护矿还得继续。

据当时担任保卫科副科长的吴清彬回忆："由于双旗山地下矿硐仍然处于联通状态，盗矿分子从尤溪一侧进入盗矿的事经常发生，遇到我方人员少的时候，他们就公然抢矿。"

这些盗矿分子还搞出许多鬼名堂阻扰我方巡查。比如，他们经常在矿硐内一些积水处倒入硫酸、盐酸等强腐蚀性液体，或者在水中放入铁钉、碎玻璃。起初，双旗山金矿的巡逻人员没有防备，巡查时脚经常会被烧伤、戳伤。发现后，巡逻人员不得不穿上厚底的防腐蚀的高筒胶靴巡逻。

护矿人员在巷道巡查时，也经常会遭遇盗矿分子扔过来的点了导火索的炸药包，而我护矿人员除了躲避，能够使用的武器，只有木棒以及经公安部门批准配备的警用烟幕弹了。

1996 年年底，井下挖到品位较高的矿石，走漏风声，被盗矿分子知道了。一个月黑风高的夜晚，夜班的工人人数较少，一个由十多人组成的盗矿同伙蜂拥而上，将几位采矿工人掳去当人质，还把几十吨高品位的矿石洗劫一空。完事之后，他们才把人质放回。

这次被抢，再次引起了李斌的高度重视，他立即部署了应对措施。从此以后，要求井巷公司在挖到高品位矿脉后要及时报告，保卫科要根据实际情况增派人员，加强警戒，日夜守护。李斌等矿领导也亲自带班到井下护矿。这个制度一直延续了十多年。

由于未给盗矿分子致命性打击，双旗山金矿的被动护矿往往被误以为是软弱可欺。

也是 1997 年的一天，从武警部队退伍进入双旗山金矿保卫科当保安的张佳尧和另外一位同事一起在井下巷道进行日常巡逻，当来到井下深处时，遇到盗矿分子正在盗矿。

责任使然，血气方刚的张佳尧对盗矿分子严词斥责，指出矿山资源受法律保护，这是双旗山金矿的矿区，盗采是违法行为，劝其尽快离开。

盗矿人员见护矿队员只有两人，不仅不离开，仗着人多势众，把两人围了起来，对他们进行拳打脚踢，把两人打成重伤，瘫倒在地。残忍的盗矿分子还不罢手，他们竟拉住两人的双脚，在满是石头的崎岖巷道内将二人强行拖到邻县境内的盗矿分子的据点，继续用烟烫、针刺等及其卑鄙的手段进行虐待。

矿里的同事发现这两名护矿队员失踪后，便派人四处寻找，最后打探到二人被盗矿分子抢走的消息，急忙报告李斌。李斌立即与德化县公安局局长谢永强报案，谢永强也在第一时间与邻县公安局协调，直到次日下午，已经奄奄一息的两人才被放回。如今，两人后背仍然留下一道道伤疤。

面对这种情况，省黄金公司和双旗山金矿通过各种渠道呼吁关注矿山生产环境及盗采问题，德化县领导也与邻县进行了多次沟通，但是，效果都不大。县政府再次将这些情况写成报告向泉州市人民政府反映，泉州市人民政府向省里转报了这些问题，请求协调解决。张志清副秘书长看到报告后，在报告上作出了批示。

1997 年 5 月 25 日，根据张志清批示要求，省地矿厅江敦岚副处长召集了相关县地矿局领导和福建省双旗山金矿领导，就双旗山金矿护矿的有关问题进行协商，并形成了会议纪要。

会议要求，由相关县地矿局组织护矿队伍，负责对护矿界内金矿区的护矿工作。同时，由相关县地矿局牵头，福建省双旗山金矿配合，于近期对现有的采矿硐进行永久性封存，其经费由福建省双旗山金矿负责支付。

鉴于双旗山金矿护矿工作任务重，难度大，必须组织护矿队进行长期护矿，福建省双旗山金矿同意每年支付给相关县护矿经费 15 万元。

第十二章 司长到矿区

为了引起各级领导特别是高层领导的重视，改善企业发展环境，李斌和省黄金公司的领导开始向各新闻媒体反映双旗山多年来存在的滥采乱挖和盗矿问题，并邀请记者来到双旗山。许多新闻媒体也非常关注双旗山，纷纷派出记者到现场采访。

一天，福建电视台经济频道主持人王小萍和摄像记者在防火带邻县一侧采访。让这些见过无数世面的记者们没有想到的是，在他们采访临近结束时，这两位“无冕之王”也遭到了盗矿分子的围攻，就连摄像机也被他们抢走。不得已，他们只能选择迅速报警。接到媒体记者的报警后，邻县的公安干警赶到现场，但那些盗矿分子还是继续无理蛮横纠缠。后经公安人员全力追讨，记者的摄像机才得以追回，但在现场拍摄的影像资料早就被盗矿分子删除。

旧的问题没有解决，新的矛盾又产生。不久后的一天，邻县一侧的一群人在村干部的带领下，来到双旗山金矿，声称双旗山的权属是他们的，并留下一份所谓的“证据”，要求双旗山金矿停止生产。他们还把这些“证据”送到省市县民政部门。所谓的双旗山存在“权属纠纷”的问题就这样粉墨登场了。

实际上，德化在闽国龙启元年（933 年）建县，后在南唐保大七年（949 年），南唐政权便析出邻县的常平、进城（即包括现在的葛坑镇）二乡归德化县管辖。此后，虽然也有些买卖、婚嫁等细微变动，但德化县和邻县的地界早已固定，德化县对于双旗山南侧一带拥有无可争辩的土地权属。

但是，有了“权属纠纷”这个借口，山北的盗矿分子胆子更大了。他们明目张胆地把矿硐对着双旗山金矿的生产采场掘进，并很快被打通。他们一路疯狂地盗矿、抢矿，被盗被抢的矿石无数……

双旗山金矿的生存又一次受到严重挑战。

且说福建电视台主持人王小萍和摄像记者二人取回摄像机后，在公安机关的保护下，又补录了盗矿团伙盗采滥挖的影像，加上被盗矿分子抢走摄像机的事实，制作了一个长篇报道节目，在福建电视台经济频道的《法制天下》栏目播出，引起了社会各界的强烈反响。

比这个报道反响更大的，则是一份内参。

当时，《福建日报》文字记者连素清也来到双旗山采访。她不露声色，走硐口，入矿井，看盗采现场，听双旗山金矿的同志控诉，也与盗采分子对话。回去以后，连素清根据采访情况写了一份反映双旗山金矿遭严重滥采乱挖，严重影响合法矿山正常生产情况的内参，题目叫《福建双旗山金矿遭掠夺野蛮开采》，在《人民日报》1996年10月31日的内参《情况汇编》上登出。

时任中共中央政治局委员、国务院副总理的邹家华看到内参后，高度重视，在内参上批示：“请地矿部及福建省领导参阅查处。应该认真贯彻制止乱采滥挖的要求。看来关键在县领导。”

邹家华批示后，引起了时任福建省省长贺国强的高度重视，立即签批给时任福建省副省长的施性谋，要求制止这种乱采滥挖的行为。

施性谋主持召开了协调会，要求省地矿厅及各地各部门全力做好这项工作。

国家地矿部接到邹家华的批示后，立即派出矿管司司长毛德荣赴闽处理此事。

毛德荣一行一到福建，便来到双旗山矿区进行调查。

尤溪县一方在得到国家地矿部派人来矿区调查的消息后，有人提前通风报信，这些盗采硐主就把这些盗采硐口用树枝、木板或者石头隐蔽起来，想瞒天过海。

毛德荣一行到了矿区，先从邻县肖坂村上山。德化一方派出了吴金龙和何晓辉等人到两县交界处迎接毛德荣一行。

检查团一行在山北一侧查看时，看到那些盗采硐口有的用树枝掩盖，有的用木板和松土遮档，而山脚下的洗金机、球磨机还在隆隆作响，这些当然都没能瞒过见多识广的检查团成员的眼睛。

何晓辉便用照相机把这些情况拍了下来。当地的人员发现后，当着毛德荣和检查组的面抢走了何晓辉的照相机。吴金龙和何晓辉据理力争，但他们仗着人多，就是不归还。毛德荣和检查组同志实在看不下去了，便严词责令他们立即归还照相机，他们才不得不归还，但胶卷已经被他们取走。

看完山北一侧的情况，毛德荣一行又来到双旗山德化一侧检查。德化这边除了双旗山金矿依法建设的硐口，那些民采硐早已经封堵，洗金机和浸池也全部拆除或者封存。这与另一侧的情况形成了鲜明的对比。

毛德荣一行察看了两县的开采现场后，在双旗山金矿食堂听取了两县的工作汇报，后又从山北一侧回到福州向福建省政府通报，并向地矿部汇报。

不久，省政府召开了双旗山金矿盗采滥挖问题联合协调会。会议由省政府副秘书长张志清主持，省直有关部门领导、相关县的党政主要领导及分管领导、双旗山金矿的李斌矿长参加了会议。

德化县这方在选派参加协调会的人选时，当时的县委书记李建国和县长许昆贞按照要求出席，但对参会的分管领导人选进行了慎重的考虑。由于当时的分管领导是上级派来挂职的同志，对一些具体情况不可能像本地成长的同志那样清楚，最后确定由时任县委副书记苏荣蹯参加。苏荣蹯曾担任过葛坑乡的乡长，对葛坑的情况比较了解，而且头脑活络，口才好，又经验丰富。

协调会上，张志清传达了邹家华副总理和贺国强省长的重要批示精神，省公安厅、冶金厅、环保厅的领导分别对矿山整治提出意见，张志清副秘书长还根据省领导的指示，要求两县思想要高度统一，要强化认识，强化整治，为正规合法企业福建省双旗山金矿的发展提供良好的外部环境。会议还根据省领导指示，决定由省政府牵头，组织力量对双旗山的矿山秩序进行全面整治。

期间，针对“山界权属纠纷”的问题，许昆贞、苏荣蹯早有准备，在会上展示了当地农民土地权属证明等相关证据，据理力争，占据了主动地位。

经过一年的训练，一对警犬完成了“学业”，毕业出师，派上了用场。当警犬第一次出现在井下，带着驯犬员冲向盗矿分子的时候，所有盗矿分子都丢下盗矿工具，落荒而逃。警犬在地面上护矿巡逻更具有威慑性，有些盗矿分子看到高大凶猛的警犬十分害怕，往往远远看见就唯恐避之不及。从此，盗矿团伙只要听到警犬的声音，便闻风逃窜。有了警犬参与护矿，就像多了杀手锏，多了一个克敌制胜的手段。不久，争气的母犬还生下了12只小犬。

然而，使用警犬也有局限性，一名驯犬员可以训练和使用一至两头警犬，而一头警犬在一段时期内只能属于一名带犬人员，不能同时属于两个或两个以上带犬人员。驯犬人员和警犬也都要吃饭、训练、休息，不可能二十四小时不间断工作，也不可能巡遍井下长达上百公里的巷道。这仍然给盗矿分子有可乘之机，他们继续和护矿人员玩老鼠和猫的游戏。

1997年初，山北一侧的陈友进盗硐贪婪地延伸到了双旗山金矿13Au主矿脉采场，盗矿的黑手也伸向了这里。一天，护矿人员带着警犬例行巡逻守护，一个狡猾的盗矿分子听到警犬声，就用由半截炸药和雷管、导火索做成的简易爆炸装置点燃扔向警犬。警犬被爆炸声吓得步步后退，不肯前行。护矿的同志只得打催泪弹把数十名盗矿分子赶走，并以最快的速度用沙袋和废钢钎焊死封堵硐路。但护矿人员一撤走，盗矿人员又用炸药把封堵设施炸坏，又继续越界盗矿。

1997 年 6 月底，双旗山 587 中段采场发现高品位矿脉，一些盗矿分子虎视眈眈。为了加强护矿力量，李斌联系了德化县武警中队，请求支援。武警中队派出 5 名战士来到双旗山金矿参与护矿。

正值香港回归前夜的 6 月 30 日晚，家家户户都在电视机前观看迎回归精彩晚会。吴金龙带领保卫人员和武警战士来到 587 中段值守。当时，通往 587 中段的盗硐有一个深达半人深的积水坑。为了迷惑盗矿分子，吴金龙安排人员在积水坑中放入高锰酸钾，使积水的颜色变成吓人的紫红色。但是，双旗山金矿井下作业的爆炸声一停，三十几个手拿编织袋的盗矿分子根本不顾及是否有人值守，也没在意积水坑颜色的变化，仍然涉水蜂拥而至，冒着浓浓的烟雾纷纷捡拾高品位矿石装入各自的编织袋中。吴金龙大喝一声，带着护矿人员和武警战士冲向盗矿分子。但这伙人有的负隅反抗，有的抱头鼠窜，有的坐地求情……经过一番搏斗，护矿人员当场抓获其中的 5 人移交公安机关依法处理，其余的人则趁乱逃脱。

饥饿的豺狼比饱食的豺狼更为凶残。也许是盗矿分子感觉到为所欲为的日子不多了，也许是他们背后有高人撑腰，也许是他们低估了政府整治矿山的决心、信心和恒心，国家地矿部检查组回去后，这些盗矿分子又是变本加厉、肆无忌惮地进行着最后的疯狂。不久，又发生了两件令人震惊的恶性事件。

第一个事件是劫持和伤害人质事件。

事件的经过是这样的：1997 年春夏之交的一天，保卫科的护矿人员陈福建在矿硐巡查时与其他护矿人员走散，遇到多名盗矿分子。盗矿分子见陈福建只身一人，仗着人多，把陈福建劫持到邻县境内关押了起来，又组织人员轮番对陈福建进行殴打，陈福建的肝肺等脏器三分之一以上被他们打烂。此后，他们又极其残忍地用挖金锤敲击陈福建手臂，致其断成三截，生命垂危。

好在矿里及时发现陈福建失踪，通过公安局沟通协调，陈福建被解救出来，并被迅速送往德化县医院抢救，才得以保住性命。

另一个事件则是暴力抢走盗矿犯罪嫌疑人事件。

1997 年 7 月 2 日上午，一群盗矿分子从北山一个被称作“树头硐”的盗硐进入双旗山矿硐盗抢矿石，被双旗山金矿的护矿人员发现，当场抓获一人，扭送到位于双旗山选矿厂办公室的县公安局警务站。中午时分，警务站站长刘清奇和另一名警察陈敦假加班对该犯罪嫌疑人依法作询问笔录。此时，北山的盗矿团伙竟然纠集一百多号人，手持棍棒、斧头、金锤，闯入双旗山金矿，见人就打，见东西就砸，然后窜入警务室，打伤警务人员，抢走犯罪嫌疑人。至今，刘清奇的左眼角还留下伤疤，该眼视力下降至近乎失明状态。

从此以后，李斌认真总结经验教训，提出要继续保持全员护矿的传统，只要护矿工作需要，除了当班的选矿人员，其他人员一律随叫随到，全民皆兵。

许昆贞担任县长以来，高度重视双旗山金矿的稳定、建设和发展，多次深入到矿山巷道，了解双旗山金矿的生产建设情况，也目睹了盗矿分子的疯狂行为。他主动和邻县的主要领导进行沟通。当时邻县的新任县长是他在省委党校培训时的同班同学，曾表示要加强整治、强化管理。沟通后，矿山秩序的确也有短时间的相对好转。但过不了几天，盗矿分子受强烈的利益驱使又铤而走险，越界盗矿抢矿行为很快又回潮。

第十三章　收网大整治

1997 年 8 月 14 日，根据省政府的部署，省政府副秘书长张志清、省地矿厅副厅长姜玉志带领省地矿厅和省公安厅的执法人员进驻福建省双旗山金矿。

山北一侧，应省里的部署，邻县公安局对该县肖坂一侧的盗硐区域也进行了警戒。

德化这一边，根据许昆贞的提议，德化县从公检法机关和武警部队抽调 100 多号人马整装待发。这一次，反倒是德化这边有人犹疑不决了。由于怕发生意外事件，有些领导有一定顾虑，临行前还提出异议。

许昆贞力排众议，亲自在城关坐镇指挥。县公安局局长谢永强则率领着这 100 多号人的队伍分乘十多辆车，雄赳赳、气昂昂地来到双旗山，配合省综合执法队进行综合执法。

当晚 11 点左右，根据张志清和姜玉智的统一安排，谢永强任德化方面的执法前线总指挥，兵分三路推进。在省、县执法队伍混编后，第一路由吴金龙带路，德化县公安局巡警大队大队长陈国兴带领的执法队伍从两县交界的山顶防火道处进入山北一侧的陈友进硐（此硐直通双旗山采矿场）；第二路由陈志民带路，执法人员从双旗山 13Au 矿段 587 硐口进入，与从山北一侧进入的第一路队伍会合抓捕；第三路由谢文清带路，让执法人员守住 587 硐口和 622 硐口，防止不法分子从这两个硐口逃跑。

三路人马同时行动对盗矿抢矿行为进行全面清理，并当场抓捕盗矿分子。在清理过程中，盗矿分子起初依然使出其惯用手法，向执法的干警投掷炸药包、石块，手持盗矿工具负隅反抗，致使省、县执法干警多人受伤。

但这一切都在指挥部领导的预料中，执法干警按照事先预案用手枪、冲锋枪进行鸣枪警告。这些人一听到枪声，知道这一次政府是来真的了，一个个吓得双脚发软，乖乖地站在原地等待发落。当天深夜，省县执法队共抓获盗矿抢矿分子 68 人，均被押送到双旗山金矿食堂门口的操场上。

次日凌晨，指挥部调来运营客车，把这些人运送到德化县公安局进行甄别处理。

那时双旗山一带仍然没有移动电话信号，固定电话也不方便，许昆贞没有得到行动结果的报告，一个晚上都没有睡好。直到次日早上六点左右，许昆贞接到了县公安局局长谢永强的电话，才知道了行动的结果。

顾不上用早点，许昆贞就兴冲冲地赶到县公安局。此时，公安局的操场上，那些昔日骄横跋扈、天地不怕的盗矿分子，都一个个双手抱头蹲在地上等候传唤。

考虑到这些盗矿分子之所以疯狂，主要是一些团伙头目在作祟，这些人员中大部分是盗矿团伙雇佣的民工，只是充当了别人的挣钱工具。许昆贞提出了惩击首恶，对普通参与盗矿的群众以批评教育为主的方针。为此，德化县公安机关依法只对其中 13 名团伙头目以及犯盗窃、绑架、抢劫、故意伤害等多种罪行的犯罪嫌疑人进行刑拘，其他情节较轻的人员经批评教育后放回。

当年年底，德化县司法机关依法对这些犯罪嫌疑人提起了公诉，经人民法院依法审理，这 13 人一审分别被判处 3 至 11 年不等的有期徒刑。

此次突击行动，一举抓获了如此多的盗矿分子，引起省领导的震惊，省领导指示务必把双旗山矿区的整治进行到底。在省政府协调下，省地矿厅决定彻底炸封邻县一侧的所有非法硐口，指示两县领导要到现场督办。

经过短时间的准备，1997 年 9 月中旬，在省政府的统一协调指挥下，德化县和邻县开始联合实施了炸毁盗硐的工作。当时，德化县派张华南副县长带队，邻县派陈秀栋副县长带队，共同监督炸封山北一侧非法硐口的工作。

在省综合执法队和两县公安部门的配合下，李斌带领员工们抬着笨重的空压机和炸药，来到邻县肖坂村境内的双旗山北坡，先后用了十多天的时间，对一百多个非法盗硐逐一进行彻底的爆破和封堵。

陡岩陈友进硐是山北一侧盗抢双旗山金矿采场金矿石最多的非法矿硐。在安排查封这个矿硐时，综合执法队决定用一百箱炸药彻底将此硐炸毁。可是那几天老天不作美，一直下着雨，员工们冒雨扛着炸药和食品，沿着羊场小道源源不断地送往硐口。现场两县的执法人员和工作人员每天有五六十人之多，既要送炸硐物资，又要送三餐食物，难度可想而知。

经过近一周的作业，9 月 25 日下午，随着一阵闷响，一百箱炸药在离此硐口一百米的硐内爆炸。

没想到，爆炸地段离硐口有一百多米，硐口附近一时没有马上坍塌。

这可急坏了执法队，大家的眼光都看着李斌。李斌等了一会，还是不见动静，就安排靠近硐口的吴金龙和佘守能进硐看看，吴金龙和佘守能二人二话没说就直奔硐内。让人没想到的是，二人进硐不久，硐口上百把立方的松土一下子滑落下来，把硐口盖了个严严实实，二人在硐内死活不知。

李斌吓出一身冷汗，一边唠叨着："阿龙完了，守能完了！"一边迅速组织人们动手抢挖救援。里面的二人此时已经进入离硐口较远的硐内，并没有伤着，只是吓蒙了，稍一定神，也立即摸黑跑到硐口用手往外奋力扒土自救。此时，由于硐口被封，硐内的硝烟开始弥漫开来，烟味逐渐变浓，二人越来越感到呼吸困难，但为了求生还是使劲用手扒土。危急时刻，硐内硐外的人们都在与死神抢时间、赶速度。好在抢挖及时，不一会硐口打通，二人得救，身体无碍。此时众人才长长地松了口气。

第二天正好是吴金龙的生日。

通过这一次的大清理、大整治，大规模的盗矿、抢矿行为得到相当大程度的遏制，为双旗山金矿的生产经营活动正常开展营造了较好的外部环境。

大清理后不久，已经担任矿长助理的谢文清与吴金龙岗位对调，担任生产科科长，随后被提拔为双旗山金矿副矿长。保卫科长的接力棒交给了原副科长吴清彬，矿长助理吴金龙则兼任综合部主任。

经德化县公安局和泉州市公安局同意，福建省双旗山金矿设立了经济警察分队，下设三个小队。吴清彬任经警分队队长，刚刚从阳山铁矿调到双旗山金矿担任副矿长的孙有奖任指导员，下设三个小队。这三个小队的负责人分别是：双旗山金矿经警小队长颜新增，邱村金矿经警小队长黄其力，德化黄金冶炼厂经警小队长兰振亚。

吴清彬从1992年来到双旗山，就长期从事保卫工作，对矿山保卫工作可谓是知根知底，知始知末。他亲自带领并统筹协调好三个小队二十来个经警认真做好护矿工作，包括对各个矿区的日夜巡查。

据吴清彬回忆，当时的巡查工作不管是白班，还是夜班，都是很累。双旗山和邱村两个矿区安保形势始终都很严峻，矿区范围那么大，每一班的巡查，都要走上七八个小时的路。特别是双旗山山北一侧的盗硐，常被刨开，不仅要及时封堵，还要和盗矿分子周旋、斗争。有时采场采到高品位矿石，虽有矿领导和经警队员值班，但保卫科由于人手少，压力也很大，时常是要值几个通宵，直至矿石搬运完毕才能歇息。

双旗山人，特别是保卫人员深深感受到，树欲静而风不止，和盗矿分子的斗争是长期的，全方位的，不可能毕其功于一役，更不能见树不见林。

1998年年底，双旗山金矿井下巷道在向北推进的过程中，与之前的民采盗硐贯通。一些当地农民因农闲无所事事，认为机会又来了，偷偷扒开封堵的硐口，进入双旗山金矿正在开采的采场盗矿。巡查的经警多次炸封被扒开的硐口，均未能堵住盗矿分子的贪婪欲望。12 月 3 日晚，正值经警杨财福、吴隆慢、熊曾付和颜新增四位同志值班，他们四人在巡查到 662 中段时，遇到三十多个手拿木棍、扁担、钢钎等盗矿工具的盗矿分子，正在疯狂盗抢当日刚刚开采的高品位矿石。面对着近十倍的力量对比，四位经警不顾个人安危，严令盗矿团伙停止盗矿。但盗矿分子看到他们只有四个人，仗着人多势众，根本不听劝阻，继续盗矿。他们四人极力阻止，逐步演变成激烈冲突。盗矿分子用石块、工具不断对护矿人员进行攻击。四个人并没有被盗矿团伙的嚣张气焰所吓倒，心里想的只是国家矿产资源免遭损失，不顾个人安危，奋不顾身地和盗矿分子展开殊死搏斗。在冲突中，颜新增头部被打破，吴隆慢手臂被打肿，其他两人也不同程度受伤，但他们依然勇敢地与盗矿分子继续周旋、斗争。

邪不压正，盗矿分子终被他们的大义凛然的英雄气概所吓倒，逐渐散去。他们四个人又合力扭住了也想溜掉的三个首恶分子，并移交给公安机关依法惩处。

经警分队面对的不仅是盗矿团伙，一些内贼，更让人防不胜防。一些盗矿分子看到金矿的保卫人员不多，认为有机可乘，就变换花样，看准巡查人员少的时候，伺机向保卫人员行贿，也有一些人跑到保卫人员的家里拉关系，或通过朋友送礼。虽然绝大部分保卫人员不为所动，表现很好，但仍有个别人经受不住利益的诱惑，收了黑钱，成为盗矿团伙的眼线和保护伞。还有极个别保卫人员主动和盗矿分子相互勾结，盗窃矿石。不过，再狡猾的狐狸也逃不过猎人的眼睛，类似的恶行大多很快暴露，内奸依法依规受到惩处。

建矿之初，矿里在制定招标文件时，考虑到本地的一些工程企业使用的员工大多是本地人，亲戚朋友多，会给盗矿分子增加钻营的机会，因此限定外地的井下掘进公司才能参与投标。浙江省苍南井巷工程公司这才从中胜出，取得合同。浙江队入驻后，确实非常专业，双方配合甚笃，赢得好评。但浙江队也不是铁板一块，水泼不进。

1999 年 9 月的一个清晨，邱村经警小队的保卫人员张其曼依旧早早地起床跑步锻炼身体。当他跑到第 33 号民采硐口的变压器旁时，发现两名可疑男子，各提一袋重物，正往身边的摩托车上放。张其曼怀疑这两人有问题，立即上前看个究竟。那两名男子看见有人来了，顿时慌张起来，其中一人迅速发动摩托车逃跑，另一个人则丢下重物，转身往山上跑。

练就了一副好身板的张其曼怎么能让他逃跑，立即向山上追去，最终逮住那名男子，连同两袋重物，一同送回矿部。

经询问，此人姓吴，是浙江省苍南井巷工程公司的工人，因他长期在井下作业，熟悉井下地形，了解硐路分布和矿脉情况，遂于夜间与其同乡相互勾结盗矿。经警小队立即组织人员到菜馆格一带对吴的同伙进行跟踪，并对吴的住处进行搜查，当场缴获金矿石赃物 18 袋，重 860 千克，价值人民币 9000 多元。

第十四章　勘探方向明

李斌的一个特点，就是对经过考察的属下大胆放手，充分信任，让他们尽力施展自己的才华。

进入双旗山金矿以后，谢文清因勤奋敬业、低调谦虚而被矿内矿外同志所称道。他担任副矿长后，双旗山金矿本部的很多工作都落在了谢文清瘦小的个子上。

1997 年是双旗山金矿投产后的第一个完整年度，如何建立健全各项规章制度，指挥和调度好生产系统的各个环节协调发展，全面完成矿务会提出的全年采选矿石 55000 吨的目标，对于打好基础，提振信心，营造正向的企业文化，具有十分重要的意义。

为此，根据李斌的工作部署，谢文清组织人员按照建立现代企业制度的方法，认真做好各个基础数据的采集，并绘制出涵盖工艺、技术和成本因子的树状图，以成本为主抓手，对成本进行分解，建立了科学的生产调度体系和成本控制体系。勘探、采矿和选矿是一个有机整体，各个环节不能脱节，他们科学调度，无缝衔接，整个生产过程均衡进行，日处理矿石能力由设计的 100 吨增加到 180 多吨。经过全体员工的不懈努力，自 1996 年 5 月双旗山金矿开始销售出第一批金精矿后，1997 年企业生产又实现了快速发展，产量突破了万两黄金（312 千克），跨入了全国黄金行业的“万两俱乐部”。

矿山属于资源型企业，其实力大小，主要体现在可采矿量的储备和品位，因此，地质勘探是矿山正常运转的前提。虽然曲宝观等山东的地质工程技术人员来到双旗山后，对地质工作进行了再勘察、再认识，修正了原有的地质报告，初步打开了地质工作局面，但是对于双旗山大的地质成矿理论的研究还显得不足，其成果还不能很好地指导勘探实践。为此，加强对双旗山成矿理论的深入研究，引入专业勘探队伍，加大勘探力度，是重中之重。

陈振渡从闽西地质大队调回德化后不久，就接任德化县矿产工业总公司总经理。该公司是双旗山金矿的大股东，他和陈志民又是闽西地质队的老同事，和李斌、谢文清的工作联系也很密切。

三句话不离本行，在闽西地质队干了多年地质勘探工作的陈振渡在和矿里的同志交流的时候，谈得最多的是地质勘探。

一次，李斌与陈振渡、谢文清、陈志民谈到双旗山曾聘请多个地质队对双旗山的成矿理论进行研究，但成果有限时，陈振渡马上想到了他的老师——长春科技大学（原长春地质学院）教授刘连登。刘连登是长春科技大学的资深教授，已经研究出了多个成果，是地质勘探方面的权威，陈振渡便向他们推荐。三人非常高兴，立即通过陈振渡和刘连登教授联系。

刘连登本就是一个热心人，特别是他的学生邀请，自然十分重视，便向学校上报了课题。刘连登研究的“金矿床矿体定量预测和靶区评价”属于当时黄金地质勘探的前沿课题，正需要实际验证项目，因此很快获得学校批准。

从 1997 年年初开始，刘连登教授带着研究生在双旗山矿区开展了将近一年的研究，写出了《双旗山金矿矿床矿体定量预测及外围找矿靶区评价》的论文，得出“北东成行、北西成带”的控矿构架结论，取得丰硕成果，为双旗山矿区的勘探指明了方向。

依据刘连登教授的研究成果，双旗山金矿组织地质工程技术人员编写了《13Au 矿段北东向矿体及外围地质勘探设计》方案，并安排对该范围的区域进行勘探。

请哪家专业机构进行勘探呢？由于本次所要开展工作的矿段距离矿本部比较远，又邻近村庄，有可能遇到一些阻扰，为了减少阻力，方便工作，李斌想到了武警黄金部队。

武警黄金部队组建于 1979 年，是一支经济建设部队。其前身为中国人民解放军基建工程兵黄金部队，接受武警总部和国土资源部双重领导，为国家财政一级预算单位，主要承担国家黄金矿产勘查任务。

说到武警黄金部队的组建，还是在周恩来、王震等老一辈无产阶级革命家的亲自关心和推动下完成的。1975 年底，面对国家生存和发展的巨大压力，身患重病的周恩来总理在医院里对王震说："你要把金子抓一抓！"王震提出："我让部队去找金子！"但当时由于受到"四人帮"的严重干扰，经济建设的任何决策都不可能实现，抓金子更是难上加难。

一年后，"四人帮"被粉碎；三年之后，党实现了工作中心的历史性转移，实行改革开放政策。在此形势下，王震提议：要完成周恩来总理的遗愿，建立专门勘探黄金的队伍。在王震的关心、支持和推动下，1979 年终于诞生了这一支特殊队伍——中国武警黄金部队。

这是一支专业技术人员齐全，年龄结构合理、素质较高，技术装备先进，实力雄厚的黄金矿产勘查队伍。仅"六五"和"七五"期间，黄金部队在探明了黑龙江团结沟、湖南沃溪、云南墨江金矿等典型金矿床的同时，又对中国砂金矿进行快速勘查，在黑龙江、吉林、辽宁、河北、青海、新疆、内蒙古、四川等省区发现并探明了西口子、柴河、哈巴河、辛安河、高都川、白水、高庙等一大批砂金矿床。

黄金部队找黄金既专业，又高效。

按照当时的程序规定，双旗山金矿向福建省黄金管理局打了《关于同武警黄金部队开展联合勘探工作的报告》，很快得到批复。于是，李斌立即联系了武警黄金部队长沙第十八支队的政委王建文，没几天就谈妥了勘探事宜。

黄金部队找矿果然名不虚传。当年5月，武警黄金部队进驻矿山，开展民采硐的调查和编录，3个月后正式钻孔验证，到年底，共施工钻孔6个，钻探孔深2475米，至此勘探任务基本完成，并形成了完整的地质报告。

第十五章 天公降人才

在双旗山建矿期间，通过多种形式引进了一批人才，为双旗山金矿的建设奠定了坚实的基础。但是，当时调入的技术人员大多来自省内一些地质部门和大型国有矿山企业，专业结构不够合理，特别是地质、选矿和黄金专业的技术人员都很缺乏，邱村金矿和黄金冶炼厂确定上马后，科技人员缺口更加显现。

这期间，我国经济体制改革继续推进，矿业进入调整期，许多国有矿山企业由于矿价下跌、历史包袱重、资源枯竭和效益低下等问题，出现了关停并转的局面。此时黄金价格也是持续低迷，仅 80 元 / 克左右，一些国有黄金企业的不少工程技术人员出现了大跳槽的现象。

李斌觉得这是一个很好的机会，便产生了在全国范围内招贤纳士的想法。于是，他联系了《国土资源报》和《中国黄金报》社，在两家报纸上连续几天发布了招聘地质、选矿和办公人才的广告。

招聘广告甫一刊登，就引起了国内许多矿山企业科技人员不小的关注，综合部的咨询电话日夜响个不停，寄来的简历一份又一份。经过双方书信联系或电话洽谈，千里之外的工程技术人员陆续走进了双旗山。

1998 年 3 月中旬，李建军、王庆海和孙克成来到双旗山报到，他们是看到招聘广告后最早来到双旗山的科技人员。

李建军祖籍黑龙江，1956 年出生于内蒙古，毕业于黑龙江黄金技术学校，原在国有黑龙江乌拉嘎金矿担任黄金冶炼工程师，进入到双旗山金矿以后，成为德化县黄金冶炼厂的工程师，后担任厂长，为双旗山的黄金冶炼事业做了不少工作。

王庆海原是国有珲春金铜矿的人事科长，来到双旗山后，还是继续干他的老本行，担任双旗山金矿的人事科长，其妻女也来到矿里工作。直到 2007 年，为了照顾年迈多病的父亲，王庆海一家才又回到东北。

孙克成也是黑龙江人，夫妻双双来双旗山两年多，后来又去了紫金矿业。

过了几天，地质工程师项红亮也来了。在正式决定来双旗山之前，项红亮还曾专程到德化了解情况。这个陕西渭南出生的小伙子，毕业于西安地质学院探矿专业，原是陕西潼关金矿的工程师，来双旗山的时候还不足 30 岁。

那时，整个德化的交通条件都比较落后，从德化城关到葛坑还是那条重丘四级的柏油路。由于多年的民采，来往的车辆太多，路面被压得坑坑洼洼。

项红亮早上就坐上班车，就像躲在蜗牛壳里爬坡似的，70 公里的路程走了三个多小时，到葛坑已经临近中午了。他草草在路边的简易餐馆用过午餐，打探有没有到双旗山金矿的车子。但也许是他的那口秦腔实在是让人难以听懂，也许是真的没有车子开往双旗山，他找了两个多钟头，也没找到车子，他只好选择步行。

从葛坑镇区到双旗山金矿有 11 公里，路况就更差了，是蜿蜒的乡村公路，砂石路面。项红亮扛着一大包行囊，虽然这个后来被昵称为“大象”的小伙子气力很足，但还是走了两个多小时，到傍晚时分才走到矿区。

项红亮原来工作的潼关金矿也是个国有矿山，距离潼关县城仅 6.3 公里，各种配套设施也很完善，但那时企业面临资源枯竭和民采盗挖双重挑战，走入困境。这一次项红亮来应聘，是准备找一家有潜力的企业寻求发展机会的，对于矿山的艰苦条件也是有一定心理准备的。但项红亮到了双旗山后，面对如此偏远、设施如此简陋、工作生活条件如此艰苦的企业，则是他始料未及的。他的心理落差实在是太大了，掉下来眼泪，动摇了。

此时已经是双旗山金矿副矿长的谢文清接待了项红亮。在策划招聘事宜的时候，按照李斌提出的“事业留人、待遇留人、感情留人”的理念，谢文清和招聘团队作了许多工作。面对犹豫中想打退堂鼓的项红亮，谢文清介绍了双旗山金矿的资源情况，指出当前遇到的困难和问题是暂时的，展示了矿山发展的规划和前景，并告诉项红亮，当前矿里百废待兴，探矿、采矿技术人员很缺乏，他在矿里是可以大有作为的。

当晚，和接待其他新招录的技术人才一样，李斌矿长亲自为项红亮接风。

项红亮被矿领导的求贤若渴的热情所感动，留了下来。不久，他的妻子也来到双旗山。

又过了一段时间，李山泉、莫喜英夫妇也来了。

李山泉毕业于西安冶金建筑学院矿资系采矿工程专业，在广西龙水金矿当生产技术科科长十年。广西龙水金矿位于贺州市附近，贺州与广东的清远、肇庆毗邻，是个新兴的旅游城市。而那时的德化县城，各方面还比较落后，难以和贺州相比，反差也是很大。特别是那时城里还没有职工宿舍，他们的小孩已经到了上学的年龄，读书问题没办法解决。老双旗山人的热情和双旗山崭新的事业促使这一对夫妇留了下来。他们先把小孩安排在贺州老家读一年级，由老人照顾，等到第二年位于德化城关的职工宿舍建好后，才把老人和小孩接过来，让小孩在德化城关读二年级。

在 1998 年招聘的这一批人员中，逄金忠不仅自己一家来了，还带来了他徒弟一家。逄金忠读的是长春地质学院地质专业，说起来还是陈振渡的校友，他来到双旗山金矿后，担任地质工程师，后又被派往安徽龙桥铁矿。在双旗山，他深切地感受到这是个干事创业的好地方，毅然把在吉林省夹皮沟金矿的弟子丁保林及其妻子李淑芳也引到双旗山。夹皮沟金矿位于吉林省桦甸县夹皮沟镇，是中国较早生产黄金的矿山，清道光年间就发现了黄金并开始土法开采，在日本侵华战争的1940年至1945年间，被日本鬼子攫取了2000多千克的黄金。新中国成立后，矿山收归国有，年产黄金都在一吨以上。但进入20世纪90年代，国企的弊端也暴露无遗，因此他们几个人才结伴来到双旗山，为的是寻找心中的黄金报国梦。

寻找黄金报国梦的还有毕业于江西冶金学院选矿专业的江西人李俊和谢建斌……

这一次招聘活动，双旗山金矿共招收了来自全国26个省和自治区的36位工程技术人员，这些人员大部分是地矿类科班出身，国有矿山企业的生产技术骨干，可谓专业功底深厚，工作经验丰富，都是能够独当一面的科技管理人才。

来到双旗山后，大部分人都选择留了下来，成为了各个部门的技术骨干，为双旗山金矿的做大做强做出了很大贡献。项红亮后来成为双旗山金矿分管勘探和生产的副矿长；李山泉后来成为双旗山金矿的总工程师、泉州市人大代表；李建军在往来多个矿山后成为葛坑黄金冶炼厂的厂长、矿工会副主席；“一生好入名山游”的逄金忠在经历了双旗山金矿和龙桥铁矿地质勘探工作后，又游走于祖国各地的不同矿山；一进入大学就注定和黄金打一辈子交道，毕业于沈阳黄金学院矿山地质专业的黑龙江人丁保林，在双旗山金矿干了十几年的地质工程师后，现在是矿里是生产技术科科长；毕业于东北师范大学政教系、原在夹皮沟金矿矿山子弟学校担任政治老师的李淑芳，在双旗山金矿担任了办公室主任等职；李俊在经历了生产部主任、冶炼厂厂长的职位后，后来抽调去了龙桥铁矿；而做事勤勤恳恳、任劳任怨的谢建斌作为采矿工程师，如今仍然坚守在生产第一线……

第十六章　民采全终结

1997 年 7 月，正如那时的三伏天气一样，福建省德化县邱村矿业有限公司的建矿工作也在如火如荼地进行着。

首先是选址。建矿的地点要有适量的平地，能够建选矿厂、料场和办公楼，要与输出矿石的主硐口相衔接，不能距离消化尾矿的尾矿库太远，而且还要有源源不断的水源供应。

在选址问题上，李斌就遇到了不小的困难。这里位于仙公寨的北坡，地势陡峭，几乎没有什么平地，加上满山密布的矿硐，想找个落脚的地方都很难。再说从 1993 年发现金矿点，民众进入这里采金以来，到现在仍未停止。由于没有系统、科学的地质勘探，采金者凭经验、碰运气盲目乱挖，吃富弃贫，导致矿区浅部矿层大多坍塌掩埋，深部采硐纵横交错、上下贯通，部分采空区又作为废渣回填区，想要找到“立足之地”确实不易。

李斌带着郑金庆、陈文辉等几个人沿着山坡上上下下，走了一两天，才在邱村北东约 1.5 公里的地方发现有一个破坏较少、勉强能够建设选矿厂的缓坡。

李斌和同事搬来测量工具，对这个缓坡进行测量，发现这个地方海拔在 850 米上下。由于邱村缺少地质资料，李斌又对照了已经掌握的地质情况，发现这个缓坡离主矿脉海拔高度相宜，距离拟建主硐口的地方很近。几个人一合计，初步确定把这里作为矿址，并报告了许昆贞县长。

高度关注金矿发展的许昆贞立即赶到邱村，他沿着崎岖的山路，披荆斩棘，步行了 20 多分钟，来到李斌他们发现的缓坡。

许昆贞踏遍了这个缓坡的每一个角落，笑着说："李斌你真是个鬼灵精，找了个风水宝地。"李斌说："托领导的福，这是上天赐予的。"于是，李斌便向许昆贞介绍了选矿厂如何布局，尾矿坝建在哪里，原料仓库建在哪里，办公楼建在哪里，电力线路如何架设，水源怎么解决等等打算。

许昆贞对未来矿区各个功能布局都表示认可，但在确定办公楼地点时，他根据经验，提出了自己的看法。考察完毕，许昆贞说："希望大家继续发扬双旗山金矿的建矿精神，争取在半年内建成投产。如果如期完成，我从家里拿酒来为大家庆功！"

李斌又亲自组织人员对邱村金矿的生产线和办公用地进行测算，确定征用 80 亩山地，立即上报县乡审批。那时，许昆贞对企业发展设置了容缺预审制度，企业可以边办手续，边建设。

为节省投资，参照双旗山金矿的做法，县里对邱村金矿的林地使用费采取了缓交的办法，对应该支付给村委会的土地使用费也折合成股份入股。

1997 年 8 月 29 日，在上报建设手续的同时，选矿厂建设全面开工。李斌考虑到这边的情况更为复杂，便安排郑金庆为邱村金矿的建设的第一负责人，陈文辉为第二负责人，全权负责建矿事宜，同时又从双旗山金矿抽调一批建设人员进驻现场。

建设者克服路途遥远、施工条件差、工期紧任务重和民采干扰等种种困难，严格按照设计要求，严把质量关，和承建的葛坑建筑公司密切配合，以最快的速度打通了从邱村村通往矿区的 660 米公路，场地平整、厂区挡土墙建设、厂房建设、设备安装、尾矿坝建设、架设高压线路、引水工程建设、高位水池建设、办公以及生活设施建设也快速推进。进入冬春后，遇到了持续的降雨，建设者们冒雨作业，一天时间也没有浪费，仅用了191天，就实现了通路、通电、通水，并全面完成了邱村金矿的土建任务。

根据邱村金矿的建设速度，为使设备安装与土建工程无缝对接，李斌又于1997年12月18日适时从双旗山金矿组织精干的机电人员进驻现场，进行全面的设备安装和非标准件制作。和上年一样，双旗山金矿本部和黄金冶炼厂、邱村矿业全体员工春节期间都不休假，李斌带领员工于戊寅年正月初二（1998年1月29日）完成了全部设备安装，同时对设备进行联动试车，取得成功，工程的扫尾工作也于3月19日全部结束。

然而，由于当时的民采活动没有退出，民采人员日夜在井下挖矿，致使邱村金矿的井下工程没有办法开工。

井下采不出矿石，选矿厂就无米下锅，金矿也就难以实现真正意义上的正式投产。

邱村金矿的仙公寨矿区，是县政府协调的首采矿段。该矿段上下左右都有许多民采硐在施工，给矿区正规布设井巷和施工带来很大困难。

李斌将这种情况向许昆贞作了专题汇报，许昆贞立即叫来分管领导和有关部门负责人认真研究，决定分步实施炸封民采硐，严格规范矿区的护矿和管理工作。

在此背景下，李斌会同县黄金办、乡政府干部作了大量的思想工作，几个原矿主终于同意转让移交。

第一期位于仙公寨的39个硐口于1998年年初由承包的采矿硐主移交给发包的县黄金办，再由县黄金办移交给邱村矿业的代表郑金庆和陈文辉。邱村金矿随即组织人员对这些硐口进行炸封。

那时，邱村矿区就是否取消民采、实行正规办矿的问题，各界思想还没有统一，因此井巷移交也处于胶着状态。邱村矿业如不尽快投入生产，早出效益，提振股东和坚持取消民采主张人们的信心，不仅影响到第二期的民采清理和封硐，对已经移交的39个硐口的成果也难以巩固。

在这种情况下，李斌任命陈志民担任邱村金矿的负责人，全力推进该矿尽快形成生产力，同时安排曲宝观等工程技术人员对这 39 个巷道的所有老渣进行取样、化验。

结果发现，这些被民采废弃的老渣的品位都在临界值以上，投入生产基本上可以保本。

于是，通往民采渣场的简易公路立即打通，一车车老渣从渣场运送到料仓。

李斌一声令下，陈志民按下机器按钮，车轮滚滚，机器轰鸣，这些被废弃的“宝贝”通过输送带源源不断地送入破碎机，进而进入球磨机、浮选机，邱村金矿开始了满负荷生产。

这时候，双旗山金矿已经拥有了来自全国各地的各类人才，先期来矿的杨之利和新来的项红亮、兰秀娟等地质技术人员来到邱村矿区，对从仙公寨到大沟的民采硐进行测量、取样和编录。

邱村矿区以前没有地质部门正规勘探过，因此没有地质资料，一切都要从零开始。这些地质工程师以高度的责任感、使命感，以满负荷的工作状态投入勘探，一个个双手磨出厚厚的老茧，一个月要穿破一双胶鞋，磨断一卷皮尺。

在连续工作了三个多月后，终于基本上掌握了矿区的基本情况，拿出了矿脉分布图，为矿山的正常生产奠定了坚实的基础。

针对邱村矿业的实际情况，结合双旗山金矿几年来井巷施工管理工作经验，李斌、陈志民在和几位同事商量后，决定实行公开招标。

招标公告发出后，有三家工程队参与投标。经过两轮的竞标，最后浙江省苍南县井巷工程公司直属处脱颖而出。这家井巷公司具有多年的黄金矿山井下工程施工经验，采矿和掘进单价最低，又承诺自带设备，自备生活设施，可减少企业的生产成本和资金投入。

1998 年初炸封仙公寨民采硐口后，工程队就进驻了矿区。工程队入驻后立即按照设计要求进行旧硐刷帮、掘进施工，同时布设 802、820 和

856 三个中段的运输巷道和溜矿天井，在各中段同时布设沿脉和穿脉巷道，布置和切割采场等工作，使井下进入正常施工阶段。从 3 月初到 6 月底，共完成井下投资 134.6 万元，完成旧硐刷帮 640.6 米，掘进巷道 1339.26 米，采掘矿石 6876.5 吨，生产出含量金 13.03 千克，产值 82 万元。

邱村矿区民采期间采用的招标探矿式管理方式，虽然弊端多多，但涉及很多人的利益。如今要推行正规办矿，就是要把他们的利益给调整了，自然不太情愿。

第一批硐口移交后，李斌带着陈志民继续向县有关部门反映情况，做了许多工作。省地矿厅和省黄金公司也再次明确了依法停止民采、推动正规办矿的政策要求。

在这种情况下，许昆贞又一次做出了决断，果断拍板决定停止民采发包。

1998 年 3 月 6 日，县政府组织人员配合邱村矿业又炸封了仙公寨和大沟之间的 11 个民采硐口。

当年 7 月 2 日，许昆贞县长主持召开全县黄金工作会议，决定取消所有民采行为，实行依法正规开采。同时发布清山公告，规定自公告发布之日起，民采人员一律不得进入双旗山、邱村等所有黄金矿区。县地矿局、黄金办以及当地乡村集中人员采用多种形式对此规定进行了深入宣传，做了大量工作，邱村矿区的民采人员基本散去。

7 月 3 日这一天，县政府组织了由公安、地矿、乡政府和双旗山金矿经警及员工组成的声势浩大的整治队伍进入邱村金矿的各个矿硐进行清理。由于事前准备工作充分，思想工作过细，没有遇到大的盗采行为，清山以和平的结果结束。

此次行动的当日下午，县黄金办又向邱村金矿移交了 268 个硐口。7 月 4 日，在县有关执法部门的支持和配合下，邱村矿业炸封了矿区内最后的 82 个民采硐。

至此，邱村金矿前后三次共炸封硐口 132 个，长达六年之久的民采乱象终于结束，为邱村矿业的合理开发、科学利用争取了良好的环境。

邱村矿业从 1997 年 8 月 29 日动工兴建，开路、土建和安装工程交叉进行，扣除雨天 43 天，实际有效工期 148 天，就完成了设计日生产能力 100 吨的选矿厂的土建和设备安装，提前完成了建设任务，并于 1998 年 4 月 23 日调试成功，正式投产。

1999 年 2 月，陈志民被正式任命为福建省德化县邱村矿业有限公司的经理，主持该公司的日常工作。

陈志民和谢文清同龄，也出生于 1971 年，1990 年毕业于南京地质学校地质专业，走出校门后，先到闽西地质大队工作，1993 年 4 月调回德化县矿产公司，1994 年 1 月作为股东派出的人员来到双旗山金矿，先后担任保卫科护矿员、征地拆迁负责人、供销科科长。

邱村矿业投产后，许昆贞没有忘记承诺，特地抽空赶到邱村矿业，慰问了又是半年多连续工作没有休假的矿领导和员工，送来美酒，和全矿干部职工共同庆祝这可喜可贺的时刻。

第十七章 嘉宾聚深山

为了抓好福建省德化县黄金冶炼厂的筹建工作，双旗山金矿成立了生产基建总指挥部，李斌任总指挥，曲宝观任总工程师，王佑也挑起重担，被聘请为黄金冶炼厂基建负责人。王佑 1994 年毕业于中南大学，毕业后分配到福建省阳山铁矿担任技术员，1997 年就从阳山铁矿调到福建省双旗山金矿工作。

当初在对双旗山金矿进行总体规划的时候，山东烟台黄金设计院从便于生产和管理的角度，把黄金冶炼厂作为一个车间，规划在双旗山选矿厂相邻的一块空地里。

但是，到黄金冶炼厂筹建时，德化与尤溪的地界纠纷还没有解决。因规划地内有些许尤溪县肖坂村的插花地，在与尤溪方面洽谈征用事宜时遭到了拒绝。无奈，只得另辟新址。

从双旗山到章功是一个狭长的山谷，几无平地，要找一块适合建厂的地方实属不易。一天，李斌和谢文清、王佑和曲宝观等几个人从城关办完事回双旗山，吉普车在行出章功进入仙洋时，有个角度能鸟瞰大片角落，李斌便提出停车看看。

此时正是盛夏，蜇人的骄阳好像要把大地烤焦似的，李斌一行把目光停在仙洋村子边的一块长着金灿灿稻谷的农田上。这块农田就像一个金色的元宝，静静地横躺在山脚下。李斌把这个发现指给众人看，众人都叫好。李斌说："我看这里还真是建厂的好地方，我们就近看看。"

于是，一行人又上了吉普车，来到了那个状似元宝的地块。大家一审视，此处与整个村子起伏不平相比，平缓了许多，还真是个建厂的好地方。于是，他们就把黄金冶炼厂的厂址初定在这个地方。回矿后，经过仔细论证，德化黄金冶炼厂的厂址就这样确定下来。

这块农田属于基本农田，还有房子需拆迁。王佑带领筹建组的同志和村民进行了艰苦的谈判。金矿发现以后，村民对农耕本来已经不感兴趣，但冶炼厂要征用，那土地在村民心目中的价值陡然提升，再加上双旗山金矿的建立，一些村民失去了采金的机会，还是怀有些许抵触情绪。因此，对于冶炼厂的征地，开始漫天要价了。

葛坑乡政府对建设冶炼厂的态度坚决，林晋地乡长亲自出马做工作，同时派出了强有力的工作班子配合王佑。水门村的村两委班子也进行了调整，前任党支部书记因故被免职，承担双旗山金矿建设任务的葛坑建筑公司经理陈章旺兼任了水门村党支部书记。陈章旺与人为善，行事低调，在水门村群众中威信很高。在乡村干部的共同努力下，征地工作顺利完成。

在选择承建工程队的时候，大家首先想到的还是葛坑建筑公司。当时双旗山金矿建矿的时候，这个工程队在陈章旺的带领下，就以科学的管理方式、严格的质量标准和快捷的建设速度赢得各方的肯定和赞扬。这一次施工，自然也非他莫属了。于是根据矿里的建议，县政府召开协调会，仍然确定冶炼厂的工程由葛坑建筑公司承建。

建设黄金冶炼厂不同于普通的工业或民用建筑，里面需要安装各种设备，特别是黄金属于贵重金属，整个生产车间需按照金库的管理方式进行设计、施工，对可靠性、安全性要求甚高。王佑学的是选矿专业，俗话说，隔行如隔山，选矿和黄金冶炼确实距离很远。但王佑所读的中南大学是全国重点大学，他又是高才生，他自信能够掌握这些知识，于是他虚心向曲宝观请教，又认真学习了黄金冶炼方面的专业书籍，很快就进入角色。

冶炼厂的建设也遇到如双旗山金矿建矿之初所遇到的股东资金不到

位的问题。冶炼厂建设的预算资金是500万元，这些资金都是一个萝卜一个坑，都是必须到位的最低建设资金。筹建组一再打电话催讨，县政府也多次召开协调会，但由于股东也各有难处，最后到位的资金只有240万元。

无奈，李斌想出了向山东省招远黄金冶炼厂借款的主意。双旗山金矿投产以来，大部分的金精矿都卖给了这家企业，两个企业在经济往来中也建立起了良好的合作关系和深厚的友谊。于是，李斌打电话给这家企业的老总，表明了企业资金周转困难，希望能借点资金的想法。对方是一家经济实力雄厚的国有企业，立马就答应了李斌的请求，转来200万元。有了这笔资金，缺口就小多了。不足的部分，王佑也想了办法，包括向银行贷款，终于渡过难关，提前完成建设任务，并于1998年5月25日开始投料试产。

黄金冶炼厂试产后，经矿务会研究，王佑由筹建组负责人变成厂长。

根据试产情况，王佑和曲宝观又先后对工艺设置的管道走向，浓密机和浸出设备的给矿装置，置换工序的管道阀门等设施进行多项多次改造，使氰化流程达到工艺流畅、操作方便的要求，并使各个生产过程趋于稳定。

运行一段时间之后，由于对设备负荷运转操作经验不足，再加上原材料除药效果不佳，还是出现了生产流程积压、氰化过程产生大量泡沫、洗涤工序严重跑浑的问题，被迫只能进行间歇式生产。王佑又带领员工先后进行了浓密机脱气槽高效化改造，增设了絮凝剂制备添加系统，购置了磨矿机给矿计量设备，自制了弧形矿浆除屑筛，同时还对稳定操作条件进行摸索实验，终于解决了一系列问题。

然而，试产了三个月，金属平衡的问题又跳了出来。所谓金属平衡，是指作为原料投入的金精矿里所包含的黄金金属量和作为产品产出的黄金金属量，扣除氰渣残留，应实现总量平衡。

第一个发现金属量不平衡的是冶炼厂的统计员，他立即把这个情况反映给王佑，王佑再把情况反映给李斌和谢文清，李斌要求谢文清、王佑和财务科的何晓辉负责弄清楚这个问题。

谢文清、王佑和何晓辉对冶炼厂的每一张过磅单、化验单进行重新核实、分析，对生产流程中所有储存固体、液体的地方分别取样重新化验，仔细检查了设备转弯转折处，还对金精矿、氰渣等样品拿出来，先是内检，尔后又寄送到长春国家金银制品检测中心检验，都没有发现问题。

后来，谢文清和王佑经过认真分析和计算，发现金子是在和人“捉迷藏”，也就是说，黄金在生产过程中并没有流失，是金精矿在管道和生产流程中存在“迟滞现象”。果然，在此后的生产过程中，少了的黄金产品陆续体现出来。通过这一次追根究底，对黄金冶炼的整个生产过程进行“暴晒”，为企业的精细化管理打下了基础。

冶炼厂试产期间，李建军也从黑龙江的乌拉嘎金矿来到了双旗山金矿，被安排在黄金冶炼厂工作。李建军读的就是黑龙江的黄金学校的黄金冶炼专业，在乌拉嘎从事的也是黄金冶炼工作，对黄金冶炼工艺十分熟悉。

来到冶炼厂后，李建军很快就发现了黄金冶炼过程的一些设计、工艺不够合理的地方，便提出了更改设计和安装的意见并很快付诸实施，实施后整个系统得到了优化，生产效率明显提高。此后，李建军根据冶炼厂的工艺特点和操作要求，制订了一系列规范化操作规程，同时撰写了各岗位理论辅导资料，为黄金冶炼厂的科学运转奠定了坚实的基础。

德化黄金冶炼厂的投产，填补了福建省没有金精矿黄金冶炼厂的空白，标志着福建省第一个从采矿、选矿到黄金冶炼完整产业链的黄金生产企业的诞生，在福建省各级领导，特别是地矿和冶金行业引起了强烈的反响。

1998 年 10 月 22 日，长期关心关注和支持双旗山矿业发展的省级老领导施性谋率团来到双旗山金矿检查《矿产资源实施条例》的执行情况。

此时，施性谋已从副省长的职位转任省人大常委会副主任，陪同他一起考察的还有时任省人大常委会财经委主任林延富、时任省地矿厅副厅长姜玉志，以及市县领导。施性谋一行参观了587号硐口，选矿车间和冶炼厂的氰化、冶炼车间，当他看到福建省自己的黄金企业生产出闪闪发光的金锭时，非常激动，特地向工作在一线的员工表示感谢和慰问。

1999年3月18日，福建省德化县邱村矿业有限公司揭牌和德化县黄金冶炼厂竣工剪彩典礼举行，省冶金工业总公司（原省冶金厅）副总经理李建寅、省黄金管理局副局长柯德育、泉州市地矿局局长张华南、中共德化县委书记许昆贞、德化县人民政府县长杨益民等县五套班子领导及有关部门负责人近百人出席。

在县委书记许昆贞的带领下，各位领导和嘉宾首先来到邱村矿业，在举行了由副县长郑金尧主持的揭牌仪式后，参观了邱村矿业的选矿工艺流程。

参观完毕，领导和嘉宾离开邱村金矿，来到葛坑镇区通往双旗山金矿的刚刚落成的水泥路路口，由副县长林合龙主持举行葛坑至双旗山水泥路竣工剪彩仪式。此前，在县乡及双旗山金矿的共同努力下，铺设了这条10多公里长的水泥路路面。

剪彩仪式完毕后，各位领导和来宾分乘九辆面包车，来到位于仙洋的德化县黄金冶炼厂。此时，黄金冶炼厂内内外外红旗招展，彩旗飘扬，整个冶炼厂沉浸在喜庆的气氛中。黄金冶炼厂的剪彩仪式也由副县长郑金尧主持，各位领导和嘉宾整齐排列在厂门口，李斌矿长介绍了德化县黄金冶炼厂的筹建工作情况，县委副书记苏荣躐代表县委讲话，省黄金管理局柯德育副局长发表热情洋溢的讲话，泉州市地矿局局长张华南发表了科学开发和环境保护方面的讲话。在震耳欲聋的鞭炮声中，许昆贞和李建寅为德化县黄金冶炼厂揭牌。之后，各位领导和嘉宾参观了黄金冶炼工艺流程，观赏了冶炼厂的成品金。许多领导和嘉宾还手持重达3千克的成品金合影留念。

一个月后的4月18日，时任中共泉州市委书记何立峰在中共德化县委书记许昆贞的陪同下，来到德化县黄金冶炼厂和福建省双旗山金矿调研。

2000年的3月27日，为了双旗山金矿的建设多次召开协调会，长期为双旗山黄金矿业疾呼的省政府副秘书长张志清在泉州市地矿局局长张华南、德化县人民政府副县长郑金尧的陪同下，也来到双旗山金矿、黄金冶炼厂参观考察。

此后，又有多位省市领导来到“两矿一厂”考察。当各位领导来到黄金冶炼厂，看到福建省自己的企业生产出的一块块金锭时，无不露出灿烂的笑容。

第十八章　警勘出经验

为了巩固来之不易的发展环境，福建省德化县邱村矿业有限公司同时成立了保卫组，负责对已被炸封的民采硐的看护工作，对个别曾经见矿的民采硐实行固定值班与不定时巡逻，发现盗矿苗头及时予以制止和消除，防止死灰复燃，维护矿区稳定。

一些盗矿分子仍然时有“光顾”邱村矿区，仅 1998 年一年，保卫组就制止盗矿事件 30 起，教育警告盗矿分子 136 人次，移交司法机关依法处理 4 人次。

民采给地质调查和勘探工作带来的影响更大，整个邱村矿区内共有采矿坑硐 268 处，有的坑硐开采深度达地下 120 米至 150 米，矿床地表更是被采挖得稀巴烂，勘探条件被严重破坏。

根据闽东南地质大队矿产一分队 1996 年 8 月至 12 月完成的《福建省德化县仙公寨金矿区暨外围地质普查报告》，在民采平硐调查中，圈定了 16 个矿体，其中仙公寨矿段 9 个矿体，残留矿石量 12.7 万吨，平均品位 5.27 克，金属量 669.59 千克；大沟至红土山矿段 7 个矿体，残留矿石量 8.9 万吨，平均品位 7.53 克，金属量 673.31 千克，全矿区合计黄金金属量 1342.9 千克。

从提供的这个地质储量看，仙公寨及外围已知的地质储量仅够一至两年的开采，前景的确不容乐观。

考虑到邱村金矿勘探的艰巨性和复杂性，1998 年 4 月，李斌和陈志民协调武警黄金部队十六支队（即原十八支队更名）移师邱村，免费开展地质普查，为邱村矿区的增储做好基础工作。

入驻3个多月，武警黄金部队十六支队开展了一系列地质勘探工作，表现出了良好的工作作风，严明的军队纪律和强硬的专业水平。

但20世纪80年代，国家由于财力有限，对部队拨付军费不足，就像那时的其他部队一样，武警黄金部队的勘探经费预算一下子就用完了，需要靠挣些经营收入贴补预算。为此，武警黄金部队十六支队向邱村矿业提出了以勘探投入作为股份折算到该企业的要求。

军爱民，民拥军。1998年8月10日，许昆贞在县政府会议室主持召开德化县与武警黄金部队十六支队合作勘探开发黄金工作会议，决定邱村金矿进行增资扩股，按现有股份扩股20%，由武警黄金部队十六支队以勘探投入的方式注入资金持有新增股份。

会后，十六支队立即开展工作，首先对老硐进行了清理，对邱村金矿区的成矿地质条件及控矿因素进行了初步调查，对矿体的规模进行了控制，到当年年底，已施工了6个钻孔，累计钻探进尺2473米，初步查明含金矿脉5条，圈出金矿体4个。

就在这个阶段，中央出台了关于军队、武警部队停止一切经商活动的重大决策。

正当武警黄金十六支队对邱村金矿区有了初步认识，下一步工作需要钻探验证的时候，1999年上半年，因钻探资金不能落实，部队归属没有明确，地质工作一度处于停滞状态。

军队的经营性活动始于20世纪80年代，其初衷是为了弥补军费不足。进入20世纪90年代，军队已发展经营实体上万个，经营人员80余万人，一些与民争利甚至违法违纪的事件时有发生。1997年，随着某大单位部队财务结算中心特大非法集资、放贷案的破获，全军又陆续查出多起重大经济犯罪案件。面对军队经济犯罪和腐败现象呈逐年上升的趋势，时任军委副主席的张万年向当时的中共中央总书记、军委主席江泽民提出，必须清理整顿军队的生产经营活动。1998年3月开始，中央军委对军队的经商活动进行全面清理，对于武警黄金部队这一类部队能否开展经营业务，一时还没有明确。

到 1999 年 9 月，中央军委明确了武警黄金部队在地质勘探中的作用，继续保留了这支专业部队，目的是为边、少、困地区提供找矿服务。于是，武警黄金十六支队的官兵们又重振昔日雄风，于 10 月 29 日恢复了在邱村矿区的地质钻探施工，仅一个月的时间就完成了全年的钻探任务。这一突出的工作业绩，得到武警黄金指挥部的高度肯定和重视，武警黄金十六支队也因此成为标杆式部队。

武警黄金指挥部下设三个总队，分布全国各个省区。为了推广钻探技术，学习十六支队的先进经验和工作精神，武警黄金指挥部于 1999 年 12 月 8 日至 23 日在德化县葛坑乡政府举办了两期的全国武警部队钻探技术培训班。第一期培训对象是各部队的处长、股长、连长和机长共 70 多人，第二期培训对象是班长 90 多人。

这是一个高级别的培训班，来到培训班的不仅有各地基层的武警干部、技术人员，还有武警黄金部队的各级首长、专家教授。这样的培训，不仅使军队的素质得到提升，地方和企业都可以从中受益，还能大大提高双旗山金矿、邱村矿业乃至德化县的知名度。为了配合搞好这个培训活动，李斌专门开会进行了部署，陈志民亲自担任后勤总指挥，并抽调了范锦俊、孙志伟等十多人做好服务工作。

两期培训班的开学仪式都在葛坑乡新落成的十层政府大楼举行，武警黄金指挥部的夏参谋长、王副参谋长，第三总队的政治部副主任、钻探高级工程师、十六支队的王建文政委悉数到场出席开学仪式。培训期间在邱村矿区进行了钻探技术培训和现场钻探操作表演，辅以军事训练、组织指挥、管理能力和基础理论等方面的培训。

培训班以邱村矿区为蓝本，各项活动也大多在邱村矿区举行。此次培训，还汇集了前来授课的全国黄金部队的钻探专家和精英，对于加快推进邱村金矿的地质勘探，尽快摸清地下的黄金资源，摆脱邱村金矿长期没有地质资料的被动局面，起到了非常大的作用。

此后，武警黄金十六支队又对邱村仙公寨、大沟及周边的13平方公里的区域进行了为期近两年的勘探，并相继提交了地质报告。

武警黄金十六支队入驻后，不仅为双旗山金矿、邱村金矿提交了详细的地质资料，为矿山企业发展打下了良好的基础，而且也和当地政府、企业建立了深厚的情谊，谱写了一曲军民鱼水情的新时代赞歌。

在地质钻探方面，武警黄金部队和双旗山金矿的工程技术人员的每一次勘查、每一次钻探的成果都是相互支持、相互配合的产物；在技术交流和学术研讨方面，双方坦诚交换意见，相互交流看法，业务能力都在相互交流中提升；生活方面，矿里除了提供日常服务外，在每一个大的节日，县乡矿都组织一些物资到部队慰问，开展联欢活动，尽量为子弟兵营造良好的外部环境。

当初签订勘探协议的时候，双方规定武警黄金部队的勘探成果以股份的形式入股企业。中央军委决定军队不能经商办企业后，武警黄金十六支队便把双旗山金矿、邱村金矿的勘探成果全部无偿转让给企业，这其中就包括邱村金矿13平方公里区域的探矿权和开采权。

李斌和陈志民经常说，邱村金矿这13平方公里的矿权是双方共同勘探的友谊换来的，是军民情谊的集中体现。

第十九章 自建化验室

怀抱着做大做强黄金矿业梦想的还有郑新烟。

郑新烟于1981年至1983年就读长沙冶金工业学校，后又考入福州师专，读的是化学专业，物质化学成分的化验分析是他的专业。本来，他为人师表，有一份在德化第二中学当化学老师的体面工作。他自己主动敲破铁饭碗，来到双旗山金矿筹建化验室，完全是他对化学的兴趣使然。

化验，就像是给黄金生产加工过程装上眼睛，是一个十分重要的环节。矿石的含金量要化验，其它化学成分要化验，球磨前的矿石粉末要化验，加工出来的金精矿也要化验，可以说，化验工作贯穿于整个黄金生产全过程。

没有其他帮手，郑新烟一方面白手起家，边筹建，边化验，建设起一个设施完善、功能齐全的化验室，也就是后来的质量计量科，另一方面，郑新烟四处物色专业人才。

刊登了招聘广告，一段时间后，终于有两个人前来应聘，一个是福建师范大学环境测量专业毕业的林积梁，这个来时还不到30岁的永泰籍小伙子，之前在建阳铅锌矿工作；另一个是林金忠，也是永泰人，就读的是钢铁学校的化验专业。有了这两个帮手，郑新烟立即感觉轻松了许多。

然而，还没等喘口气，郑新烟的担子又重了起来。随着邱村矿业和黄金冶炼厂的相继投产，化验工作也要适应需要，在这两个地方建立化验室。这期间，虽然矿里已经招收了几个文化程度较高的新员工充实到化验室，但人手还是不足，专业技术人员还是很缺乏。郑新烟不等不靠，依靠自身力量，又建设了两个化验室。

郑新烟一个人不可能三个地方来回跑，没有化验技术人员，再先进的实验室也不能运转。郑新烟只好到几个中学找，但找了很多中学，不是自身不愿意调到企业工作，就是主管部门不放人。大中专毕业生那时还实行统一分配政策，矿里也交代了县人事部门关照几个。但那时候，学化验的学生本来就少，仅有的几个也都去了政府部门，没人愿意来企业。俗话说，求人不如求己，郑新烟就到县职业中学物色了几个毕业生，招到矿里，亲自办班培训，亲自做实验示范，终于打造了第一批门徒。然后，制定规范，建立制度，一个能够根据生产需要及时提供化验数据的检验体系初步建成。

黄金冶炼厂的化验数据对各个生产环节至关重要，否则冶炼工作就像盲人摸象，无从下手。在郑新烟和同事们的努力下，新设立的冶炼厂化验室已经能顺利地进行不同选矿厂的金精矿粉多元素的分析，提供生产过程的样品、成品、半成品中所需要元素的精确分析结果，为各个生产环节提供较为准确的分析数据。

邱村金矿的化验室也为选矿厂生产及所在区域地质工作提供基本分析服务。

1998 年，是三个化验室建成的第一个完整年度。在这一年里，三个化验室共完成了“两矿一厂”地质样品化验 1500 多个，选矿厂样品 6000 多个，复检样品 2000 多个。同时为了保证检验质量，建立了样品复检和外检制度，日常分析样品按 15%-20% 进行抽样复检，复检的合格率均达 90% 以上，每半年安排一次的外检，合格率均不低于 85%。

通过不断总结完善，化验工作也建立起一整套完整的规章制度，包括材料管理制度、原始数据和副样保管保存制度、内部药品采购和保管制度等等。

随着业务的不断扩展，双旗山、冶炼厂和邱村这三个化验室逐步发展成为服务生产、产品交易检验及对外业务交流的重要窗口。

除了承担日常的化验业务，双旗山化验室还承担了武警十六支队样品加工 400 余件，合格率达 90% 以上，据反馈的信息看，获得很高评价。邱村化验室也为武警黄金部队的地质勘探及设计提供了较为可靠的基本分析服务，并与武警黄金部队技术人员建立了很好的业务协作关系。

冶炼厂的化验室在产品销售过程中常常运用自身的精确数据修正其他化验室的计算结果，维护了企业的合法利益。

如前所述，在葛坑黄金冶炼厂尚未建成时，金精矿都要送到山东加工。有一次，双旗山金矿把金精矿送到山东招远的一家黄金冶炼厂后，不知是对方数据出错还是其他原因，在金精矿的含金量上存在较大分歧，双旗山金矿的供销人员运用自己化验室的数据据理力争无果，最后只得提交第三方仲裁。在仲裁中，第三方仲裁机构采信了双旗山化验室的化验数据，为企业挽回了 9 万多元的损失。

后来，黄金冶炼厂建好了，除了处理双旗山金矿和邱村矿业生产的产品，也开始从各地购买金精粉进行加工，赚取加工费。

一次，黄金冶炼厂从尤溪金鑫矿业购进了 50 吨的金精矿，双方化验结果相差很大，又得提交第三方仲裁。后经长春金银检测中心检测，冶炼厂化验室提供的分析结果得到认可。

不久，质检科和冶炼厂承担了黄金精炼提纯工艺的课题。黄金冶炼是黄金生产的最后一道工序，其产品为成品金。但冶炼有粗炼和精炼之分，粗炼的叫合质金，也称矿金，其成色大约在 80% 至 90%。德化黄金冶炼厂初期生产的产品成色为 99.4%，属于成品金的范畴，但是成色还是偏低，延展性能不够，不能用作首饰加工，因此，出售价格也偏低。

郑新烟和李建军承担了项目任务后，认真学习和吸收国内外先进经验，特别是山东招远黄金冶炼厂的成功经验，对原有生产工艺进行优化和改造，采用真空带式过滤机作浸渣的洗涤过滤设备，轴流式氰化浸出槽进行三次浸出、三次固液分离和浸渣洗涤的先进工艺流程，经过试验获得成功。这种工艺使黄金产品的成色从 99.4% 提高到 99.8%，生产出来的黄金可直接用于首饰加工，产品质量大大提高，产品的价值也随之得到提升。

第二十章　情动外乡人

人才招聘会后，许多应聘来到双旗山的工程技术人员面临着的是比他们想象中更加艰苦的工作生活条件。住房、家属安置、小孩念书，这些非常现实的问题，困扰着每一个新双旗山人。

李斌感觉到，如果不能把这些后勤工作安排好、服务好，这些人就无法安心工作，甚至可能打道回府，离开双旗山。为此，李斌召开了新员工座谈会上，会上，李斌郑重地说："我是矿长，更是你们的后勤部长，虽然现在我们遇到不少困难，但你们的困难就是我的困难，我将竭尽全力帮助大家解决，一时解决不了的，只要我们不懈努力，也终将得到解决。"

李斌一席话，就像给大家吃下了定心丸，一下子就打消了大家的顾虑。

20 世纪 90 年代后，得益于出口陶瓷业的迅猛发展，德化县城市化进程快速推进。

这还得从西洋工艺瓷在德化兴起的故事说起。1985 年，时任福建省德化第五瓷厂厂长的温克仁自费到西欧考察，针对欧美市场的需要研发了西洋工艺瓷，从此打开了欧美等发达国家市场。此后，温克仁又先后发明了工艺色瓷、轻质瓷、釉下彩精陶等新瓷种，推动了德化县陶瓷业井喷式的发展。由于陶瓷行业，特别是西洋工艺瓷属于劳动密集型企业，需要大量劳动力，为此吸纳了大量农村劳动力进城务工。丈夫进城了，妻子也进城了，小孩也进城了，这样，城区的住房、教育等资源变得异常紧张。

李斌首先和县领导报告了情况，又与县教育部门、学校取得联系，把双旗山金矿向全国招聘人才及其子女就学遇到困难和问题的情况作了介绍，得到了各级各部门领导的理解和支持。于是，双旗山金矿和当时德化教学质量最好的德化实验小学、德化第二实验小学、德化第一中学以及葛坑中学、葛坑中心小学签订了就学协议，双旗山金矿的职工子女可按照就近入学的原则选择心仪的学校。当这个就学协议在员工中公布后，许多员工奔走相告，纷纷联系转学事宜。李山泉、丁保林等一大批职工子女就是在那时从老家转学到德化城关就读的。

除了就学，就是住房问题了。新来的员工人地两生，很难租到房子。李斌便安排综合部的同志在城关租来十多套房子，安排给有小孩在城关就读的员工使用。

租房只是权宜之计。中国人都有建功立业的传统，建房买房对于工薪阶层而言，就是最大的“业”了。接下来，李斌开始谋划在城关建设属于双旗山金矿的综合楼和职工宿舍。

那时，“两矿一厂”虽然已经建设完成，但都在深山，交通不便，信息不灵，制约了企业的长远发展。同时，职工没有自己的固定居所，也有碍职工队伍稳定。

李斌想到了阳山铁矿建矿早，实力强，在城关的坪埔有不少的政府划拨土地，便向当时阳山铁矿的领导商量，希望让出一块地给双旗山金矿使用。阳山铁矿的领导本就是李斌的同事，本来关系不错，但涉及企业利益，就犹豫了。李斌就到省冶金厅，找到有关领导，提出了要求。阳山铁矿和双旗山金矿同属省冶金厅下属企业，在当时尚未深化改革的情况下，资源相互调剂是一件很正常的事，于是，那位领导把两个矿领导叫来，开了一个协调会，发了个会议纪要，便把问题解决了。

1998 年 6 月，双旗山金矿城关综合大楼项目启动。根据协调会精神，阳山铁矿提供了一块约 2000 平方米的土地，其中阳山铁矿用了四分之一的土地在沿溪方向拟建一座招待所，沿街的土地供双旗山金矿使用。

双旗山金矿把大楼设计成“同”字型，根据实际需要，大楼临街部分设计成办公大楼，其余部分则让职工集资建房。

鉴于当时集资建房的法律法规和政策措施尚未出台，矿行政会议便根据双旗山金矿的实际，把集资建房定性为“脱困”性质，确定“谁集资，谁居住”的原则，规定集资房不得擅自转让，不得出租他人。

考虑到当时职工收入较低，积蓄有限，确定首期每套仅需上交人民币2万元，第二期上交1万元，剩余部分待办理房产证时再交清。当年年底，包括项红亮、王庆海等新招聘员工在内的35户员工搬进了新居。

正在许多搬入新居的员工处在乔迁的喜悦中，许多家长庆幸自己的适龄孩子选中好学校之时，一股暗流又在地下涌动。一些本来在城关有房子，但也想在集资建房中分一杯羹的人，如今落空了，迁怒于新来的员工，说：“我们在双旗山工作多少年了，你们刚来，就分得集资建房，如果不是你们，我也应该得到一套。”

有人挑唆对集资建房举措的不满，也就有人拿小孩就学说事。一些本地员工的孩子上的是普通学校，看到外来的新招聘员工小孩上的是重点学校，就怪罪李斌偏爱那些外来员工。

李斌听到这些议论后，便又找到一些老员工座谈，动之以情，晓之以理，说：“我们双旗山金矿的员工不论是老员工、新员工，都是一家人，大家要相互理解，相互包容。我们老双旗山人要有海纳百川的容人气度和广博胸怀，才能吸纳天下的贤才共建双旗山，才能把双旗山金矿做强做大。我们老双旗山人更应该学会换位思考，这一次，新加入双旗山团队的同志，有来自内蒙古、黑龙江的，有来自广西、云南的，他们有的舍妻弃子，孤身一人来到这里，有的远离父母兄弟，举家前来。他们举目无亲，如果我们不给他们温暖，谁给他们温暖？”经过细致的思想政治工作，许多有意见的老员工也打开了心结。

这一次风波平息后，李斌又进行了认真的思考。他觉得，这次人才招聘后，双旗山金矿人员的构成变得更加多元化，有来自全国各地的，有省冶金厅派来的，有德化县矿产工业总公司安排过来的，还有 1993 年建矿时过渡过来的，更有许多新招聘的员工。对于这些人，如何管？如何发挥他们的积极性、主动性和创造性？如何把他们凝聚起来，形成共谋发展的合力？李斌感觉到，首要任务是让新老员工的思想融合，通过思想融合达到容纳五湖四海的目标，这就需要培养一种新型的企业文化。这个文化可以涵盖多方面，首要的就是团队精神，通过新型企业文化影响员工，感染员工。

第二十一章　党工共建好

双旗山金矿刚刚成立时，许多参与筹建的同志行政和党员关系留在了原单位，还没有转来，党员人数也比较少，因此，只设立党小组。1996 年 10 月，双旗山金矿已有党员 10 人，经省冶金工业总公司直属机关党委批准，同意双旗山金矿成立党支部，李斌任书记，卢东海、吴金龙任支部委员。此后，新来员工的党员关系陆续转入，也发展了一批批新党员，党员队伍不断壮大。

当时，新公司法尚未出台，企业所依据的是 1988 年颁布的《中华人民共和国全民所有制工业企业法》，中国共产党在企业中的基层组织，对党和国家的方针、政策在本企业的贯彻执行实行保证监督。

那么，如何进行保证监督呢？李斌觉得，应当发挥我党的政治优势，充分发挥思想政治工作的作用，把全体员工的思想凝聚起来，为企业发展献计出力。为此，李斌组织党支部一班人完善了“三会一课”制度，制订了党支部的活动规则，明确规定党员先锋模范作用的具体落实办法，并且规定，每一个党员挂钩若干位普通员工，对这些员工的思想动态、工作表现、生活起居、活动圈子要了如指掌，及时帮助。通过这个制度的落实，党支部掌握了员工的总体状况，有针对性地做了工作，搞小山头、小圈子、小动作的人没了市场，“五湖四海”的局面初步形成。

从 1995 年 6 月筹建双旗山金矿，到 1998 年初，已经有近 3 年的时间。经过近 3 年的建设，双旗山金矿投产已经两年多，邱村矿业和黄金冶炼厂也即将建成投产，双旗山金矿的员工人数从最初的 30 多人，发展到 200 多人，职工要求成立工会的呼声也越来越高，筹建工会的条件业已成熟。

经双旗山金矿党支部研究，1998 年 3 月 18 日，成立了双旗山金矿工会筹备组，党支部委员吴金龙任筹备组组长。在筹备期间，先期确认和发展会员 208 名，根据不同班组、科室，划分为 17 个工会小组，并选举职工（会员）代表 25 名。

1998 年 6 月 26 日至 27 日，双旗山金矿第一次职工代表大会暨会员代表大会隆重召开，李斌在会上向职工代表作了热情洋溢的行政工作报告，他说："是你们用辛勤的劳动，换来了我矿今天的繁荣和发展。纵观我矿的发展史，无不凝聚着一群人对事业的执着，对矿山的情怀！"

李斌就双旗山金矿的生产经营情况以及邱村矿业、黄金冶炼厂的建设进展情况向职工代表作了报告，同时对下一步的工作提出意见，再次重申了"建一流企业，创一流业绩，出一流人才"的目标。围绕这"三个一流"，又提出了一个个子目标，包括"强企富工"的目标，以及一系列落实目标的保证措施。

最后，李斌强调："我们必须居安思危，保持清醒的头脑，在做好矿山生产的同时，做好内引外联工作，自觉参与市场竞争，苦练内功，增强后劲，在知识经济即将到来的时代，我们要尽快形成一业为主，多业并存的企业集团！"

李斌在报告中还特别提到要加强非金产业发展的思路，包括近期要与国家黄金局合作在厦门开设双旗山黄金旅行社的举措等等。

会上，吴金龙代表工会筹备组作了筹备工作报告，职工（会员）代表对两个报告进行了热烈的讨论。会议选举了首届双旗山金矿工会领导班子，吴金龙当选为工会主席，常红卫、颜遐週、李建军和黄艳涛当选为工会委员。

首届双旗山金矿工会委员会产生后不久的 1998 年 7 月 25 日，首期《双旗山简报》（月刊）诞生了。这一期期刊刊登的主要内容是第一次职代会暨会员代表大会的情况，包括大会概况、矿长工作报告摘要、工会小常识以及《邱村民采硐彻底被炸封》等信息。此后，这份由工会主席吴金龙任编辑、后由李斌矿长任总编的企业刊物内容不断完善，信息量不断增大，逐步建立了时事摘要、矿内新闻、冶金信息、好人好事、职工园地、党员园地、报刊文摘、学习辅导等许多板块。

简报的创刊，成为矿领导班子发布重要文件的窗口，领导的主张、意图通过简报发布，如每一年的矿长在职代会上的工作报告都在简报上刊发，矿务会上做出的重大决策也在简报发布；简报也是沟通思想的重要渠道，职工把自己的所思所想通过稿件让大家分享，而领导也可通过简报把情怀释放。如果说，署名“双旗山马儿”的员工写的《感觉双旗山》把自己从初来双旗山时走崎岖弯路的那种怕，从对那种“震耳欲聋”机器噪音、“扑鼻而来”黄药味的那种不习惯，到为了祖国黄金事业深爱双旗山，是双旗山人的一种普遍心理历程的话，那么，时任副矿长的谢文清写的一篇《人生要有大境界》的文章，就是对大家都非常有启迪意义的力作；简报，又是展示才华的舞台，打开尘封的旧报，陈国升的《国庆抒笔》、刘志坚的《守望的日子》、伟鹏的《悟》、罗伟的《我的追求》分明就像是丑小鸭向白天鹅过度时的姿态；简报，还是弘扬正气的平台，一个个平凡人的不平凡事迹在简报上展示……

工会成立后，吴金龙等工会班子立即按照工会法、工会章程规定，开展一系列旨在丰富职工文化生活、培育团队精神的活动。

当年10月12日，双旗山金矿职工技术协会成立，经县工商行政管理局同意，职工技协下设服务站，开展矿业技术服务，并于11月17日颁发了企业法人营业执照。

技协服务站成立后，根据双旗山金矿拥有来自全国各地技术人才的独特优势，按照“立足本单位，面向全社会”的要求，利用技术专长和经验技巧，实行技术合同制管理，对外承揽了有关矿业的技术服务、技术咨询、技术开发、技术转让和业务培训等业务和工程。

职工技协的成立，不仅能够为技术人才在业余时间发挥才能，而且增加了他们的收入，也为职工福利增加了基金。

双旗山金矿从筹建开始，就形成了连续作战的习惯，节假日均没有休息。为了丰富坚守深山职工的业余文化生活，职工文化体育活动也有序展开。

1998年的国庆节，由矿工会主办的主题为“团结、增强、拼搏、进步”的“庆国庆体育竞赛”活动，在双旗山金矿、邱村金矿和黄金冶炼厂分别举行，举办了越野赛跑、拔河赛、乒乓球赛、羽毛球赛和象棋比赛等活动；1999年元旦，矿工会邀请了武警黄金部队十六支队、县医院、县特殊教育学校的职工共同举办文艺联欢晚会。当冶炼厂职工献上了一曲由厂长李建军创作的大合唱《冶炼厂之歌》、双旗山金矿职工共展歌喉唱出《众人划桨开大船》时，群情激荡，作为双旗山团队一员的自豪感油然而生。此后，双旗山金矿工会形成制度，每逢元旦、春节、五一国际劳动节、国庆节，都要举办丰富多彩的文化体育活动。

为弘扬艰苦创业的精神，激励先进，树立榜样，1999年8月9日，矿工会组织第一批优秀职工到厦门休养。

矿工会作为职工群众自愿结合的组织，始终把为职工说话办事视为天职，把帮助服务职工当成己任。1999年8月，保卫科员工陈苍松的母亲得了癌症。陈母没有工作，自然也就没有医保，生活困难，没钱治病。吴金龙知道后，便以矿工会的名义发出了向陈苍松捐款的倡议书，得到广大会员的积极响应，仅十来天的时间，全矿职工捐款就达4923.3元。9月9日，当吴金龙带领工会委员把大家的捐款和祝福送到陈苍松家里时，陈苍松一家流下了感动的泪水。

第二十二章　强企富工梦

首届职代会后，李斌对“强企富工”目标进行了进一步的阐释，就是把企业做成涵盖多个区域、多个领域，经济实力和经济效益显著增强的企业集团，在此基础上职工收入高于地方同类水平，同时提出职工的收入由两个方面组成，一个是工资收入，一个是投资收入。

李斌提出“强企富工”这个目标是有深层次原因的。20世纪90年代以来，中国市场的供求关系发生了根本性变化，从“短缺经济”迅速变成了供大于求，特别是亚洲金融危机使中国需求不足的问题更加凸显出来，许多国有企业面临亏损的局面。在这种情况下，朱镕基总理提出的国企“三年脱困”的目标，一些国企关停并转，一些职工下岗。双旗山金矿正是在此背景下招聘到许多技术人员的。这些技术人员大多有着大学以上的学历，又有着多年的工作经验，在工作上是一把好手。但由于来双旗山之前，大多在国企工作，工资较低，积蓄不多，家中有老有少，来到双旗山也是为了增加收入，改善生活条件，过上体面生活。但由于双旗山金矿及邱村金矿、黄金冶炼厂均是新办企业，资金积累不多，又是国有股份合作制企业，收入水平受当地总体水平制约，职工福利也不可能太好。

但是，国企改革的一些措施也使民营企业有了更多进军矿产业的机会，福建境内就有不少企业转向投资矿业。仅金矿一项，一年多的时间内，就先后有龙岩上杭的紫金矿业、泰宁的何宝山矿业、尤溪的金鑫矿业等黄金矿业异军突起。办企业就要有人才，这些企业也在到处招贤纳士，双旗山金矿第一批招聘的技术人员中就有个别人为其他矿山的高薪所诱惑，离职他就。

李斌提出的“强企富工”目标，其根本目的还是留住人才。此后，李斌也采取了许多措施来实践这个目标，此是后话。

按照马斯洛的需求层次理论，人的需求是从低级需要向高级需要逐级递升的，低级的需要如生存、安全、情感的需要，高级的需要则是尊重和自我实现的需要。自我实现的需要是人能够展示自己的才华，充分地发挥自己的潜在能力，成为所期望的人物。人才招聘会引进的技术人员，矿里都人尽其才，安排到合适的位置，但是李斌觉得，还应该多做些工作，营造更好的氛围，让他们有更好的发展空间。

1999 年 3 月 5 日至 6 日，为加强对干部队伍的管理，加强科技队伍建设，立足岗位成才，双旗山金矿召开管理干部和技术人员务虚会，来自双旗山金矿、邱村矿业和黄金冶炼厂这“两矿一厂”的 30 多名科技人员参加了会议。会上，大家立足实际，结合自己的专业和岗位，畅所欲言，提出了许多好的意见和建议。

两天的自由发言，大家集中起来的意见主要有：一是要加强思想政治教育，端正对科技人员的态度，形成尊重知识、尊重人才、尊重创造的浓厚氛围；二是要壮大科技队伍，增加地勘和采矿科技人员，压缩后期人员；三是要加强考核，建立约束机制和激励机制；四是对科技人员实行聘任制和合同制，加强科技人员的责任感和归属感，稳定科技队伍；五是要加强各部门科技人员的团结协作，形成全矿一盘棋的局面；六是要增订专业刊物，营造学习氛围，拓宽知识面；七是要确定课题，横向探讨，形成科技人员人人有研究课题，年年有项目任务的局面。

李斌对这次务虚会提出的意见建议十分重视，立即召开矿务会专题研究，抓好落实。其中，在学术课题方面，指定由矿总工办牵头负责。总工办根据矿里实际需要和技术人员的学科情况，设置了探矿、采矿、冶炼等多个学术小组，制定科研管理办法，并于 9 月 30 日颁发了关于鼓励发明创造的意见，出台闽双矿人字［1999］第029号《福建省双旗山金矿合理化建议及技术创新奖励办法》，对合理化建议及技术创新的提出、实施、评定及奖励措施都作了明确的规定，同时成立合理化建议和技术创新工作管理委员会。文件还要求每一个技术人员都要结合实际开展研究，每年写出一篇论文，对优秀成果给予奖励。

这项措施的出台，大大地激发了广大科技人员的科研热情，许多人拿起久违的书本，在知识海洋中探索真理，在实际工作中寻找真知灼见。到年底，全矿共收取学术论文20多篇，大部分都有很高的使用价值、学术价值和指导作用。

2000年2月21日，双旗山金矿召开第二次工程技术人员务虚会，参加会议的有来自“两矿一厂”的34名各个岗位的科技人员和技术骨干。

根据生产需要，会上安排了七个对于企业发展具有重要意义的科技进步研究课题，包括：外来金精矿氰化试验研究及冶炼厂氰化流程试验、无捕收剂选矿试验研究、薄矿体和残矿体采矿试验研究、建立材料设备微机管理系统和利用微机考核设备运行经济技术参数、利用微机数理统计手段建立氰化工艺数学模型优化工艺参数、氰渣再浮选试验以及部门协作开展对外经济技术服务等。

会上对课题研究组织及成果管理进行规定，提出研发主体立足本企业，但对于研发难度大、涉及面广的也可与其他科研机构协作完成，对课题的责任人也进行了分工，对完成时限进行规定。

可以说，这些课题都是当年亟需解决的问题，课题的推进，对“两矿一厂”的发展将有着重大意义。

会上，谢文清副矿长致开幕词，吴金龙主席宣读了非工程的经济、会计等系列学科的贺信，3个生产单位和4位专业技术人员做了工作和学术交流，最后，李斌矿长作了《崇尚科学，实现人生》的报告，强调全矿上下要形成尊重科学、精心求证、勤奋求知的学术氛围，推动科技进步。会后，对学术价值较高、对生产经营有指导意义的论文编印成册，优秀论文推荐到国内专业期刊发表。

2001 年 4 月 30 日，双旗山金矿召开技术革新、小改小革合理化建议评审论证会。评审会由谢文清副矿长主持，11 名专业技术干部及技术工人参加了会议。会上，大家对“95kW 电机启动器改造”等 9 个项目进行了认真的评审论证。会议决定在广泛征求使用单位意见后对上述 9 个项目按照闽双矿人字［1999］第 029 号文件给予适当奖励。

第二十三章　班组共争先

企业关心职工，职工奉献企业。双旗山建矿以来，涌现出一批又一批先进班组和先进个人，我们从当年职代会表彰、《双旗山简报》连载的材料中，再一次感受到这一些人和事中的平凡中的伟大。

先看看先进班组。

磨浮工段是选矿工作的关键，这个工序出了问题，黄金的回收率就可能下降。双旗山金矿磨浮工段B班平时注重班组建设，集体荣誉感强，工作积极性高，1998年全年没有发生任何事故，圆满完成矿里下达的任务和指标。同时在生产工作中集思广益，肯动脑筋，提出了许多好点子，搞了不少小发明，如协力架设二系列输药管道，将整批药剂用木板、砖头垫高，挖沟排水，使药剂不受潮等，被评为1998年度先进班组。

双旗山金矿经警小队面对的工作环境依然严峻，那些不知从什么时候开始被称作“黑猫”的盗矿分子还是经常光顾矿硐盗矿。无论刮风下雨，无论天寒地冻，无论是山石荦确、荆棘丛生的山坡，还是阴冷潮湿、硝烟弥漫的井巷，双旗山金矿经警小队的队员们坚持日夜巡查，从不间断。在巡查过程中，与盗矿分子相遇、应急处置是常事，有时敌众我寡，斗智斗勇也是难免。1998年，他们共抓获盗矿分子39名，其中13个情节严重的盗矿分子被移交公安机关处理。该小队全年共炸封盗硐18个，制止违法开采15起，全矿全年没有发生刑事和治安案件。在1999年的职代会上，双旗山金矿经警小队作为先进班组受到表彰。

井下生产技术组担负着衔接地质、采矿、测量和施工的任务，工作时间大部分在井下，条件艰苦，责任重大，如果工作没有做好，选矿厂就可能面临无米之炊的局面。1999 年，该组在组长的带领下，克服人手不足而又点多面广的困难，紧紧围绕矿里下达的年度计划开展工作。在地质工作方面，他们尽可能与采矿工程相结合，避免重复建设；在采矿方面，他们加强计划管理与现场管理，有效控制矿石损失和贫化，提高资源利用率；在测量方面，工程进展到哪，他们的测量工作就跟踪到哪，并及时上图，有效地指导了工程施工，使全矿的生产得以正常、稳定、连续进行，被评为 1999 年度先进班组。

再看看这些先进个人。

李建军 1998 年初经招聘调入双旗山金矿，然后根据他的专业和特长分配到黄金冶炼厂任工程师。李建军一到冶炼厂，就立即熟悉现场，了解工艺设计意图，经验丰富的他发现炼金室现场工艺及设备配置都有待改进，立即提出了调整意见，经矿务会研究同意后，对中频炉进行拆迁重装，对炉渣的破碎、磨矿及重选摇床等设备进行重新调整安装，形成了另一种成熟先进的炼金工艺，即中频炉粗炼，硝酸分金的金泥冶炼工艺，提高了黄金提取率和工作效率。李建军还根据冶炼厂的工艺特点和操作要求，亲手制定了 20 余项近 3 万字的安全生产操作规程，实现了规范化生产，有效地杜绝了事故的发生。李建军被评为 1998 年度的先进个人。

项宏亮也是 1998 年来到双旗山的，负责邱村矿业的地质工作。邱村区域就像一张白纸，项宏亮就从零开始，开展对大量民采硐的调查。在参与仙公寨矿段 856、820、802 三个中段的系统工程开拓中，圈定 B+C 级矿石量 14 万吨，黄金金属量 805 千克；同时，独立完成仙公寨矿段深部 772 中段地质开拓设计工作、主持仙公寨外围和大沟外围的地质探矿工作，均取得较大成效；此外他还独立提交了开拓大沟矿段 833 中段、802 中段的地质平面图，完成大沟矿段的深部地质剖面图以及仙公寨和大沟的垂直纵向投影图。由于他对邱村矿区仙公寨矿段和大沟矿段作了系统、科学的地质研究，不断总结完善，初步掌握了邱村矿区的成矿地质规律，为科学系统地开发邱村矿区的资源提供了可靠的地质依据。项宏亮被评为 1999 年度的先进个人。

李山泉来到双旗山后在双旗山金矿的生产科工作。他坚持每天看图纸、下矿井、跑现场，掌握井下作业条件和生产规律。他在对出矿和配矿计划管理时，尽量多回收低品位矿石，把资源浪费减小到最低，为延长矿山服务年限打下基础；在现场管理方面，他较好地控制了采矿过程中可能造成的矿石损失与贫化现象，如在 609 采场底板多回收了 500 多吨 5 克 / 吨以上的高品位矿石；他作为井下作业施工员，严格控制采场边界，坚持按施工质量管理规范进行施工与验收，坚决制止不听指挥造成矿石损失或贫化的问题。李山泉也荣入 1999 年度的先进个人光荣榜。

郭清水是一位在机修方面有着丰富经验的老师傅。1999 年年初，郭清水组织机电人员保质保量按时完成了双旗山金矿、邱村矿业所有设备的年终大检修，同时对以前设计不合理的双旗山金矿选矿车间的搅拌桶、分级机进行改造换装；春节期间，邱村矿业破碎工段的圆锥破碎机发生严重故障，由于厂方派来的工程师业务不精，盲目指挥，结果上下拆装 29 次，都没能修好。郭清水果断接手抢修后，从早上 8 点干到下午 5 点，就使设备正常运转，此后该设备再也没有发生故障。黄金冶炼厂的工艺流程改造、中试场的设备改造任务都很繁重，冶炼厂大铁罐重达 8 吨多，中试场安装时间紧，郭清水率领伙计们都圆满完成任务。郭清水在日常工作中，既做好传帮带，又身体力行、身先士卒，哪里需要就到哪里去，哪里有困难就冲向哪。在 2000 年初召开的职代会上，郭清水登上主席台，领取了沉甸甸的先进个人证书和奖金。

郑峰源在双旗山金矿破碎工段工作，他们班组所使用的原矿仓格筛经过一年多的打砸，有些已经严重破损移位，致使超规格的矿石经常落入破碎腔造成堵塞，郑峰源就组织重新安装，解决了问题。他在圆锥破碎机的作业中发现了小窍门，提出了把扎臼壁上方进料口割掉一层的合理化建议，得到实施后效率大为提高。同样，郑峰源获得了 1999 年度先进个人的表彰。

黄艳涛是一位女同志，她从 1998 年 5 月份分到冶炼厂从事化验工作后，对工作认真负责，精益求精，爱岗敬业，以矿为家，药品管理井然有序，加班加点毫无怨言，传授技艺满腔热忱，得到全矿职工的认同。黄艳涛还兼任矿工会委员和女工委员，在从事工会日常工作、开展文体活动、组织女工体检方面也都有她忙碌的身影。她同样进入先进个人榜。

孙志伟是邱村矿业的一名驾驶员，还兼任食堂总务。他是一个甘于奉献、乐于助人的人，不分分内分外，不管白天黑夜，始终脚踏实地、勤勤恳恳地工作，只要工作需要，不管对方地位尊卑，他总是随叫随到。谢文桂是磨浮工段 C 班的班长，他事事走在大家的前头，刻苦钻研，埋头苦干，带领一班人完成一班班的工作任务。此外，陈金花、郑月美、何晓辉、涂永沛、郭剑盛、姚成武、苏兴宏、陈文成等等，一位位先进员工成就了双旗山金矿，双旗山金矿也成就了他们。

第二十四章　扩能又挖潜

从古到今，黄金都是财富的象征。

中国春秋时期管子的言论中就有“黄金刀币，民之通用也”的记载。春秋战国时期，中国就广泛制造和使用金属货币，当时的楚国虽然是一个小国，金币却是他们的主要流通货币之一，史称楚金币为“印子金”“版金”或者“饼金”，现在一般称楚金币为“爰金”，是目前中国境内发现并记载的最早的黄金货币。

此后，黄金作为最为贵重的货币风靡世界数千年，“金币”是人们梦寐以求的财富。到了近代，由牛顿创立的金币本位制让黄金的价值登上了顶峰；第一次世界大战前夕，金币本位制被金块本位制和金汇兑本位制所取代，黄金仍然是衡量财富的根本介质。由于黄金产量小，黄金产量的增长速度远低于经济的发展速度，1944 年，美国建立了布雷顿森林体系，国际经济体系的核心从黄金变为美元。1971 年 8 月，美国政府宣布停止美元与黄金挂钩，并先后两次将美元贬值，这个残缺不全的金汇兑本位制也宣告崩溃了。金本位崩溃了，但黄金作为国家储备的功能还在延续。

进入 20 世纪 90 年代，一些媒体和相关专家学者纷纷撰文认为，黄金正在回归普通商品，它的货币、保值功能正在日益削弱，叹息黄金已今不如昔，风光不再；西方一些经济学家也提出了黄金作为国家储备的功能已经丧失的理论，并逐步被一些欧美政府所采纳。

随着黄金非货币化进程的加快、黄金避险作用的下降，各国中央银行倾向于减少黄金储备。尤其是欧洲部分国家为了满足加入欧洲经济与货币联盟的相关财政预算的要求，调低了黄金储备，增加了黄金市场的供给，开始抛售国家储备黄金。

1997 年 5 月 7 日，英格兰银行宣布大量抛售黄金储备，转而投资政府债券等其他收益更高的产品。这一举动将当时弥漫于欧洲的“反黄金”情绪推向顶峰。英格兰银行的举动引起了连锁反应，此后，法国、西班牙、荷兰、葡萄牙等欧洲多家国家央行纷纷效法，开始大量抛售黄金。

随着欧洲各国黄金储备抛售潮的泛起，黄金价格一路下行，就是发生了亚洲金融危机和科索沃战争也没能有任何改变。1998 年，黄金平均价格为 294 美元 / 盎司，折合人民币也就 80 元 / 克左右。“名义上这是 1978 年以来的最低价，实际上是 1972 年以来的最低价”。英国黄金矿业服务有限公司（GFMS）董事长菲利普．克拉普威克（Philip Klapwijk）在当时的报告中说：“这种令人失望的价位是在金融大动乱的一年里发生的，特别是八九月份，人们本来预料金价会得到回升。膨胀起来的商业危机，道琼斯指数一天下跌一个记录，美元突然下跌和大量会头黄金的下跌，使全球金融业面临巨大压力，但这只不过暂时阻断黄金下跌的趋势。”

此后发生的两个事件，又让黄金市场产生起伏。第一个事件是英国财政部的公告，他们打算在 1999 年和 2000 年间拍卖出售 125 吨黄金，随即拍卖第一批 25 吨黄金；第二个事件是华盛顿协议，欧洲 15 个国家央行对这种大量抛售黄金储备的现象感到十分忧虑，就召集各成员国在华盛顿协商并签订协议，规定在今后 5 年内，每年抛售黄金最多不得超过 400 吨，黄金价格又出现了剧烈反弹。但是，风暴的消失与其到来一样迅速。在达到其高点后，价格迅速下跌，在不到一个月的时间里，金价再次跌至 300 美元 / 盎司的水平，且还存在继续下跌的趋势。

事后回看，这些抛售黄金的国家央行都遭受到了巨大损失。最为惨重的是瑞士国家银行，在此后的 10 年里，该行共抛售黄金储备 1550 吨，资产缩水 190 亿美元。其次为英格兰银行，资产缩水 50 亿美元。

黄金的市场价格，直接影响黄金生产企业的经济效益。双旗山金矿创办的《双旗山简报》，各个阶段的金价信息都会刊登，墙报也有发布，许多员工看到金价如此低迷，都有了强烈的危机感。

李斌从建矿之初就有关注每天金价波动的习惯，并已有所准备。当时他力主建立邱村矿业和黄金冶炼厂就是有防范市场波动的考虑，但欧洲国家狂甩黄金、金价降到这么低的程度，则是他始料未及的。但他始终认为，黄金作为特殊商品，有降必有升，有升必有降，在低谷时一定不要被困难所吓倒。

为此，李斌亲自参加了在安徽省安庆市举行的中国黄金学会第二届六次理事会，安排谢文清和董福章参加在上海举行的中国黄金问题报告会，同时认真研究黄金市场动态，特别是黄金生产开放的有关信息，对当时的黄金市场情况进行分析研判，研究应对措施。

为了应对黄金价格下跌对经济效益造成的影响，李斌和班子成员们确定以“降成本，增效益”为重点，采取了一系列挖潜扩能的办法。

首先是加强地质找矿工作。

在双旗山矿区，继长春科技大学刘连登教授对矿床矿体作了定量预测以及对外围找矿进行靶区评价，与武警黄金部队联手对双旗山金矿及其外围进行钻孔勘探，并且组织人员对民采硐进行全面编录后，双旗山金矿立即进行生产地质方面的工作。

安排宋开族等地勘科技人员根据 13Au 成矿的复杂特点，认真总结一年多来地勘工作经验，从实际出发，采取相应的措施，合理评价修订矿床勘探类型、勘探网度和勘探方法，加强成矿规律研究和成矿预测，修改绘制矿山新的地质图件和探矿作业计划。1998 年全年投入坑探 2524 米，坑内钻探 500 米，槽探 225 米，刻槽样 383 个，抓样 1040 个，升级金品位 5 克 / 吨以上地质储量 3 万吨，金属量 130 千克，新增地质储量 C+D 级 3 万吨，金属量 126 千克。

在邱村矿区，地质工程技术人员和武警黄金部队密切配合，

针对地质资料不足、地质工作滞后的情况，根据现有坑道及民采硐取得的一些资料，一边采取边探边采的方式满足选矿厂生产需要，一边组织系统钻探，也取得了一定的突破。

其次是组织满负荷生产。

由于邱村矿业和黄金冶炼厂这两家企业都由双旗山金矿的生产经营团队负责建设、生产和经营，又都在1998年这一年建设并投产，因此，这两家企业所需要的人员都从双旗山金矿抽调，这就给双旗山金矿本部的生产经营活动造成较大的压力。谢文清作为分管生产和人力资源的副矿长，认真做好井下和选矿厂的工作衔接，科学使用设备，双旗山金矿本部一年来处理矿石8.55万吨，完成年计划103%，生产含量金400.4千克，折合12814两，再次突破万两，完成年度计划的116%。

邱村矿业当年4月23日投产后，球磨机合计运行时间3894.1小时，设备运转率达85.08%，累计处理矿石3.63万吨，金精矿产量达1448.48吨，合计产出含量金90.665千克。

黄金冶炼厂当年5月25日试生产后，磨矿系统累计运行4005小时，设备运转率达87.37%，共处理金精矿4386.3吨，入厂平均品位66.5克/吨，生产含量金282.8千克。

再次是控制成本。

在黄金生产成本里，采矿成本占了很大部分。1996年初，在招投标时，中标的浙江苍南井巷工程公司的中标价是43.5元/吨。

“能不能在这动点脑筋呢？”谢文清想。

谢文清又想到了总工程师曲宝观，他在山东招远从事黄金工程技术工作多年，阅历多，经验丰富，便向曲宝观请教。

曲宝观说：“山东的一些矿山在实行采矿单价招标时，有一些企业考虑了设备折旧的因素，也就是说，随着时间的推移，设备折旧越来越多，单价就越来越低。但大多要有合同约定。”

谢文清立即从档案室翻出 1996 年初的招标文件，一看，当时的乙方浙江苍南井巷工程公司，作为报价构成的设备折旧年限是两年，也就是说，到 1998 年所有设备已经折旧完成。

谢文清当即向李斌作了汇报，李斌安排谢文清和另外两名同志作为甲方代表和浙江苍南井巷工程公司谈判。

谢文清准备了详细的资料，向该公司提出了降低采矿掘进单价的主张。对方以合同没有约定为由一口回绝。谢文清他们摆出了详实的数据。对方又提出设备即将报废，降价影响生产。双方展开了拉锯战。经过一轮又一轮的艰苦谈判，对方不得不接受降价，使采掘单价从原来的 43.5 元 / 吨，降至 39.5 元 / 吨。

球磨是选矿的一个重要工序，用作磨矿的钢球用量很大，每磨 10 吨矿石，就要消耗 1 千克的钢球，以双旗山金矿为例，按照当时日处理量 250 吨，每天就要消耗 250 千克的钢球。因此，以前从厂家直接买进一批，用完了又买第二批，每一批都要买几十上百吨，占用了许多流动资金。谢文清便想在这做文章了。谢文清和生产钢球的厂家谈判，实行钢球"单耗成本"的办法结算，厂家把钢球运抵由双旗山金矿提供的仓库，每月按实际用量结算付款，这样，双旗山金矿又省下了一大笔流动资金。

企业内部节能降耗也在进行。双旗山金矿实行探采结合，节省探矿工程 400 米，节省投资 20 万元，加强坑钻结合，以钻探代替坑探 500 米，节省探矿费用 20 万元，其他消耗比年计划降低 22.4%。

第二十五章　数字化先行

20世纪80年代，一部出自美国人托夫勒的巨作《第三次浪潮》点亮了多少年轻人的梦想。李斌看这本书是在20世纪的80年代中期，他看到的是1983年以“内部发行”的名义出版的。谢文清看到这本书的时候，是时隔一两年后正式出版的译作，那时他还在读高一。进入90年代，随着中国第一个全国性互联网的建成以及NCFC与美国NSFNET的直接连通，两人都认识到，一个全新的互联网时代就要来临，企业有必要为此做好准备，才能在激烈的生产竞争中立于不败之地。

李斌提出要把这项工作抓起来。

然而，在那个时期，“互联网”“数字化”这些名词大多停留在文件和报刊，能够引入这些工作的大多也是高新企业，地方政府部门基本上是把电脑当成打字机使用，更何况是双旗山金矿这样的矿山企业了。

李斌抽来了两位学历较高又比较年轻的同志组成研发小组专门从事数字化工作，同时，与县人事部门联系，争取分到若干名计算机专业的大学生。但是，几个月过去了，由于没有前人的经验可循，工作很难推进，而计算机专业的学生也没能在1998年的毕业生里分到。按照当时的人事局局长蒋恭祝的话说，当时计算机专业的学生炙手可热，全都留在了大城市、大机关或大企业，基本没能回到县一级。

正当数字化工作找不到头绪的时候，李斌提出了和高校开展合作的思路。在对几个大学进行比较后，李斌选中了他的母校南方冶金学院。南方冶金学院是中国有色冶金的著名学府，在矿冶工程、机电一体化和信息技术等方面拥有强势学科。李斌毕业后与该校的领导工作联系频繁，彼此都很熟悉，他和学院领导打了电话，说明合作的意向。学院领导当即拍板同意，并指示电子信息工程系负责此项工作。

不久，南方冶金学院派出电子信息工程的一位副教授和几个研究生来到双旗山金矿，指导双旗山金矿的数字化工作。李斌决定从财务管理入手，首先做好电算化工作。经过双方的密切配合，财务电算化操作软件很快就设计好，经过几个月的试运行，效果很好，所有财务报表都由计算机完成。接着，又对生产、管理系统进行数字化改造，企业大部分文件、制度和规定都通过计算机发布，企业基本实现了无纸化办公。

这些方面的数字化改造完成以后，接着要做的是地质资料的数字化工作。这些工作用如今的眼光来看是很普通的事情，但在那个时候，则是很超前的一项工作，也没有人尝试过，可以说是前无古人。

矿山企业的重点在地质，在井下，李斌对研发小组提出了建立地质工程数字化的要求。经过不懈努力，研发小组终于研发出地图、地形图、地质图等一系列数字化软件，使双旗山金矿成为当时企业数字化的先行者。这一次院企合作，不仅为企业的快速发展插上翅膀，同时也造就了一大批数字化人才。

此时，双旗山金矿的组织结构和内部的分配、用工和财务管理制度也基本理顺，建立起了和企业发展相适应的、所有权和经营权相分离的、高效快捷的管理模式，在德化开创了由经营团队负责承包经营企业的先河。

企业步入正轨后，柯德育不再兼任双旗山金矿矿长职务，由李斌担任矿长。

双旗山金矿隶属于福建省冶金工业总公司，也就是机构改革前的省冶金厅，企业定级为副处级，当时的矿领导班子为：李斌任矿长兼任党支部书记，卢东海、孙有奖和谢文清任副矿长；企业下设九个中层机构，分别是：综合部、财务科、供销科、生产技术科、选矿车间、化验室、保卫科、福建省德化县邱村矿业有限公司（二级单位）和福建省德化县黄金冶炼厂（二级单位）。

福建省双旗山金矿、福建省德化县邱村矿业有限公司和福建省德化县黄金冶炼厂即常说的“两矿一厂”的用工统一由双旗山金矿调配和管理。管理人员和技术骨干主要由各个单位调入以及向有关单位借调和聘用，各岗位的操作工人主要由合同工、临时工组成，采矿系统实行投标外包，采矿人员及其组织管理由中标的工程队负责，但应接受双旗山金矿生产技术科的技术指导和工作监督。

双旗山金矿、邱村矿业和黄金冶炼厂的财务实行独立核算，遵循股份企业的管理规范和制度，同时又发挥互补优势，统一调配使用。

“两矿一厂”作为三个独立核算的经济实体，建立各自独立的分配制度，接受股东会及其董事会的领导，定期召开股东会，向股东会报告企业的生产经营情况和利润分配方案，接受股东的监督和指导。

20世纪90年代初，地处龙岩上杭的紫金矿业与双旗山金矿处在同一起跑线上，但进入20世纪90年代后期，紫金矿业凭借资源优势，快速发展。李斌及其经营团队感觉到了巨大的压力。如何发挥自身的优势，把企业做强做大，继续保持在福建省黄金行业的领先地位，为福建省及其本地的黄金事业做出更大贡献，是一直萦绕在李斌脑际的问题。

经过对德化周边资源环境的深入分析和研判，李斌得出了双旗山金矿地处闽中金矿异常区的中心，周边金矿星罗棋布的判断，并于1998年6月提出了新的设想，就是要充分发挥双旗山金矿地质、测量、采矿、选矿和冶炼一条龙的优势，逐步把周边的金矿点整合成双旗山金矿的卫星厂，打造以双旗山金矿为龙头，覆盖周边矿山企业的企业集团，形成福建省除了紫金矿业之外的另一个重要的产金基地。李斌还提出了“以矿为主，多种经营，全面发展”的办矿方针，确定了到20世纪末实现吨黄金、亿元产值的目标。

第二十六章　万旗奏新章

1999年，“两矿一厂”俱已进入正常运转状态。经李斌提议，矿务会研究通过，双旗山金矿采取了一系列对外投资扩张发展的举措。

邱村矿业投产以后，所有民采也全被叫停，民采硐炸封，整个邱村由原来的熙熙攘攘、人山人海一下子变得沉寂起来。邱村矿业的设计日处理能力是100吨，投产后优化了配置，挖掘了潜能，日处理能力提高到了200吨。邱村矿区虽然矿石品位较低，但矿区面积较大，可开采的矿石也很多。如何提高选矿能力呢？李斌和陈志民都想到了闲置的邱村黄金中间试验场，提出了收购该试验场的建议。

邱村黄金中间试验场是由闽东南地质大队和德化县矿产工业总公司为了对邱村一带矿区进行实验性研究而建立的50吨级的小型试验场，1994年建成以后，进行了一些实验性生产，取得了一定的成果，但后来因故停止了运行。

这个时候，主要担负对德化县黄金矿山民采活动管理和协调的德化县黄金办职能也逐步丧失，其所管理的企业和部分职能划归到由陈振渡担任总经理的德化县矿产工业总公司，另一部分职能则划归到新成立的德化县地矿局。

陈振渡对整合工作非常支持，在听了李斌和陈志民的提议后，立即和闽东南地质大队领导联系。闽东南地质大队一听说闲置多年的试验场有人要接手，也十分乐意，便指派负责中试场项目的苏世川来到德化进行洽谈。

1999年3月23日，福建省双旗山金矿、福建省德化县邱村矿业有限公司、闽东南地质大队、德化县矿产工业总公司、葛坑乡政府和邱村村委会就收购中试场的事宜进行洽谈，并对现场资产进行清点、评估，共同认定中试场包括固定资产、土地和低值易耗品在内总资产现值为22万元。洽谈清点结束后，即时形成了会议纪要，李斌、陈志民代表收购方签字，陈振渡、郑长武代表德化县矿产工业总公司一方签字，苏世川代表闽东南地质大队签字，苏立箐代表葛坑乡政府签字，吴隆伴、吴隆栲代表邱村村委会签字，收购协议即时生效。

收购完成后，陈志民马上组织人员对中试场的厂房进行修缮，对设备进行维修，对配套设施重新添置。

邱村矿业那边，由于投产不到一年，生产管理、设备维护、地质勘探都要耗费很大精力，而且盗矿分子也时常光顾矿区，遇有高品位的矿石，陈志民都要亲自带队守护；中试场这边，虽然双旗山有专业的机修队伍，但停止运行了两三年的设备许多零部件都生锈甚至腐烂了，需要更换，厂房也要抢修，这些都要陈志民安排。年轻力壮、满怀激情的陈志民在邱村矿业和中试场两头跑。那时的陈志民还不到三十岁，身体也好，经常是夜以继日，废寝忘食，在他和机修组同志的共同努力下，中试场很快就投入了生产。陈志民又对矿区的矿石进行分流，大沟、仙公寨矿段的矿石归邱村矿业生产，而对邱村外围民采硐清理、回收的矿石则源源不断地送到中试场。

几乎与此同时，双旗山金行的筹建工作也在快速进行。双旗山金矿向当时的主管部门福建省黄金公司提交了一份“关于申请开办德化县万旗金行的报告”，6月12日得到批复，同意在德化城关西门黄金大厦一楼成立自主经营、独立核算、自负盈亏的金银首饰经营企业，注册资金为40万元，法人代表为李斌。不久，万旗金行开业典礼隆重举行，福建省冶金工业总公司副总经理李建寅、省黄金管理局副局长柯德育、福建省黄金集团有限公司总经理陈寿峰、德化县人民政府副县长郑金尧出席，福建省潘洛铁矿、阳山铁矿、葛坑林场以及县直单位负责人参加了仪式。这是继在福州开办万旗金行之后，在福建省开设的第二家万旗金行，它标志着“两矿一厂”从矿山勘探、采掘、选矿、冶炼，直至黄金最终产品生产和销售的产业链的完成，也标志着福建省黄金工业进入了新阶段。

也是在这年的年初，双旗山金矿把触角伸到了江西于都。当时，承包双旗山金矿和邱村矿业采掘工程的浙江省苍南井巷工程公司在江西省于都县购买了一个硫铁矿，总经理朱良哈邀请双旗山金矿合作。李斌和矿务会研究后，报请董事会同意，参股了该企业，成立了江西于都银坑硫铁矿，由李斌任董事长兼法人代表。

1999 年绝对是双旗山金矿最值得追忆的一年。

为了实现强企富工的目标，从 1998 年下半年开始，李斌就在谋划建设一个由职工合股的企业，1999 年的 3 月 24 日上午，在双旗山金矿矿部召开了厦门市万旗实业有限公司第一次股东大会。参加股东大会的有股东代表 53 人，李斌介绍了万旗实业的筹资和运作情况，卢东海宣读了公司的章程，交由股东代表讨论并获通过。会上，李斌当选为公司董事长，卢东海当选为副董事长，孙有奖当选为监事会主席，谢文清、张志虎当选为监事会副主席。

在组建厦门市万旗实业有限公司的同时，厦门市万旗黄金接待站也于 1999 年 6 月在厦门市的吕岭路成立并投入运营。接待站刚一开业，就实现了开门红，先后接待了包括全国冶金微软质量产品研讨会 60 多名代表、全国冶金矿山统计会议 60 多名代表和尤溪金鑫矿业 20 多名董事在内的多个旅客群，接待前景广阔。不久，德化县万旗旅行社有限公司也依法成立，打响了黄金旅游的响亮品牌。

1999 年，“两矿一厂”生产进入了快车道，双旗山金矿和邱村矿业全年处理矿石 13.91 万吨，生产黄金 630.5 千克，连续第三年突破万两黄金的目标，实现利润 587 万元，在全国年产万两以上黄金的 107 个企业中位列第51位；黄金冶炼厂在确保产品质量和提高黄金回收率的同时，八面出击购买金精矿，在购得泰宁何宝山金矿和尤溪金鑫矿业等附近金矿产品的同时，又首次从广西购进金精矿，解决了冶炼厂业务吃不饱的问题，为拓展原料市场进行了有力尝试。

黄金冶炼厂投产后，发现部分外购的金精矿含有白银、铅锌等金属，但现有生产工艺不能有效地提取这些金属。如果要对这些金属元素加以利用，就需要对生产设备进行改造，对工艺流程进行调整。经过可行性研究，对黄金及多金属冶炼工艺进行再次改造的工作也提上了议事日程。

勘探方面，在对双旗山、邱村两个矿区进行全面勘探的基础上，又对这些矿区外围以及杨梅、桂阳等地的矿区进行勘探。

第二十七章　远夺龙桥魁

中国从1986年7月10日正式提出申请恢复关贸总协定缔约国地位，关隘重重，没能恢复；后关贸总协定更名为世界贸易组织，从“复关”变成“入世”谈判，历经十几年的风风雨雨，一路艰难险阻；1999年11月15日，美国这个最难攻克的堡垒被攻下，中美达成中国加入世界贸易组织的协议；2000年5月19日，中国与欧盟就中国“入世”也达成了协议，中国加入世贸组织大局已定；2001年12月11日，中国终于叩开世贸组织的大门，成为WTO的第143个成员。

20世纪末，国内钢铁产品供大于求，产品价格持续下跌，整个钢铁行业多年处于不景气状态。1999年下半年至2000年上半年，国际钢铁市场有了复苏的迹象，价格开始上扬，以美国国内热轧卷板钢为例，1999年9月份为342美元/吨，到2000年6月份上涨至386美元/吨。

李斌分析，从大局看，中国自改革开放以来，已经积蓄了足够能量，而从中国与各国入世谈判的情况看，美国这个堡垒被我们攻破，中国加入世界贸易组织已成定局。中国入世后，必将加快改革和发展步伐，经济即将进入勃发的时期。经济要发展，就离不开钢材，近段时间钢材市场价格上扬就是信号。从企业看，“两矿一厂”经过几年的发展，已经积累了一定的财富，聚集了一定的实力，投资参股铁矿业的条件已经成熟。李斌曾在阳山铁矿工作多年，对开发铁矿的业务也很熟悉。他觉得，在当时环境下，进军铁矿业，是一个很好的选择。

德化拥有丰富的铁矿资源，集中分布在德化县西南方向的美湖镇阳山村和斜山村，已探明的储量达亿吨以上，分为东西两个矿区。其中西矿区早已由国有阳山铁矿入驻，东矿区则是一片处女地，尚未开发，经初步勘察，东矿区的铁矿石储量也达6000余万吨。

1999年初，德化县委书记许昆贞、县长杨益民提出要对阳山东矿区开发工作进行调研和谋划，当年下半年成立了福建省德化金阳矿业有限公司筹建处。

许昆贞和杨益民提出让福建省双旗山金矿和李斌牵头组建这个同样由省县两级合作的股份制铁矿企业，但后来省冶金厅考虑到矿山行业细分问题，就改由福建省阳山铁矿牵头组建。

不久，企业名称由“金阳”改为“鑫阳”，李斌把参股鑫阳矿业的动议提交双旗山金矿的董事会讨论。

股东会上，股东代表一致通过了参股福建省德化鑫阳矿业有限公司的方案。双旗山金矿作为股东发起人之一，积极参与了其中。

2000年9月11日至12日，德化县委县政府在瓷都酒店召开德化阳山矿区规模与鑫阳矿业有限公司开发研讨会，许昆贞、杨益民等县领导一一出席，双旗山金矿的李斌和其他股东代表、有关部门负责人参加。会上，郑金尧副县长介绍了鑫阳矿业筹建的基本情况和资源情况，提出了走规范化、规模化和精深加工的路子，按照现代企业制度建矿的思路，同时对建矿的一些具体事宜进行了部署。

2000年10月，注册资本1000万元的福建省德化鑫阳矿业有限公司依法成立，福建省双旗山金矿占有20%的股份。

此前一年，处于我国国企改革“三年脱困”的攻坚阶段，但对于国有铁矿企业而言，仍然是一个困难时期。虽然那年的下半年铁矿石价格有些上扬，但由于国企的包袱仍然沉重，那样的价格还是在盈亏平衡点之下。在这种情况下，许多企业选择了减员增效的措施，“开矿不如卖矿”的经营方式开始在国有矿山流行，不少国有矿山的勘探权和开采权也被转让或废弃。

李斌看到了商机。

李斌在阳山铁矿工作期间，曾有一段时间停薪留职，和朋友在安徽省的马鞍山开办了马鞍山矿业贸易公司，做起了铁矿石生意。因此，他对铁矿石市场行情了如指掌。这时候，他已经把视野转向铁矿资源丰富的省外。

2000年9月8日至11日，中国厦门“9·8投资国际贸易洽谈会”隆重举行，李斌率领双旗山金矿的有关同志参加了会议。

此间，安徽省国土资源厅将该省位于庐江县的龙桥矿山项目列入招商范围。

此时正在为找不到优良后续矿山接替资源而发愁的李斌看到项目简介后，对该项目产生极大兴趣。他敏锐地感觉到：机会来了！

机不可失！李斌想到了现任马鞍山矿业贸易公司总经理颜春城。这个公司就是李斌早年在停薪留职期间和朋友共同组建并步入正轨的，后来，李斌回到德化履新，这个公司就转让给了颜春城等人。他立即安排颜春城到安徽省国土资源厅收集矿山地质资料，同时组织了曲宝观等一批矿业专家到龙桥矿山现场踏勘、核实情况。经过认真考察和分析，得出的结论是该矿山资源可靠、开采条件优越。

2001年春节一过，李斌、曲宝观就召集双旗山金矿的矿山技术人员赶往安徽庐江，对龙桥铁矿开发技术经济可行性方案研究论证，历时7个月。

这是安徽省自1996年《矿产资源法》颁布和1999年《招标投标法》颁布以来首个实行招拍挂的试点项目，也是安徽省当时最大宗的矿业权出让案例，是对矿产资源有偿使用的一个大胆尝试。他们选择招拍挂的龙桥铁矿位于安徽省庐江县境内，距离庐江县城仅25公里，距离省会合肥也只有72公里，临近公路和码头，交通条件十分优越。该矿山已探明磁铁矿石1亿吨以上，伴生铜矿9万多吨，硫200多万吨，且品位高，资源条件好，开发条件成熟。

李斌在组织人员对龙桥铁矿进行详细考察后，回到双旗山金矿，一边准备投标文件，一边就参与投标事宜征求多方面意见。

投标文件是指具备承担招标项目能力的投标人，按照投标要求编制的文件。在投标文件中应当对招标文件提出的实质性要求和条件作出响应。主要包括投标书及投标书附录、投标授权书、投标单价、资格审查和法人代表情况等资料。

在 20 世纪，鲜有专业撰写标书的中介机构，所有材料都要由企业自己完成。好在从 1998 年开始，双旗山金矿十分重视基础工作，与南方冶金学院合作推进数字化工作，在短短的一年内实现了无纸化办公，还培养造就了一个年轻的数字化工作队伍。在撰写标书的过程中，这些年轻人如鱼得水，很快就完成了所有投标文件的准备工作。

2001 年 10 月 18 日，龙桥铁矿招标会在安徽省国土资源厅组织下在合肥召开。由李斌牵头，组织了厦门万旗实业有限公司、厦门万旗科技实业有限公司、福建省德化恒久矿业有限公司、福建省德化县上春水电站、厦门新安德建材工贸有限公司、福建省安溪开盛矿业有限公司、厦门闽光实业有限公司、厦门星波冶金矿业有限公司和苏州钢铁股份有限公司等 9 家企业组成投标联合体，参与对龙桥铁矿项目的投标。

2001 年 10 月，安徽龙桥铁矿招标项目正式启动，包括厦门万旗实业有限公司牵头的联合体、安徽铜陵有色金属（集团）公司等 6 家单位提交了标书。

由于有了双旗山金矿数字化基础，这一次万旗联合体提供的投标材料除了必要的文本外，还制作了多媒体资料在招投标会议上播放，让各位评标的领导和专家耳目一新，留下深刻印象。

经过评标委员会公正、细致评审并经安徽省国土资源厅研究，福建省厦门市万旗实业有限公司投标联合体以 3600 万元报价中标，取得了龙桥铁矿 30 年的开采权。

2001 年 11 月 30 日，安徽省委书记王太华接见了厦门万旗投资联合体代表团，提出了“欢迎合作、加强服务、保障权益，获得双赢”十六字方针，同时决定由省政府召开项目协调会，为该项目的顺利开发提供良好的环境。

2001年12月28日，受安徽省副省长张平的委托，安徽省政府副秘书长周古廉主持召开了促进龙桥铁矿开发有关问题的专题会议，安徽省国土资源厅、省经贸委、省工商局、省环保局、省国税局、省地税局、省计委，巢湖市政府和庐江县政府等有关地方和部门的主要负责人参加了会议。会议认为：龙桥铁矿是安徽省第一个采取招投标方式出让规模较大的招商引资矿业项目，省、市、县各级政府相关部门要高度重视，做好协调、服务工作，并促成龙桥铁矿早日开工建设，形成了省政府第158号专题会议纪要。

专题会后，龙桥铁矿建设迅即拉开基建帷幕，并于2006年6月形成100万吨/年规模，正式投产。

截至2021年10月，龙桥铁矿累计分红33.8倍，双旗山金矿职工合计分红4.588亿元。

第二十八章　尾矿化为宝

郑新烟在建好了“两矿一厂”的三个化验室，并且使之正常运转后，把工作的重点放在尾矿的利用上。

尾矿是选矿厂在特定的经济技术条件下，将矿石磨细，选取有用成分后排放的废弃物，它是有用目标组分含量最低的部分，在当时的技术状态下，已不适合再进一步分选的产物。长期以来，尾矿一直是企业和社会的负担，潜伏着巨大的安全隐患，因此，各个矿山企业都要花巨资征地建设尾矿库用以堆放尾矿。

但是，尾矿实际上是有待挖潜的宝藏，它所含有的未提取的黄金等金属，往往都高于矿石品位，尾矿中所包含的硅酸盐物质，也是人们离不开的工业原料，因此，开发尾矿是矿业循环经济和绿色发展的重要内容。

郑新烟感到这是一个非常有意义的工作。他翻开资料，查看尾矿利用的途径。20 世纪 90 年代末，循环经济刚被重视，尾矿利用的研究刚刚开始，许多技术还属于前沿科学的范畴，有些也只停留在实验室阶段。郑新烟对当时的一些综合利用的信息进行分类，这其中有尾矿资源有用组分综合回收利用的，有用作矿山地下开采采空区的充填料的，有用尾砂作为修筑公路、铺设路面、地面防滑、海岸造田材料的，有在尾矿堆积场上覆土造田、种植农作物或植树造林的，也有用尾矿作为制作水泥、硅酸盐尾砂砖、瓦等建筑材料的原料的。

郑新烟和矿里的一些技术人员进行分析研究，并且请教了一些研究专家。不少人提出了利用这些尾矿生产白炭黑的建议。白炭黑是白色粉末状 X- 射线无定形硅酸和硅酸盐产品的总称，是多孔性物质，其组成可用 $SiO_2 \cdot nH_2O$ 表示，其中 nH20 是以表面羟基的形式存在，是橡胶、涂料的重要填充料。

郑新烟立即组织人员对白炭黑的市场情况进行预可研。在预可研中，郑新烟发现，当时我国橡胶工业发展迅速，白炭黑的确市场前景很好。但是，那时不仅有大量外资涌入白炭黑行业，而且国内许多民营的企业也异军突起，远的如四川、山东、江西等矿业大省在跃跃欲试，近的有三明、南平、顺昌、南安等许多企业都在筹建，若干年后生产能力出现过剩将不可避免，未来的市场竞争将更加激烈。经过慎重考虑和认真研究，暂时搁置了白炭黑项目。

郑新烟又把研发方向转向尾矿在陶瓷领域的使用上。

正如前文所述，1985 年，温克仁自费到西欧考察，开发了西洋工艺瓷，打开了欧美等发达国家的市场，从此，德化的陶瓷行业快速发展，成为全国最大的西洋工艺瓷生产基地，产品主要销往欧美等发达国家。虽经 1997 年亚洲金融危机的冲击，但欧美发达国家由于向东南亚等危机国家转嫁了矛盾，影响也很小，德化的西洋工艺瓷出口还是呈现出强劲的增长势头。

郑新烟对黄金尾矿的化学成分进行了研究，发现和陶瓷釉料很相近，和陶瓷的坯料也相差不多，于是准备以研发尾矿陶瓷为突破口，寻找尾矿综合利用的出路。

研发陶瓷必定要在城关，因为这里聚集着发展陶瓷的各种要素市场。好在当时双旗山金矿在城关的黄金大厦已经落成，李斌便要求矿综合部将在黄金大厦一层的仓库安排作为尾矿综合利用陶瓷项目的研发场所。

研发启动后，郑新烟请来几个熟悉陶瓷制作的帮手，先从釉料入手，土法上马，就开始了试验。那时，温克仁从西欧回来后，针对欧美市场的需求，已先后研发出轻质陶瓷、半瓷、釉下彩精陶等多个新瓷种，为德化的大多数出口陶瓷企业所使用。尾矿釉料的研发当然也应以国际市场为目标，和国际市场对接，满足这多个瓷种的需要。

陶瓷釉料的研发，需要解决的问题主要是坯釉结合问题和自身品质问题。德化一千多年来使用的陶瓷生产工艺是生坯生釉技术，这在传统的高温还原烧成上已经是十分成熟的技术了。但随着中温烧成的轻质陶瓷、精陶等新型瓷种的诞生，釉料中必须加入熔块。而熔块技术在德化则是弱项，许多熔块还得从国外、境外或外省购入。郑新烟出了校门先走上讲台，而后进入矿山，和陶瓷基本没有多少交集。面对着轻质陶瓷、精陶等在许多长期从事陶瓷研发的先辈都觉得为难的课题前，郑新烟没有被困难所吓倒。他求教了温克仁等陶瓷界先辈，潜心研究，经过一次次试验，终于研发出适合于各种出口陶瓷品种的釉料。

新品的研发，必须接受市场的检验。1999 年的秋交会，郑新烟带领研发组的同事带着样品来到广州参展。国外客商对这些利用尾矿作为釉料生产的陶瓷产品称赞有加，但都嫌色调过于单一，仅深色居多，因此订单寥寥。

回来后，郑新烟又把尾矿釉料色彩多样化和尾矿坯料作为研发方向，进行试验。尾矿的成分中，除了二氧化硅、氧化钙、三氧化二铝等成分外，还含有三氧化二铁、氧化亚铁等物质。这里的三氧化二铝、二氧化硅等主要成分在瓷器中呈白色，但三氧化二铁和氧化亚铁则呈黑色，如果要改变色调，确实非常困难。但困难没有挡住郑新烟和研发组同事的决心，经过不断的努力，终于研发出釉色色彩斑斓的瓷器，同时坯料加入尾矿的试验也获得成功。

1999 年底，郑新烟以双旗山金矿的名义向国家知识产权局申请使用黄金尾矿生产陶瓷的专利。

第二十九章　干戈化玉帛

双旗山金矿建矿以后，在省县和双旗山金矿的共同努力下，经过艰难的整治，大规模盗矿现象得到遏制，黄金采矿得以规范进行。此后，尤溪一侧也建起了几个小型金矿，两地的交往逐渐增多，双旗山金矿也主动和尤溪一侧的企业建立了各种联系，两地因盗矿和反盗矿引发的矛盾也一步步冰消雪释。

1999 年 10 月底，尤溪金鑫矿业投产后，就把金精矿卖到德化黄金冶炼厂，开始了业务合作。此后，同样位于尤溪的鑫鑫黄金有限公司等其他金矿企业也陆续把产品卖给德化黄金冶炼厂。

2000 年 4 月 27 日，为迎接五一国际劳动节，经双旗山金矿邀请，尤溪县金鑫金矿篮球队来到双旗山金矿，与双旗山金矿篮球队举行友谊赛。赛场上，双方既展水平，又讲风格，上半场 16∶16 握手言和，下半场金鑫金矿队以多一分的成绩赢得比赛。通过这一次活动，增进了两矿的了解和友谊。

尤溪县鑫鑫黄金有限公司住所在尤溪县坂面乡肖坂村后坑自然村，同样由于受到民采的破坏和资源不明，又由于技术力量不足，建成投产后连年亏损。应尤溪县鑫鑫黄金有限公司的请求，2001 年 2 月 1 日，双旗山金矿与尤溪县鑫鑫黄金有限公司本着互利互惠的原则签订了合作协议。根据协议，双旗山金矿为对方提供井下设计、测量、采矿工艺设计、井下生产配矿及选矿作业和化验分析等全方位的技术服务。这也是双旗山金矿对外技术服务走出的重要一步。

双旗山金矿接手尤溪县鑫鑫黄金公司后，李斌亲自带领科技和管理团队进入该企业问诊把脉。通过深入了解，发现这家公司由于基础太差，仅凭技术服务也难以使企业走出困境。尤溪县鑫鑫黄金公司也发现了自身存在的不足，他们恳求把该企业的采矿技术指导和选矿厂的生产管理全权委托双旗山金矿管理。

双旗山金矿接管后，李斌立即组织地测人员对尤溪县鑫鑫黄金公司进行井下资源调查，对民采硐进行地质编录，组织机电人员对选矿车间的生产设备进行全面检修和改造。经过双旗山金矿工程技术人员的不懈努力，仅用半个月时间，该公司就恢复了生产。

在双旗山金矿派出团队的奋力拼搏和双方的共同努力下，当年5月份，尤溪县鑫鑫黄金公司全月处理矿石1063吨，平均品位4.98克，扭转了亏损的局面；到了当年的7月份，全月处理矿石1270.4吨，品位4.88克，经过混汞提金后仍产金5.46千克，几项指标都创下了该矿建成以来的最高纪录，实现了扭亏为盈，同时也成为了德化、尤溪两地友好合作的示范项目。

德化与尤溪在双旗山一带的地界争议问题虽经多次协调解决，仍在后林旗留下尾巴。2001年5月15日，在福建省民政厅、勘界办和泉州、三明两市政府的协调下，最终划定了县界，解决了多年来影响双旗山金矿发展和稳定的问题。

但是，两县边界关系的好转并不意味着可以放松护矿，零星的盗矿事件仍然时有发生，遇有高品位的矿脉出现，矿领导和保卫科的同志还都是要继承到现场值守的传统，其他盗窃行为也在花样翻新。作为李斌等矿领导以及保卫科长吴清彬的那根安保的弦总是时刻紧绷着的。

2001年的一天，谢文清接到线人密报，称有运送金精矿的驾驶员在途中监守自盗。谢文清立即要求吴清彬尽快查明情况，协调破案。吴清彬马上到葛坑公安派出所找到所长连荣垚请求支援。连荣垚接报后亲自率员和吴清彬一道共同组成侦破组开展侦查。

连荣垚那时还是一个二十多岁的小伙子，是全县最年轻的公安派出所所长之一。他一身正气，才华横溢，能力出众，对工作极其负责任。正因为如此，组织上才把他安排到发案量多、治安形势严峻、邑内有黄金产区的葛坑镇担任公安派出所所长。他在葛坑的几年来，破获了许许多多盗窃金矿的案件，为金矿的稳定做出了很大的贡献。这一次，当他听到吴清彬的报案后，便带领警员亲自上阵了。

那时，从邱村矿业运送金精矿到黄金冶炼厂实行对外承包的办法，运送金精矿的车辆车厢经过密封的特殊加工，选矿厂在装好金精矿后立即上锁，等外聘的驾驶员运送到达目的地后，冶炼厂的仓管员再用另一把钥匙打开车厢卸车。

连荣垚、吴清彬和另一名警员经过蹲守发现，一个驾驶员在运送金精矿过程中，并没有按规定路线直接沿大路将车子开到目的地——位于仙洋的黄金冶炼厂，而是开进葛坑村的一处民宅。三人跟踪到该民宅附近进行观察，发现那个驾驶员与另一个人在其门口四处张望，确信没有被人发现后，便拿出一个千斤顶放入车底，通过摇动液压手柄把车厢底部顶出一条缝隙，又用一个金属薄片在车厢内搅动，金精矿便像水流般地从车厢底部慢慢流出。

连荣垚立即对两人实施抓捕，并从该驾驶员在邻镇的家中搜查出盗窃的金精矿 2000 多千克。这两人被依法逮捕，并以盗窃罪被依法起诉，受到应有的惩罚。

亡羊补牢，未为迟也。此后，双旗山金矿和邱村矿业吸取教训，自购专用车辆由职工运送，杜绝了类似案件再次发生。

2002 年 3 月，笔者调到葛坑镇（葛坑于 2001 年撤乡改镇设置）任职，先是主持人大工作，继而转任镇长，后又担任党委书记。为了营造和谐边境，更是为了双旗山金矿有一个良好的发展环境，2003 年初，时任镇党委书记郑国防与笔者带领镇党政领导到尤溪县坂面乡政府访问，受到热情接待，双方形成了构筑友谊边界的共识。

以此为开端，此后笔者每年都率领镇党政领导、双旗山金矿领导以及相邻村干部出访坂面乡，与坂面乡建立了多个协作机制，和坂面乡的几任主要领导陈传松、谢高兴、许修星也建立了深厚的友谊。坂面乡的领导也几乎每年都回访葛坑。

通过交流，当时葛坑镇和坂面乡双方都有一个共识，就是通过两个兄弟乡镇党委、政府的友谊，带动村组交往，进而化解之前的矛盾，为两地的经济社会发展营造良好环境。特别是在许修星担任坂面乡党委书记期间，在两个乡镇的工作座谈会上，他总是说："只要我们两个乡镇领导坦诚相见，建立兄弟关系，就没有解决不了的问题。"的确，笔者在葛坑镇任职的七年间，两个乡镇关系和谐，几无大的摩擦发生，双旗山金矿也赢得了较好的发展环境。

且说桂阳乡的洪田村也是在民采中发现的金矿点，之前的所有地质文件均不见记载。民采被叫停后，县里同时启动了对桂阳乡黄金开发的准备工作，并委托福建省冶勘二局地质院负责勘探。

2000 年 7 月 4 日，德化县地矿局、福建省冶勘二局地矿院和双旗山金矿联合在德化城关召开桂阳金矿一期地质工作汇报会，谢文清、曲宝观和方进国参加了会议。会上，听取了冶勘二局地矿院通报一期地质工作完成情况，确定二期进一步开展野外勘探工作的计划，要求地矿院按时完成勘探任务，及时提交地质报告，为下一步开采设计提供依据。

半个月后的 7 月 22 日，德化县地矿局牵头又在德化黄金大厦召开桂阳金矿第二阶段地质工作会议，双旗山金矿的谢文清、方进国，桂阳乡的乡长苏立箐，省冶勘二局的朱总经理、刘姓工程师参加了会议。会议决定，鉴于地矿院勘探进展缓慢，之后的勘探任务交由双旗山金矿负责实施。

双旗山金矿接到任务后，立即组织人员对桂阳乡洪田村一带进行了实质性的地质勘探。他们把争取到的 2001 年度省地矿厅地勘资金山区项目投入到桂阳乡的洪田大冻坑，经过一段时间的努力，探明黄金矿石储量29万吨，并且通过了福建省国土资源厅的审查确认，取得了实质性的进展。

2002年1月30日，福建省双旗山金矿与德化县桂阳乡企业站、福州市东鑫矿业技术有限公司签订了成立福建省德化洪鑫金矿的协议。三方约定，双旗山金矿持股25%，桂阳乡企业站持股40%，福州东鑫矿业有限公司持股35%。2002年7月24日，德化县发展计划局批复同意建设福建省德化洪鑫金矿项目。2002年10月15日，福建省双旗山金矿向福建省黄金集团有限公司发文请示，获准成立，并确定委派谢文清、陈志民二位同志为该矿董事，陈民辉为监事，陈志民担任矿长，负责金矿的日常管理工作。

德化洪鑫金矿开发的序幕由此拉开。

与洪鑫金矿差不多同时，新鑫金矿筹建工作也在进行。当时，双旗山金矿的探矿及开采范围只限于双旗山一带，只有0.6平方公里左右，外围近60平方公里皆为闽西地质大队的探矿权范围。闽西地质大队、葛坑镇政府、葛坑林场和双旗山金矿也于2002年谋划建矿事宜，2002年10月各方集资140万元，成立新鑫金矿，葛坑镇党委书记郑国防任董事长，闽西地质大队委派李金华任筹建处主任，各方同时派来几位同志开始挂牌办公。

第三十章　双旗进周宁

2002年5月23日，中共德化县委书记许昆贞再次来到双旗山金矿调研。李斌在向许昆贞汇报了“两矿一厂”生产经营情况后，接着介绍了尾矿生产陶瓷并且即将获得国家专利的情况。许昆贞表现出浓厚的兴趣，说：“利用尾矿生产陶瓷，变废为宝，是个好项目。”又问：“产业化情况怎样？”李斌回答说：“由于在城关没有厂房，现在还停留在实验室阶段，拿到的一些订单也只能租用其他企业的车间进行生产。”许昆贞问：“你们矿里有什么打算？”李斌答道：“生产陶瓷离不开城区，但现在城关的土地资源紧张，拿不到土地指标，因此迟迟无法建厂。”

当时，德化城关的鹏祥开发区已经开发，陆续开始供地，但供应量有限。许昆贞当即打电话给县国土局局长杨文龙，要求国土部门在鹏祥工业区安排尾矿陶瓷项目用地。不久，杨文龙就给李斌打电话，说已安排妥当，是在鹏祥开发区的核心区域，总共安排了58.5亩划拨地给双旗山金矿作为尾矿再利用产品研发基地。

2003年1月25日上午，“双旗山金矿黄金尾矿陶瓷色釉工艺技术鉴定验收会”在德化县温泉宾馆召开。这项由郑新烟经过不断摸索研究开发成功的工艺技术，经小规模的试生产，已开始产出茶具和西洋工艺瓷等产品并推向市场。

本次鉴定验收会在省冶金（控股）公司的大力支持和协调下，邀请了中国建筑材料科学研究院金宗哲主任委员、福州大学阮玉忠副主任委员、省建筑材料科学研究所陈升副主任委员、省环境保护科学研究所林奇委员、省冶金质量监督站林际熙委员、省冶金（控股）有限责任公司朱学荣委员、德化瓷厂冯扬洲委员和省黄金局、省黄金集团公司、县环保局等单位的领导和专家。鉴定委员会成员经现场考察，技术论证，认为双旗山金矿该项技术是具有环保创新的新技术，是目前国内综合利用黄金尾矿的首创技术，值得广泛推广应用。

不久，省级企业技术中心——双旗山金矿技术中心正式成立，从而奠定了双旗山金矿科研水平在行业内的领先地位。

也是在2003年初，经过三年多的漫长等待，“利用黄金尾矿生产的陶瓷色釉及其工艺方法”获得由国家知识产权局颁发的国家专利，这也是双旗山金矿获取的第一项国家专利。

随着鹏祥开发区项目的推进，2003年春开始供地，2003年夏尾矿陶瓷项目正式立项。

那时笔者担任葛坑镇的镇长。此项目建设资金那时便提到议事日程上来。“两矿一厂”属于股份合作制企业，包括投资在内的所有重大事项都要经股东会议研究通过并签字确认。在开“两矿一厂”股东会的时候，笔者作为股东代表也参加了会议，因刚到任，对情况不很了解，便没有发言。但与会的许多人都不看好这个项目，认为没有投资金矿那样投资省、见效快，回收快，不愿意投资，最后由股东投资的方案只得搁浅。

股东会后，李斌又召开了厦门市万旗实业有限公司的领导层会议专题进行讨论。他说：“尾矿利用项目是生态效益项目，社会责任项目，更是我们矿山人的良心项目，它代表着现代矿山的发展方向。当然，这样的项目研发的周期长，投资回报率低。但我们作为双旗山人，一定要克服困难把这个项目落实好，把这个企业建设好。我们不仅要建这个利用尾矿生产陶瓷的企业，今后还要建设一系列类似的企业！”

对于资金问题，李斌提出了由职工入股的厦门市万旗实业有限公司投入一部分资金，职工自愿集资一部分的方案，并提出自己第一个出资，其他班子成员也纷纷表达了出资入股的意愿。此后，双旗山金矿和阳山铁矿的许多员工也都入了股。

不久，德化县万旗陶瓷科技有限公司宣告成立，谢文清任总经理，郑新烟任副总经理。

德化县万旗陶瓷有限公司成立后的第一年，产值仅 50 多万元，此后呈现出勃发的势头。

2003 年初，谢文清得到周宁县的周当、王宿一带也产黄金的消息，为了采购到更多的金精矿解决黄金冶炼厂吃不饱问题，便和林文杰一道驱车前往周宁，洽谈合作事宜。

一到周宁，谢文清和林文杰便直奔该县国土局，找到郑姓局长。郑局长热情地接待了谢文清一行，叫来两个金矿的老板，很快就谈妥了金精矿的购销事宜。

应谢文清的请求，郑局长还向谢文清一行介绍了周宁县的矿产资源情况，说："周宁历史上就有银、铁采炼，矿产资源比较丰富，已发现钨、铁、黄金、高岭土等矿藏 27 处，其中位于我县咸村镇川中村杉下际的吾凤楼钨铁矿，原来是咸村镇政府创办的乡镇企业，近些年来由于钨铁的行情不好，也由于技术资金问题，已停产多年，目前正在招商引资。"

谢文清听了介绍以后，对高岭土矿和钨铁矿项目很感兴趣，便留下来对这两种资源进行考察。在对瓷土资源的考察中，谢文清和林文杰发现这里的高岭土品位不高，成矿条件不是太好，且距离德化等陶瓷产区较远，在当时的情况下，开采条件不很成熟。为了考察钨铁矿，在当地国土局和镇政府工作人员的带领下，他们来到距离周宁县城 20 多公里的咸村镇的吾凤楼钨铁矿。

吾凤楼钨铁矿的选矿厂距离川中村约两公里，当时已开通简易公路。但选矿厂和矿区分别处于川中溪的溪流两岸，从选矿厂到矿点的高差达 400 多米，中间还隔着一条宽度在 50 至 60 米的川中溪激流，两岸悬崖峭壁，修路成本过高，道路还没有开通。为此，选矿厂建好后一直难以开机生产。

谢文清一行从选矿厂翻山越岭走了近一个小时，来到矿区。说是矿区，实际上只是在山体上挖了个探硐。谢文清和林文杰进入探硐进行勘察，发现这里的成矿条件很好，开发前景十分广阔。

回到周宁县城后，谢文清和林文杰又查阅了吾凤楼钨铁矿的地质资料，也得到同样的结论。

谢文清对这个钨铁矿项目进行认真分析，觉得影响矿山开采的拦路虎主要是运输问题，如果要开通公路，要绕上好几公里，投入很大；但如果换个思路，改用索道，问题也就迎刃而解了。

谢文清把考察的情况和自己的思路通过电话向正在安徽龙桥筹建铁矿的李斌汇报，李斌对这个项目也很认同，于是谢文清便和当地政府签订了合作意向。

回来后，谢文清向德化县委常委、常务副县长林合龙作了汇报。在“两矿一厂”是否入股的问题上，个别酝酿先在小场合进行。当时，林合龙和笔者都是力主入股的，经过一段时间的讨论，各位股东态度都很明朗了。德化县的两位主要领导许昆贞、杨益民也认可这个项目。

不久，林合龙召开了“两矿一厂”股东代表会议研究，各位股东代表一致同意参股。同时，由李斌担任董事长的厦门市万旗科技有限公司的董事会也开会通过了投资吾凤楼钨铁矿的决定。

得到了股东的授权，谢文清又和林文杰奔赴周宁县，经过和咸村镇政府等股东谈判，双旗山金矿和厦门市万旗科技有限公司同意以每年支付 13 万元承包费的方式，获得吾凤楼钨铁矿的开采经营权，双方签订了转让协议。

2003 年 11 月 21 日，周宁万旗矿业开发有限公司依法成立，公司注册资本 200 万元，谢文清任董事长，林文杰任总经理。

公司成立后，谢文清组织机电人员到横跨安溪和漳平两县的潘洛铁矿运矿所，学习索道运输矿石的技术。潘洛铁矿是一个建于 1959 年的省属国有老矿，1970 年，该矿在潘田矿区海拔千米高山上建成全省第一条长达 5 公里的运矿架空索道，年运矿能力 35 万吨，其索道设计和使用技术也十分成熟。谢文清便委托潘洛铁矿的一位老工程师对吾凤楼矿区的运输索道进行设计。

林文杰接到任命便走马上任了，为了加强和当地政府及有关部门的沟通协调，两个投资单位决定增派主要负责万旗科技有限公司事务的副矿长孙有奖担任项目顾问。

没多久，设计图纸出来了，为了节省开支，李斌、谢文清和林文杰等几个人一商量，决定还是传承双旗山金矿的好传统，自己组织施工。

谢文清组织双旗山金矿的机电人员来到吾凤楼矿区。虽然从选矿厂到矿区的直线距离只有一千多米，但走人行道却要3公里多，所有水泥、钢材、钢索等施工材料都要靠人力手提肩扛。除了部分工作聘请当地民工外，大部分工作都是谢文清、林文杰带领从双旗山金矿选派过来的员工自己完成。

经过半年多的紧张施工，一条长度达1200米，高差400余米的运输索道建成，其他相关的建设工程也相继完工。2004年6月，周宁万旗矿业开发有限公司顺利投产。

第三十一章　储量又告急

2003 年 1 月 16 日，双旗山金矿一届七次职（工）代会隆重召开，会议由副矿长孙有奖主持，李斌矿长作了《自觉改造，创造条件，加快发展》的矿长工作报告，吴金龙主席作了《围绕生产，与时俱进，开创工会工作新局面》的工会工作报告。

李斌在报告中对 2002 年的工作进行总结，指出："2002 年在黄金市场全面放开，行业竞争日益激烈的情况下，双旗山金矿的各项经济指标再创新高，达到建矿以来的最高水平。"

对于 2003 年的工作，李斌在报告中提出："要想加快发展，就必须更新观念、自觉改造，与企业同步成长。"

报告提出在管理、生产和地勘方面存在的主要问题及其深层原因，动员大家客观认识企业发展的制约条件，以宽容的心态，树立全方位竞争意识、市场意识和效益意识；以清醒的头脑、积极的态度、深刻的认识、果断的行动对待企业的改制工作。全矿动员，用最短的时间完成企业组织结构、人事制度、分配制度、考核激励机制的调整工作。

对于 2003 年的工作，李斌在报告中提出：在体制改革方面，将以身份置换为契机，推进企业的全面管理创新，特别是劳动工资制度的创新，把效益最大化的概念贯穿于每一项日常工作中，将成本管理细化到每一个岗位、每一个生产环节，以最好的管理水平、最低的成本优势赢得资源的市场竞争；在生产方面，要求两矿处理原矿 17.30 万吨（含中试场），双旗山平均品位 3.90 克 / 吨、回收率 94%，产金量 322.61 千克；邱村平均品位 3.0 克 / 吨、回收率 96%，产金量 192.96 千克；在地勘方面，提出要改革勘探方式，通过招标探矿的手段引入地勘研究机构的先进探矿手段和设施进行勘探，完善区域成矿认识。

职代会后，双旗山金矿的各项工作有序展开，特别是身份置换工作立即启动，“大锅饭”和“铁饭碗”被打破，以业绩和贡献为标准的新的分配制度逐步建立起来。

双旗山金矿开始对外投资后，谢文清经常出差在外，“两矿一厂”的勘探和生产经营管理的重担大多落在了陈志民的身上。陈志民继 1998 年担任邱村矿业的负责人后，又于 2002 年兼任矿长助理，同时还兼任洪鑫金矿的矿长。

“两矿一厂”是企业的根基，根基不巩固，一切投资扩张都是空谈。陈志民深深知道这个道理。然而，进入 2003 年，双旗山金矿和邱村金矿的保有储量又不容乐观了。

2002 年一年，双旗山金矿完成各类掘进进尺 2357.5 米，钻探 1785.2 米，当年新增储量 7.7 万吨，生产黄金金属量 292.6 千克，根据地质资料，已探明的地质保有储量还有 23.2 万吨；邱村金矿完成各类掘进进尺 2620.81 米，增加地质储量 8.6 万吨，生产黄金金属量 250.6 千克，到年底尚保有地质储量 10.4 万吨。这些保有储量看起来可供 2 年到 3 年的开采，但陈志民发现，这些都是理论储量，到了具体井下工程安排，却发现其中一部分储量早已经在民采过程中被挖空，实际情况和理论储量存在相当大的差距。

这期间，安徽龙桥铁矿项目正在紧锣密鼓进行，主井、风井、选矿厂、尾矿库和变电所等工程全面开工。李斌兼任该公司的总经理，自然是忙得脱不开身，除了重大事务和决策，双旗山金矿的日常事务都交给了谢文清负责，而具体的生产组织则都是陈志民负责了。

为了落实一届七次职（工）代会精神，2 月 20 日，谢文清和陈志民主持召开了两矿井下工程技术人员座谈会，对地质勘探工作进行交流和研讨。会上，负责邱村金矿地质工作的生产科副科长项红亮和负责双旗山金矿地质工作的生产科副科长宋开族分别汇报了地质勘探工作情况。

陈志民指出，当前地质勘探工作形势严峻，保有储量不足，如不改变，必然影响企业发展，甚至有闭矿的危险。因此，要加大地质勘探力度，采用招标的方式，邀请一些地质科研机构参加双旗山和邱村深部及外围的勘探工作。

与会同志结合自己的工作对地质勘探工作进行了热烈的讨论，提出了许多意见和建议。

项红亮忽然想起近期看到过桂林地质研究院陈远荣博士一篇《关于在山东夏甸金矿“烃类元素”在金矿找矿中应用》的论文，提出是否可联系陈远荣博士。谢文清和陈志民都认为这是一个好主意，要项红亮尽快和桂林地质研究院联系。

电话打通后，桂林地质研究院非常愉快地接受了邀请。3 月 14 日，该院领导和地质专家一行 5 人，在该院贾副院长的带领下，来到双旗山金矿。贾副院长表示，可以利用该院先进的物探、化探手段，在双旗山金矿和邱村金矿开展地质找矿工作，以延长两矿的服务年限。双方就人员安排、工作时间、工作内容、探矿手段、工作目标、预勘成果及经费概算等方面进行商讨，并达成初步合作意向。

中国有色桂林矿产地质研究院坐落在山水甲天下的国际旅游名城和历史文化名城——桂林。其前身是 1955 年创建于北京的重工业部地质局矿物原料检验所。1970 年迁至桂林，1983 年划归中国有色金属工业总公司，更名为中国有色金属工业总公司矿产地质研究院，为直属地师级（正厅级）科研事业单位；1999 年转制为科技型企业，更名为桂林矿产地质研究院，归属广西壮族自治区人民政府管理。该研究院在地质找矿、新材料和分析测试方面均有较高建树，有些领域处于行业前列地位。

当年 4 月底，陈远荣博士带着 8 位地质、物探和化探人员来到双旗山金矿。这些人员全都是在学科方面造诣很深的专家，他们中有谭运金教授、敬荣中博士和徐庆鸿博士等。

在双旗山金矿安排好食宿后，谢文清、陈志民组织矿里的地质找矿方面的工程技术人员和陈远荣博士一行开了个工作协调会，对双旗山和邱村一带的勘探工作进行研究。根据两个矿山的具体情况，陈志民对勘探范围和配合勘探的人员进行安排，宋开族、丁宝林等同志配合陈远荣博士做好双旗山的勘探工作，项红亮等同志配合做好邱村矿区的勘探工作。

勘探首先在双旗山矿区展开，范围锁定在双旗山 13Au 和金钟形一带，面积大约 2 平方公里。此次勘探是全方位的，野外、井下和新旧矿硐全面铺开，所要做的工作包括物探、化探和地质方面。

陈远荣博士 1983 年毕业于桂林冶金地质学院，后分别于 1986 年和 1997 年考入中国地质大学和中南大学学习，先后获硕士和博士学位。他很长时间在桂林矿产地质研究院的化探研究室工作，长期从事基础地球化学研究、勘查地球化学新方法开发与应用研究、生态环境恢复治理研究，多年来负责或参与完成了二十余项国家级、部级重点攻关课题，1996 年曾获原中国有色金属总公司首届“金石”奖，1998 年获中国地质学会第六届“银锤”奖，被原中国有色金属工业总公司破格晋升为教授级高级工程师。他于 1997 年被中国有色金属工业总公司确定为“跨世纪学术和技术”带头人，出版和发表多部专著论文，是全国著名的化探专家。

陈远荣所做的化探是地球化学找矿的一种探矿方法，主要做法是通过发现和研究地表疏松覆盖物中的次生晕和井下、坑道的原生晕进行研究找矿的方法。作为配合陈远荣博士进行研究的宋开族，每天和陈远荣一道，起早贪黑，背着电感耦合等离子光量计，对双旗山和金钟形一带的所有地表、井下和矿硐进行全面测量，运用其最新科研成果，通过对这些区域的烃类异常揭示成矿规律。

敬荣中博士则是著名的物探专家。所谓物探指的是地球物理勘探，是对地球的各种物理场分布及其变化进行观测，探索地球本体及近地空间的介质结构、物质组成、形成和演化，研究与其相关的各种自然现象及其变化规律的一种勘探方法。敬荣中博士使用的是直流电法勘探，他和双旗山金矿的工程师金宝林一道，对双旗山和金钟形一带的所有地表、矿硐进行全面测量，提取数据。

徐庆鸿博士和其他几位专家都根据各自的专业，在双旗山金矿技术人员的配合下，做着各自课题的研究，包括进行坑探、槽探和钻探，对井下矿硐进行再次全面取样等工作。

双旗山矿区的勘探进行了近三个月，各项作业全部完成。陈远荣博士一行又挥师邱村，对邱村矿区进行勘探。

邱村金矿的勘探任务较之双旗山金矿还要重很多。建矿之初，邱村矿区没有地质资料，建矿后，虽然项红亮、宋开族和兰秀娟等地质技术人员对民采矿硐进行编录，建立了地质资料，但是对于邱村矿区的成矿理论还没有系统认识，需要通过这一次全面系统的地质找矿工作指明方向。陈远荣博士来到邱村矿区后，已经担任邱村矿业负责人的项红亮组织几位技术人员配合做好工作。

这一次勘探的时间相当紧迫，陈远荣博士的团队到双旗山和邱村矿区的勘探时间只能到当年年底，他们还要预留出部分时间处理数据，梳理问题，得出结论，因此，对邱村矿区的作业必须加紧进行。

陈远荣团队在项红亮和技术人员的密切配合下很快就投入到紧张的各项作业中，同样分成若干个小组，每天早上 8 点许出发，顶着蜇人的盛夏骄阳，中午冷饭就着咸鸡蛋。用了不到一个月的时间，他们就完成 6 平方公里的化探扫面，20 多公里的物探剖面测量，1 万多立方米的地表探槽工程，户外勘探工作这才宣告结束。

陈远荣团队于当年的 8 月底带着数据回到桂林地质研究院，通过科学分析整理，产生了双旗山矿区和邱村矿区的中间性地质报告，并于 2003 年 11 月 5 日在德化瓷都酒店召开地质报告评审会，同时向双旗山金矿提交地质报告。该报告对这两个矿区的靶区提出了新的方向，提出双旗山金矿 13Au 的成矿理论由原来的韧性剪切带石英脉矿型，转变为构造蚀变岩型金矿的靶区理论；报告同时提出了邱村矿区的成矿理论，也为下一步找矿揭示了靶区。

陈荣远团队的理论成果，为双旗山和邱村这两个矿区地质找矿指明了方向，谢文清、陈志民和双旗山金矿的地质工作者看到这个成果都信心百倍。

第三十二章　首次破吨金

在桂阳乡党委书记陈国成、乡长陈荣斌的密切配合下，陈志民等筹建组成员经过一年多的修路、征地、拆迁、初步设计和整平准备，2003年6月初，洪鑫金矿开始进入设备安装阶段。

和大部分矿山一样，洪鑫金矿位于远离村镇的桂阳乡洪田村的大冻坑，距离最近的村镇洪田村也有7公里。这里荒无人烟，地理位置偏僻，条件十分艰苦。

为了保证安装质量，减少安装费用，陈志民与李斌、谢文清商量后，还是决定由双旗山金矿技术人员自主安装调试，并调来了郭清水、涂永沛、黄佳祥、罗毅平、黄远峰、黄金俊、姚成武七位机电安装骨干进行安装。陈志民也和七位同志一起驻扎了下来。

筹备时间十分仓促，设备安装没有设计图纸，安装难度非常大，陈志民、郭清水就根据地形边安装，边设计。球磨机是选矿厂的庞然大物，又是关键设备，他们就先确定球磨机的安装位置，以球磨机为基准高度，然后测算出其它设备的相对高度，再组织安装。

由于多数设备底部须和地基整体浇注，都要先吊装悬空，再浇筑水泥塔基座，无形中增加了难度。他们就像啃骨头一样，先解决难啃的，再解决其他相对容易的问题。

在安装过程中，难度最大的要数分级机了。这个重达两吨多的机器，要吊上4米的高度，安装全靠人工。还由于地面是填方土，比较松软，为了防止吊装的台架倾倒，郭清水想了个好办法，就是在台架的四角用四个角钢焊接加固，使台架更加稳定。这个办法果然十分管用，他们很快就把分级机安装好。

锤破设备要安装在6米高的粉矿仓上，也是难题，他们运用丰富的经验和娴熟的技术，也使笨重的机械登上了“高位”。

在购买浮选机时，为了节省费用，只是购买了总成，其他外壳需要自己制作并安装。陈志民和大家亲手搬来钢板，一一放样切割，认真对照图纸焊接安装，也使浮选机配置完毕……

在陈志民、郭清水的率领下，只用了两个多月的时间，就完成了破碎、球磨、浮选整套系统的安装。

洪鑫金矿所在的位置是个山沟，厂区分设在山沟两边，厂区两边需一个9米多长的天桥连接，此外，还有楼梯、栅栏、供水、供电和生活设施需要安装。这些安装人员充当了多面手，一一都把问题解决。

在安装过程中，陈志民和郭清水一班人发扬了双旗山金矿连续作战的作风，没有周末，没有休假，一干就是几十天。陈志民作为“两矿一厂”分管生产和探矿的领导，还要经常抽空回到这几个地方部署工作和检查监督。郭清水作为双旗山金矿生产部的机修顾问，有时还得回双旗山金矿或者邱村金矿安排检修设备、接受咨询。艰苦的条件，持续的高温，再加上用水不足，供电也未能得到保证，郭清水、黄远峰和黄金俊等几位同志先后中暑。但他们并没有轻易下火线，而是一边吃着藿香正气水，一边继续起早贪黑、披星戴月地干，直至全部完成任务。

2003年8月15日，洪鑫金矿所有设备安装完成，供电供水也配套到位，开始试产。

不久，郭清水以双旗山金矿生产部机修顾问的身份第二次光荣退休。郭清水曾是阳山铁矿机修车间的负责人，1995年退休后又受聘于双旗山金矿。来到双旗山金矿后，郭清水以其精熟高超的机修业务、吃苦耐劳的工作态度和无私奉献的敬业精神，参与了双旗山金矿、邱村矿业、黄金冶炼厂以及在外投资企业的所有设备安装、调试和检修工作，同时又言传身教、毫无保留地培养了一批又一批本企业的机修师傅，赢得了全矿数百名干部职工的信赖和尊重。

洪鑫金矿投产后，更名为德化县洪鑫金矿有限责任公司。考虑到陈志民分管事务太多，需要回到双旗山金矿，根据双旗山金矿的提议，又对该矿的经营班子进行调整，陈志民不再兼任该矿矿长职务，任命方进国为总经理，颜遐周为副总经理。

陈志民回到双旗山金矿后，立即再次启动勘探工作。根据桂林地质研究院提供的测定烃类组分含量差异预测的双旗山矿区成矿靶区，在双旗山 13Au537 和 587 中段及其 14A 东部有 8 个异常区。但提供的这个靶区只是提供了勘探验证的方向，还不能直接用于开采，而是要进行进一步的实地工程验证。

进行工程验证的常用方法有槽探、井探、硐探和钻探，这其中硐探最为直观，可立竿见影。硐探又分为平硐、竖井和斜井，但硐探投入较大，只有临近主巷道的地方才常被使用。陈志民、宋开族在对这 8 个异常区进行梳理后，拟定了一份具体勘探方案，提交矿务会研究。

勘探方案拟定后，双旗山金矿又通过招标的办法，将勘探工程交由福建地质八队进行具体的勘探施工。

2003 年，对于“两矿一厂”而言，是一个成绩斐然的年份，许多指标创造了建矿以来的新高。

这一年，双旗山金矿和邱村矿业在保有储量逐年减少的情况下，加大井下地质探矿力度，以探边摸底为找矿方向，增加了一些地质储量。其中双旗山金矿完成掘进 2326 米，投入坑探 193 米，新增储量 3 万吨，入选品位达到 4.0 克 / 吨；邱村金矿投入坑探 2516 米，钻探 2016 米，新增储量 5 万吨，入选品位 2.8 克 / 吨。两矿共处理原矿 15 万吨，生产金精矿 11085 吨，产出成品金 975 千克，完成销售收入 13318 万元，实现利税 1994 万元。更加可喜的是，加上外购金精矿，德化黄金冶炼厂首次突破吨金纪录，跻身全国吨金企业的行列。

这一年，各种金属价格开始上升，黄金价格持续上涨。上海黄金交易所2002年10月30日正式开市运行后，国内的黄金价格和国际接轨。此时的国际金市牛气冲天，受其影响，2003年国内黄金市场在经过三次波动后，终于突破每克百元大关，不仅“两矿一厂”的生产效益得到很大提高，厦门市万旗科技有限公司、德化万旗金行和德化万旗旅行社有限公司也创下了历史最好水平。

价格上涨的不仅是黄金，钨、铁等金属价格也有较大幅度增长，提振了大家的信心。为此，双旗山金矿召开董事会，同意对鑫阳铁矿的股份进行增资扩股，股权提高到25%；提出周宁钨铁矿在百日内建成投产的目标；安徽龙桥铁矿也在全力筹建中……

第三十三章　鹏祥建基地

2004 年 3 月，陈志民、郑新烟两位同志提任双旗山金矿的副矿长，陈志民分管“两矿一厂”的地质勘探、生产经营和人力资源工作，郑新烟分管技术开发和尾矿利用等工作。

福建省万旗科技陶瓷有限公司从 1999 年开始从事尾矿综合利用研究，当年拿出尾矿陶瓷产品，到 2003 年取得了国家专利，同年依托成果落户省级企业技术中心，郑新烟的研发团队走过了五年的历程。

在这五年里，郑新烟以黄金尾矿配制釉料研发的陶瓷产品，逐渐受到提倡节能环保的欧美客商的接受和喜爱，不断拿到订单。

但由于当时在黄金大厦一层的场所有限，满足不了生产需要，只能租用其他企业的车间生产，抑或将订单外放到其他企业，然后向这些企业提供配制好的釉水。这些外放生产的产品由于得不到本企业的监管，产品质量难以保证。

2004 年初，鹏祥开发区“三通一平”基本完成，陆续开始供地，双旗山金矿技术中心研发基地建设启动。经过半年多的施工，投资 800 万元，建筑面积 2500 平方米的研发基地建成。

研发基地如何使用呢？双旗山金矿股东会召集人、福建省黄金公司总经理张寿盘主持召开了董事会。经过讨论，会议同意双旗山金矿技术中心研发基地以有偿租赁的方式由福建省万旗科技陶瓷科技有限公司使用，同时按照市场价收取租金，其使用的双旗山金矿专利技术要以净利润总额的 6% 回报该专利的所有权人——双旗山金矿、邱村矿业和黄金冶炼厂。

随着福建省万旗科技陶瓷有限公司入驻投产，标志着双旗山金矿在多种经营的道路上又迈开了实质性的一步。当年，该企业就生产出口陶瓷 40 多万元产值。

陶瓷产品步入正轨后，谢文清、郑新烟又谋划着利用尾矿生产加气混凝土的项目。

加气混凝土是一种轻质多孔、保温隔热、防火性能良好、可钉、可锯、可刨和具有一定抗震能力的新型建筑材料。早在 20 世纪 30 年代初期，我国就开始生产这种产品，并广泛使用于上海国际饭店、上海大厦、福州大楼等高低层建筑中。这是一种优良的新型建筑材料，并且具有比重轻，保温隔热性能好，强度高以及具有抗震性、可加工性、耐高温性和隔音性等优点。

利用尾矿生产陶瓷的项目虽然经济效益、社会效益和生态效益俱佳，但毕竟使用量小。而加气混凝土砌块属于建筑材料，使用量大，可消耗大量尾矿，前景更为广阔。其生产原理是利用硅质和钙质材料，另外掺入适量调节材料和少量的发气材料，这些材料经过处理，配料搅拌，浇注到模具进行发气初凝，然后对其切割并放入蒸压釜养护，直到出釜堆垛装车。

很快，加气混凝土项目完成立项并开始建设，三个月后开始销售产品，生产能力年产 12 万立方米，当年就完成产值 200 多万元。产品除了供应德化本地外，还销往泉州、永春、大田、尤溪等地。

也是在 2004 年的上半年，德化县司法机关在双旗山金矿查处了一起贪污、受贿案件，个别矿领导和财务人员涉案被查处，全矿干部职工受到很大的震动。

与此同时，“两矿一厂”的资源和生产的状况还是不容乐观：探明的资源量不足，随时可能面临无矿可挖的局面；采出矿石品位严重下降，比去年同期下降了 0.37 克 / 吨；设备老化严重，故障率上升，加上因遇到自然灾害停电停水等客观因素影响导致设备运转率降低，台效下降；矿石性质发生变化，选矿的工艺指标不稳定，尾矿跑高、回收率下降……

这是“两矿一厂”自成立以来遇到的最大危机，对此，各级领导、各有关部门高度关注和关心。县委书记许昆贞提出反腐败和组织生产要两手抓，两不误，不能因为反腐败而影响生产，也不能借口发展生产而怀疑反腐败工作。福建省黄金集团有限公司总经理张寿盘专程来到双旗山金矿，对企业的生产经营情况进行调研，对下一步工作提出要求。5 月 19 日，德化县委常委、常务副县长林合龙出席了“两矿一厂”股东会和董事会，听取了“两矿一厂”生产经营情况汇报，对下一步工作进行部署。

李斌从安徽龙桥回到双旗山金矿，召集矿领导班子开会，认真分析把脉，聚焦问题，对建矿近十年来制度建设、思想政治工作和党风廉政建设等方面存在的问题进行认真反思，逐一梳理，同时有针对性地对一些规章制度进行补缺补漏，堵塞漏洞。

这一年，“两矿一厂”的各项工作也在艰难地推进。

根据福建省地质八队提供的勘探成果，经地质工程技术人员的不懈努力下，7 月初双旗山金矿在 13Au 矿区东部实施坑内钻钻探作业时有了较大发现，获得厚度 6.5 米，平均品位 4.73 克 / 吨的矿体，为告急的储量增添了备份。随着对双旗山矿区成矿理论进一步加深认识和勘探力度的加大，又有一些地质储量被发现，双旗山矿区共探明新增储量 3 万多吨，金属量 133 千克，及时补充了当年的不足。邱村矿区勘探的效果更为明显，不仅探明了可用于当年开采的 3 万吨储量，还通过槽探的方式，在外围发现矿化体 5 条，为下一步找矿明确了方向。

在生产经营指标方面，这一年的“两矿一厂”克服种种困难，也取得了较好的成绩，双旗山金矿和邱村矿业共处理矿石 14.26 万吨，黄金冶炼厂共处理金精矿 9255 吨，产出成品金 782.5 千克，实现销售收入 13423 万元，实现利税 1917 万元。

第三十四章　十年磨一剑

2004 年 5 月，时任葛坑镇党委书记郑国防提任中共德化县委常委，被派往西藏自治区工布江达县承担援藏重任，县委指定笔者主持葛坑镇党政工作。当年年底县里人事调整，笔者接任葛坑镇党委书记，原桂阳乡乡长陈荣斌接任葛坑镇镇长一职。

此时的双旗山金矿领导班子也任期届满。依照规定，双旗山金矿的任期为三年，但由于摊上个别班子成员和财务人员被查处，便耽搁了下来。

根据省冶金（控股）公司干部考核的有关通知要求，由省黄金公司和省冶金矿山公司合并新组建的福建省黄金集团公司于 2005 年 5 月 15 日起对双旗山金矿的领导班子及内设部门的主要负责人的履职情况进行全面考核。

考核组由省黄金集团公司副总经理林太硕、人事部经理王家鸣等四位同志组成。考核工作充分发扬民主，在听取了矿领导班子成员的述职报告后，又组织对矿领导班子和中层主要负责人进行民主测评，对党员、干部和职工进行个别谈话，从而全面掌握矿领导班子及其中层干部的德能勤绩廉的基本情况。

在考核期间，李斌提出鉴于他在安徽龙桥铁矿兼任总经理，筹建任务重，难于两头兼顾，请求辞去矿长一职。已经担任七年副矿长的谢文清以其思路清晰、业务精熟、务实肯干和清廉低调进入了考核组的视线。

此前的 2005 年 2 月，根据泉州市司法机关的建议，福建省黄金集团公司撤销了个别人员的职务。

此次考核后不到一个月，省黄金集团公司党委即对双旗山金矿的领导班子进行调整，根据李斌的请求，同意他辞去双旗山金矿矿长职务，但留任党总支〔鉴于双旗山金矿的党员队伍不断扩大，经省冶金（控股）公司党委当年批准，双旗山金矿党支部升格为党总支部〕书记，谢文清接任双旗山金矿矿长一职，聘任陈志民、孙有奖、王佑为副矿长，吴金龙任党总支副书记。

谢文清这个毕业于福州大学地质系采矿专业，从 1994 年 1 月就从永安小陶锰矿选调来到德化的年轻人，屈指数来，在双旗山金矿工作已经有八个年头。在经历了小陶锰矿的技术员以及双旗山金矿的护矿队员、综合部主任、生产科矿长、矿长助理、副矿长的历练，已经从崭露头角逐渐走向成熟。

至此，新一届双旗山金矿的领导班子配齐，矿务会成员由谢文清、李斌、陈志民、孙有奖、王佑、吴金龙以及副总工程师李山泉、副总会计师兼财务科科长黄建华组成。

矿级领导班子配齐到位后，双旗山金矿内部的各职能部门也进行了一些调整，对长期在一个岗位工作的职工也进行了比较大幅度的变动。

6 月 18 日，是双旗山金矿的建矿十周年纪念日。这天下午，双旗山金矿召开了一个简朴的“矿庆十周年”座谈会，福建省黄金集团公司总经理兼党委书记张寿盘和人事部经理王家鸣到会祝贺。

会场洋溢着喜悦的气氛，大家从建矿之初创业的艰辛，谈到了双旗山金矿的发展壮大；从员工物质精神生活的改善，谈到了继续干好本职工作，继续奉献深山的信心和决心；从只有三十几号人马艰难护矿，到吸引来自全国 26 个省、自治区的员工共同创业的一个完整大家庭；从简易的工棚到如今“强企富工梦”的逐步实现……回顾历史，大家豪情满怀，展望未来，大家信心倍增。

会上，王家鸣代表福建省黄金集团有限公司宣读了对谢文清等新一届领导班子的任命决定，李斌当即向新一届领导班子表示祝贺，新老矿长的双手紧紧地握在一起。

李斌发表了热情洋溢的即席发言，说：“感谢全矿干部职工十年来的辛勤奉献，感谢各位同仁十年来对我工作上的支持！双旗山金矿十年来的发展是不平凡的，十年前，大家从机关、学校、企事业单位不约而同地来到这穷乡僻壤，牺牲了本该有的天伦之乐，团结创业，无私奉献，创造了德化黄金矿业的一个个奇迹。希望大家继续履行好各自的职责，在岗一天，就干好每一天的本职工作，在新一届矿领导班子的带领下，做出新的更大的贡献！”

谢文清代表新一届矿领导班子也发表了讲话，他首先感谢大家的信任，表示要带好一班人，全力以赴，把双旗山的事业做得更好，同时要求全矿干部职工在事业发展时期继续保留创业之初的激情，居安思危，创造更加美好的未来。

矿庆期间，双旗山金矿还分别举行了“建矿十周年成就图片展”、“矿庆十周年”征文比赛和“双旗山是我的骄傲，我为双旗山自豪”为主题的演讲比赛，篮球、羽毛球、乒乓球、拔河和长跑等系列体育比赛，开展了党员义务劳动等一系列活动。

在征文比赛中，刘志坚撰写的散文《双旗山，精美的石头会唱歌》获一等奖，李明的作品《十年辉煌，永远的双旗山》和林瑞祥作品《一路走来》获二等奖，周文重的诗歌《双旗山抒怀》、赵丽娟的诗歌《双旗山之情怀》和黄党华散文诗《岁月如歌》获三等奖。

在演讲比赛中，马恒香的《奉献在双旗山，我无怨无悔》获得一等奖，苏新春《人生因奉献而美丽》获得二等奖，程雪春的《三千六百五，往事如烟》、黄党华的《双旗山，我为你自豪》和郑淑女的《双旗山，我为你骄傲》获得三等奖。

2005 年 8 月，福建省冶金（控股）有限责任公司下文，福建省双旗山金矿的领导班子直接隶属福建省冶金（控股）有限责任公司。此前，双旗山金矿的领导班子隶属于福建省黄金公司和福建省冶金矿山公司。

地质找矿是矿山企业的永恒主题。

进入2005年的春夏之交，双旗山矿区和邱村矿区的地质储量再现危机，特别是双旗山矿区，前一年探明的矿脉经过几个月的开采，余量也就几个月，亟需进一步投入勘探，需要大笔资金。

周宁县万旗矿业开发有限公司2004年6月投产后，铁精矿价格飙升，再加上林文杰带领一班人管理到位，员工生产积极性很高，几乎是满负荷生产，当年就取得良好的效益，双旗山金矿当年就获得200万元的利润分红。这笔分红到账时，已经是2005年的开春，因此没有列入分配利润，谢文清便决定把这笔钱用在双旗山矿区的地质勘探上。

负责跑外的谢文清非常忙碌，“两矿一厂”就只能陈志民一人忙前忙后。根据桂林地质研究院勘探研究提供的靶区，陈志民决定对双旗山矿区13Au进行深部钻探。钻探后，传来好消息，深部有富矿出现，再次印证了桂林地质研究院的靶区理论。

经过认真研究分析，陈志民决定启动双旗山矿区的竖井工程。同时，为保证短期的生产需要，陈志民又加大了坑内钻勘探和井巷掘进力度，终于又发现3万吨的地质储量，金属量达到100多千克，暂时缓解了储量与生产的矛盾。

邱村矿业的勘探则遇到了一些麻烦。由于国内国际矿价大幅度抬升，国内开始出现了一股投资矿山热，一些新办的矿山企业高价招揽井下工程队，承包邱村矿业井下掘进工程的浙江苍南井巷工程公司直属队的许多老员工被挖走，出现青黄不接的局面。一些新招来的员工不熟悉掘进业务，既降低了生产效率，又影响了勘探工作的进行。对此，陈志民和当时主持邱村矿业工作的常务副矿长项红亮对苍南工程队进行了多次交涉和协调，又组织双旗山金矿的工程技术人员下井手把手指导，才把生产和地质勘探的影响降到最小。

第三十五章　政府造环境

从1995年到2005年，许昆贞在德化县担任县长、县委书记长达十年的时间。在这十年里，许昆贞高度重视经济工作，带领全县人民采取了一系列措施推动经济发展，德化县的矿产业、陶瓷业等各行各业都得到快速发展，德化县连续多年获得福建省“经济发展十佳县”评价，被中国轻工业联合会命名为“中国瓷都”，德化成为了福建省发展最快的山区县之一。

2005年的三四月间，许昆贞离开德化，出任中共石狮市委书记，旋即出任泉州市人民政府副市长，原泉州市经委主任陈全顺接任中共德化县委书记；此前的2003年底，原任德化县人民政府县长杨益民调任晋江市长，原共青团泉州市委书记李辉跃出任德化县人民政府县长。两位主官到位后，对福建省双旗山金矿都和前任一样关心和重视，先后听取企业生产经营情况汇报或到企业进行调研，对企业发展做出指示，要求各级各部门要大力关心支持黄金矿业，为企业发展提供良好的发展环境。

许昆贞是“正规办矿、规范开采”的积极倡导者和实践者，他在任期间，尽管也曾有一些人提出双旗山矿区和邱村矿区外围有条件放开民采的主张，但目睹过乱采滥挖乱象的许昆贞都给予了斩钉截铁的否决，让许多想在黄金矿区分一杯羹的人们乘兴而来，败兴而归。

这一次，县里的一把手调整，各种思潮又活跃了起来，有的再次提出“有矿快挖”的建议，有的提出放开外围矿区，有的干脆提出全面放开民采。

“有矿快挖”是20世纪80年代末90年代初德化县领导提出的主张，其前提是当时除了阳山铁矿和一些瓷土矿外，由于勘探、开采和加工技术缺乏，大量地下资源得不到利用，是一种“守着宝藏饿肚子”的状态，这个主张对当时的经济发展确实起到积极作用。

但进入20世纪90年代的那一场民采和盗采经历后，主流社会都知道那对生态、环境、资源、法制和安全生产代价是巨大的，对于无序的民采大多持否定态度。

但是，还是有人认为机会来了，跃跃欲试。

有的人到德化县领导处游说，提出放开民采可大幅度促进经济发展，提高财政收入；有的人到持有勘探权证的闽西、闽东南和闽北地质大队洽谈，希望获得合作开采的机会；有的到福建省的地矿厅找到有关部门领导，希望得到支持和关照；更有一些有实力的外地大款找到一些位高权重的领导，通过打招呼向县领导施加压力……那时候，不仅是在县里，就是在葛坑镇，笔者也时常要接待一些前来寻求合作的各路“神仙”。

面对这种状况，作为分管经济工作和联系挂钩双旗山金矿的县委常委、常务副县长林合龙感到的不仅是压力，感到的更是责任。林合龙之前在泉州市龙门滩引水工程管理处担任党委书记，21世纪初调任德化县人民政府副县长，长期分管企业和经济工作。他在各个会议、各种场合提出不能杀鸡取卵，吃子孙饭，主张要把双旗山金矿办成“百年老矿”，让黄金之利惠及子孙。

陈全顺、李辉跃两位县里的主官也顶住压力，继续坚持走“依法办矿、正规办矿”的路子，大力支持“两矿一厂”发展壮大。

这期间，县里开始部署招商引资工作，要求全县各级各部门要全力投入到招商引资工作中，并且把招商引资任务下放到各乡镇、各单位，实行责任制，将招商引资成效列入年终绩效考评内容。但矿业和房地产不作为主推项目。

笔者接任葛坑镇党委书记后，也在认真思考矿业发展问题。此时，由闽西地质大队、葛坑镇政府和葛坑林场联合组建的新鑫金矿成立已经近三年的时间。在这三年里，由闽西地质大队派出担任筹建办主任的李金华同志带领几个合作单位派来的同志做了许多工作，进行了不懈的努力，但由于资金、技术、设备的缺乏，难有突破和进展。笔者和陈荣斌镇长以及其他班子成员在沟通中感悟到，矿山企业看似粗放，实际上是资金和技术聚集的企业，不是想当然就能办起来的。对于招商引资工作，镇里一定要认真落实，派出得力人手做好工作，但决不能叶公好龙。已经在镇内落户的“两矿一厂”不仅提供大量的税收，而且镇政府作为三家企业的股东，每年还可分享税后利润，镇党委政府必须义无反顾地为这些企业提供良好的服务，为企业发展创造良好的外部环境。

经过调研和思考，2005 年夏，笔者撰写了一篇题为《发挥优势，整合资源，强力推进，建设闽东南最大黄金生产基地》的调研文章，在德化县委召开的务虚会上交流，并在《德化政研》上刊发。调研文章提出要整合矿权资源、勘探资源、技术资源、资金资源和人力资源，把双旗山金矿打造成资源充分利用、安全环保过硬、企业实力强劲、社会贡献巨大的现代化企业。

新一届领导班子到位后不久，双旗山金矿召开了二届二次职工暨工会会员代表大会，矿长谢文清作了《以创新强素质，占资源谋发展》的矿长工作报告，工会主席吴金龙作了《以实际行动构建和谐的双旗山》的工会工作报告，表彰了一批先进单位、先进班组和先进工作者。

谢文清在矿长工作报告中提出：针对双旗山矿区和邱村矿区保有储量不足的问题，要进行矿产资源大整合，实现矿山资源的战略性重组；要做好基础工作，加强制度建设，统筹管理资源，实现管理资源的大整合；要切实抓好领导班子建设和职工队伍建设，实施人才培训工程，制定《企业员工手册》，弘扬企业文化，实现人力资源的大整合。

作为新一任矿长，谢文清在深入思考双旗山金矿的进一步发展问题。他提出要把老矿长李斌提出的“事业留人，感情留人，待遇留人”的管理理念继续发扬光大，连续写了三篇文章以矿务会的名义在《双旗山简报》上发表，第一篇是《大山的脊梁——致立志于矿山事业的双旗山人》，第二篇是《浅谈成功企业的优秀员工》，第三篇是《企业发展，以人为本》，同时还召开“责任心问题专题座谈会”，统一员工的思想。

在《大山的脊梁——致立志于矿山事业的双旗山人》一文中，谢文清分析了20世纪90年代矿业衰落的原因，指出了进入新世纪矿价回归后，因为众多游资和“矿盲”涌入，使得矿业成为投机和唯利是图的热土，阐述了矿产品价值包括采掘加工成本、安全环境成本、资源再勘探成本和企业合理利润等四部分组成的原理，提出矿产业虽然不是流行意义上的高新产业，但他融合了传统技术和现代化市场经济、信息技术、地勘测量、机械化学等专业科学技术，认为企业只有立足于技术进步和管理创新，才能背负起民族工业振兴的希望。为此谢文清呼吁全体双旗山人不要错过任何的学习机会，从基础做起，不怕失败，做一个有理想的人，在不断实践中真正把自己融入企业，发挥敬业奉献精神，让金子闪光，成为真正意义上的“大山的脊梁”。

在《浅谈成功企业的优秀员工》一文中，提出了成功企业优秀员工的十二个条件，包括对企业的好奇心、根据企业发展目标找准定位并把握发展方向、掌握新知识新技能、向企业提出合理化建议、对企业忠诚、帮助企业成功等等。

在《企业发展，以人为本》一文中，谢文清提出在构成企业的基本要素人、财、物中，企业员工在生产经营活动起决定作用，因此，要大力发挥员工的主人翁精神，把以人为本贯穿于企业生产经营活动的始终。

此后，谢文清又写了《什么是企业英雄》《从十八个人争座位说起》等署名文章，在《双旗山简报》上登出。

在关于“责任心问题”专题座谈会上，来自“两矿一厂”35位各部门负责人和专业技术人员以“加拿大赫姆洛矿床勘察发展史”入题，就各自工作责任心如何体现、工作如何创新，从不同角度畅所欲言、各抒己见，展开交流。

位于加拿大安大略省苏必利尔湖北岸的赫姆洛矿床从19世纪60年代开始普查，历经一百多年的找矿勘探，直至1973年，才求得矿石量15万吨，黄金储量980千克。1981年，科罗纳资源勘探有限公司开始对该勘查区进行详细研究，从打第一个钻孔开始，直到打了75个深孔，均未发现异常，但他们并没有失去信心。到了打第76个钻孔，终于有了突破，他们发现了厚度6米，品位6.9克/吨的矿体，他们继续不停歇地勘探。到了1982年，该公司探得矿石储量2500万吨，黄金储量217.75吨。如今，赫姆洛矿床已探明矿石量8000万吨以上，黄金金属量600吨，是20世纪震惊全球的重大发现。

参加座谈的人们在分析发现赫姆洛矿床的经验时，对他们为什么普查勘探历经百年而不放弃，为什么打了75个钻孔均不见矿藏的情况下还在坚持等问题，进行经验分享：这就是每一次普查、勘探和钻孔，他们对矿山的认识都在提高，距离真理都是越来越近；这就是他们的责任心促使他们不被某一固定思维所左右，坚持到底，才有后来的巨大发现。

三篇文章的发表和“责任心问题”座谈会的召开在职工中产生巨大的反响，许多员工参与到双旗山发展问题的大讨论之中。魏水芳写了《浅谈双旗山的企业文化》，苏德发写了《活力，企业无形的力量》，刘志坚写了《守好自己的道——文明的公德心》，抒发自己对做强做大黄金矿业，做好本职工作的情怀……

自此，双旗山金矿新一届领导班子治理企业的理念基本确立。

第三十六章　新鑫再整合

新鑫金矿成立时，来自闽西地质大队的李金华出任筹建处主任，双旗山金矿的陈志民和葛坑镇政府的陈江艺任副主任，闽西地质大队还派来了地质勘探技术人员林鲁闽、刘怀荣，葛坑镇派出了干部曾华峰，葛坑林场派出了干部许元宝，董事会还招收了不多的几个员工。筹建初期，这些人员都在葛坑镇政府办公，一段时间后，为了工作方便，便购买了一辆越野车，借了葛坑林场章功工区的房子，搬到章功工区上班了。

李金华是福州长乐人，20 世纪 80 年代初期在长春地质学院学习，毕业后分配到闽西地质大队工作，因为业务好，工作突出，没几年就评上高级工程师，是队里的技术骨干。但前些年受到“下海”潮的影响，停薪留职了几年，不久前刚回到闽西地质大队上班，任队办公室副主任。这一次，大队领导也是很看重这一次合作，经过慎重考虑，让他来到双旗山，担负起筹建新鑫金矿的重任。

筹建初期，主要是办理各种手续和进行深度勘探。李金华业务熟悉，没有几个月，就把大部分手续办好了。地质勘探方面，李金华和陈志民除了亲自带领专业技术人员对金钟形一带进行勘探外，还引进工程队进行钻孔勘探。由于陈志民还要分管“两矿一厂”的勘探、生产以及洪鑫金矿的筹建工作，时间有限，大部分工作则只能由李金华等同志承担。

钻探结果出来后，李金华又组织了掘进队伍在与双旗山金矿矿部隔河相望的金钟形山脚下进行硐探。硐探过程中，曾经陆续发现一些品位不高的含金矿石，但越往里挖，品位越低，又往其他方向掘进延伸，情况也大致如此。就这样，前后用了近一年的时间，花费了几十万元，掘进了 300 多米，也不见矿脉。硐探进行了一半，经费用完了，筹建处提出了增资的请求，董事会研究后，同意增加部分投入，部分股东又筹了些资金投入。

硐探可是个烧钱的活，没多久，钱又用完了，筹建处再次告急。这一次的董事会没能再次通过增资的动议。

没有了经费，银行贷款又贷不到，巧妇难为无米之炊，新鑫金矿的硐探只好于 2003 年年底停了下来。由于人员大多从各个单位抽调，都在原单位领取工资，只有新招收的部分人员在新鑫金矿领工资，因此，筹建处又坚持了一年多，到 2005 年年初，人员才回到各自单位，临时招聘的人员暂时解散。

笔者主政葛坑镇后，多次与曾在新鑫金矿工作过一段时间的曾华峰同志进行交流，对新鑫金矿的筹建及停滞的情况进行了全面的梳理。曾华峰去新鑫金矿之前，是镇农技服务中心的负责人，从新鑫金矿回来后，是镇党政办的负责人，他对新鑫金矿前前后后的情况了如指掌，对矿业发展很有见地，他的很多看法与笔者不谋而合。

当时的双旗山金矿、邱村金矿的采矿证办证范围均只有 0.6 平方公里这样一个狭小的范围，发展空间十分有限。筹建新鑫金矿的动因是闽西地质大队在双旗山矿区西侧有着近 60 平方公里的勘探范围。这些勘探范围的矿产资源虽未完全探明，但据行内专家判断，这些地域可能蕴藏着丰富的黄金、钼、铜、铅锌等多种金属，开发前景十分广阔。

组建新鑫金矿本是个很好的选择，筹建后也做了许多工作，进行了有益的探索。后来的停滞，是因为一些方面的问题没有考虑到位：首先是资金的问题，勘探是大投入，如前所述的加拿大赫姆洛金矿勘探先后经历一百多年的时间，投入可谓无数，就拿双旗山金矿和邱村金矿来说，前期勘探也投入了大量资金，绝不是寥寥百多万元就能解决的；其次是采矿和选矿需要购置大量的生产设备，要把这些设备选购安装完毕，也是要数百上千万元；再次是技术储备，一个集勘、采、加一体化的矿山企业，需要聚集地质、勘探、采矿、选矿、管理等各类经验丰富的工程技术管理人员。以上这些，新鑫金矿都不具备。

那么，如何解决新鑫金矿的问题呢？双旗山金矿有着数十名高中级职称的工程师、一批经验丰富的管理人员和几百名熟练的工人，这些可与新鑫金矿共享；双旗山金矿有着良好的银行信用等级，解决资金没有问题，可为新鑫金矿找到融资渠道；新鑫金矿的矿区和双旗山金矿的矿区只隔着一条小河，两矿区紧紧相连，双旗山金矿的选矿设备完全可以共享。

笔者和镇长陈荣斌、党委副书记林祖传、张黎明等同志商量后，都认为最好的办法是把新鑫金矿和“两矿一厂”进行整合。

于是，笔者向林合龙及新鑫金矿的股东会成员提出了重组新鑫金矿，同时把新鑫金矿交由双旗山金矿经营团队统一管理的建议，得到林合龙及新鑫金矿部分股东的采纳。

为此，笔者多次前往三明，与闽西地质大队的大队长刘常新、副队长周珍琦等领导联系。

经过多次沟通和协调，2005 年 8 月底，德化县国有资产投资经营公司、闽西地质大队、葛坑镇政府、德化县邱村矿业有限公司、葛坑国有林场各方就矿权转让和股份重组一事达成一致意见，同意在之前投入 140 万元的基础上，再筹集 330 万元的注册资金，成立新的福建省新鑫矿业有限公司。

公司的董事长由德化县国有资产投资经营公司总经理郑义先担任，副董事长由葛坑镇政府和闽西地质大队各指派一人担任，法人代表由谢文清担任。

公司的股份也发生一些变化，其中德化县邱村矿业有限公司占股份 30%，葛坑镇政府和闽西地质大队各占股 25%，德化县国有资产投资经营公司占股 15%，葛坑国有林场占股 5%。闽西地质大队同意将其勘探登记的金钟形 0.35 平方公里的矿权转让到该公司进行开发，同时将双旗山矿区西部地带由闽西地质大队登记勘探中的近 60 平方公里范围作为福建省新鑫矿业有限公司的后备资源。

各股东一致同意该企业委托邱村矿业有限公司按照现代企业制度进行经营管理，期许的经营目标是力争在三年内把该企业建设成年产黄金一吨以上，黄金、铅锌、铜钼等多种金属共同开发利用的大型黄金生产企业。

当月，当时主持邱村矿业日常工作的生产科科长项红亮便安排地勘人员进驻金钟形矿区进行进一步勘探，同时采用边采边探的办法启动生产。

第三十七章　遍地黄花开

进入21世纪，企业界开始流行一句话，就是“占有资源就占有财富”。

20世纪90年代，随着国家经济结构的调整，矿产业出现了衰退的现象。进入21世纪，随着矿产品逐步恢复其价值，矿产业从低迷到回升，再到矿价狂涨，矿产业又成为了创业者、投资者、投机者和冒险家的乐园。许多资本注入，大量游资涌入，懂行的、不懂行的都进入了矿产行业。凭借着一路飘升的上升曲线，有些运气好的人在短时间内聚集了巨额财富，更有的一夜暴富，自然也有一些盲目投机者血本无归。

在这股狂潮中，德化境内的一些矿山企业也采取了不同的发展模式。

阳山铁矿及其新组建的鑫阳矿业有限公司由于它们所在的阳山东西两个矿区拥有不竭的储量，因此，在占有资源方面意识不是很强，着重于内涵式扩大再生产；阳山外围的矿区新成立了民营企业大阳矿业有限公司，以咄咄逼人的方式快速崛起，展开了和国有大矿剧烈的竞争之势。

双旗山金矿从建矿开始就先天不足，面临着资源危机。矿领导层压力很大，对于抢占资源的意识较强，因此在几年时间内先后在县内外取得了一些资源，县内的取得了新鑫、洪鑫的开采权，参股了鑫阳矿业，并且对葛坑的湖头、上涌的曾坂老石灰石矿山和其他一些区域进行勘探，县外的则拿到了安徽龙桥铁矿和宁德周宁铁矿。

然而，和双旗山金矿几乎同时起步的位于龙岩上杭的紫金矿业却以异乎寻常的速度发展。他们凭借着资源优势，生产规模不断扩大，2003年12月成功登陆香港股票市场，2004年提出了年产黄金8吨的目标，同时投资、收购或参股了新疆、贵州、内蒙古、吉林、黑龙江、安徽等多个省、市、自治区的矿山，并拟把触角伸向国外，已经跻身到了全国黄金行业的前列。

双旗山金矿曾与紫金矿业比肩，如今紫金矿业越行越远，差距越来越大，双旗山金矿的经营团队感到肩上的压力越来越大。

2004年下半年，谢文清安排了一个考察组到紫金矿业学习取经。

考察组在听取紫金矿业公司领导的经验介绍，并参观了使用堆浸法生产的矿石堆浸场和生产设施后，又到江西省赣州市寻乌县考察老墓铁矿的合作事宜。

寻乌县位于江西省东南端，居赣闽粤三省接壤处，幅员与德化县相仿，总面积2311平方公里，是一个资源密集、物产丰饶之乡，已发现的矿种有：钨、锡、钼、铜、铅、锌、稀土、铌钽、铁、钴、金等珍贵金属30余种，其中稀土为优势矿种，素有“稀土王国”“中国蜜橘之乡”“江南水电大县”之称。

考察组所考察的老墓铁矿是一家老国有企业，20世纪80年代以后，由于资源不足和管理不善等问题，又进行多次整合重组，到了21世纪初仍然不见起色。经过了解，考察组向谢文清汇报了情况，谢文清感觉到这个矿山资源状况并不明朗，况且原企业的股权错综复杂，很难理得清楚，便放弃了合作的想法。

不过赣南地质调查大队提供了位于寻乌县上都镇的一个钼矿项目，这个项目在该大队的勘探权范围内。钼既是人体及动植物不可缺少的微量元素，又是合金钢的重要原料，国际国内市场的需求量都很大，当时市面上每千克的价格达40多万元，是一个很好的投资项目。考察组在对该项目进行粗略考察后，回到德化，向谢文清汇报。谢文清将情况向县领导进行汇报，向有关部门和同志进行了通报。

省黄金集团公司和德化县领导对这个项目看法不甚一致，便放弃了对该项目的投资。但厦门市万旗科技股份有限公司觉得这是一个好项目，便走到前台成为投资该项目的主体。考虑到去一个全新的地方投资，内内外外有大量工作要做，需要一位强有力的领导，厦门市万旗科技股份有限公司首先想到的就是陈志民。为此，受厦门市万旗科技股份有限公司的委派，陈志民就作为该方的代表，远赴江西寻乌，开始了筹建工作。

经过一年多的积极筹备，2006 年 7 月，寻乌县上都矿业开发有限公司正式成立。该公司的股份构成为：厦门市万旗科技股份有限公司和赣南地质调查大队各占股 45%，寻乌天宇贸易有限公司占股 10%，赣南地质调查大队一方出任董事长，陈志民出任总经理。

已经有了双旗山金矿、邱村矿业和洪鑫金矿等多个矿山建设经验的陈志民在江西寻乌如鱼得水，迅速投入到矿山建设之中。他组织地质队伍进行深度勘探，对建设方案进行规划设计，按照程序安排队伍进行土建和巷道建设，购买设备安装调试，一环扣一环，紧张而不忙乱，快速而又保质，不到一年的时间，就建成了一个严格按照安全环保标准要求的现代化矿山企业，并迅速调试投产。

陈志民的工作能力和工作效率不仅博得了该公司全体员工的钦佩和爱戴，也得到赣南地区各级领导和各部门的认可，他们在各种会议上褒扬该公司的成绩，还组织赣南地区大部分矿业企业到上都矿业考察学习。陈志民也被推举为寻乌县的政协委员。

地处闽北的南平市是福建省的又一个重要矿区，这里聚集着黄金、铅锌、铜、钼等多种金属资源，也有不少国有矿山可供合作，是双旗山金矿向外拓展的理想之地。

2004 年，双旗山金矿派出谢乐华到建阳市负责筹建南平市建阳市黄地矿业公司。

谢乐华是南平市建瓯人，双旗山建矿之初就来到双旗山金矿，先是从事技术工作，后担任办公室主任，此次谢文清让谢乐华到建阳市负责筹建黄地多金属矿山企业，考虑到的不仅是他经验丰富，办事认真，还因为建瓯和建阳毗邻，对当地的情况比较了解，有不少的人脉关系。

武警黄金部队十六支队2000年底从邱村金矿撤出后，便来到位于建阳市（今建阳区）小湖镇的黄地村驻扎勘探，此后又承担了太阳山等多个矿山的勘探任务。在双旗山矿区和邱村矿区勘探的几年间，这一支业务精湛、屡立功勋的部队与双旗山金矿的干部职工建立了深厚的感情，在离开双旗山后的几年里，仍然和李斌、谢文清和陈志民等矿领导保持着密切的联系。

黄地矿区本来也是一个民采盗采泛滥的地方，地下民采硐纵横交错，黄金资源遭到的掠夺性开采。武警黄金部队入驻后，克服重重困难，经过两年多的勘探，到2002年底，勘探结束，出了成果。

成果就像山上成熟的桃子，许多人都想摘得，原项目合作的一家公司就是其中之一。在谢文清及其双旗山金矿经营团队的共同努力和积极运作下，武警黄金部队同意将该矿权转让给双旗山金矿和原项目合作的一家公司。在各方的共同努力下，到2004年底，矿权手续基本办妥，建矿的一些前期准备工作也基本就绪，南平市建阳市黄地矿业有限公司依法成立。

该公司由“两矿一厂”和原项目合作的一家公司联合组建，注册资本300万元，双旗山金矿占58%股份，原项目合作的一家公司占股42%，谢文清任董事长，谢乐华任总经理。

2005年，基建工作全面展开。在谢文清和谢乐华的指挥下，基建以超乎寻常的速度进行，当年完成矿区征地拆迁任务，井巷工程全面掘进，占地1333平方米的框架两层综合办公楼在几个月内建设完成，选矿厂厂房如期完工，设备也安装完毕，2006年1月建成投产。这个企业总投资1524万元，其中双旗山金矿投资920万元。

黄地矿区所在地位于建阳市小湖镇的一个偏远的山沟，距离市区50多公里，距离镇区也有23公里，自然条件也很不好。又由于该矿区经历过民采盗采，短期开发条件也很不理想。

但是，股东和各级各部门都看好这里，都期望着马上见到效益，没有太多时间等待。面对黄地矿业这样一个千疮百孔的矿山，因为时间紧迫，不可能做太详细的地质工作，谢乐华只能因陋就简，也就是在井下资源尚不是十分清楚的情况下，一边探矿一边进行矿山基本建设。

就像加拿大赫姆洛金矿一样，矿山企业常常要做很多工作才能出效益，不可能急功近利。过了一段时间，本来就是想通过倒腾矿产挣取好处的永泰县建三矿业有限公司，看到近期难出效益，便产生了转让股权的念头，并准备转让给另一个专门倒腾矿产权的公司。

谢文清和谢乐华获悉后，为了避免这样倒腾影响生产，一边做了原项目合作的一家公司老板的工作，一边和厦门市万旗科技股份有限公司的股东联系，提出了由厦门市万旗科技股份有限公司购买原项目合作的一家公司股权的建议。

经过积极协调，企业进行重组，同时增加了资本金投入，双旗山金矿占股 58%，厦门万旗科技有限公司占股 39%，之前原项目合作的一家公司股权中的股中股福州德信公司占股 3%。

此时，福建省黄金集团公司又把该公司位于建阳市的太阳山金矿的勘探及开采的前期工作委托建阳市黄地矿业有限公司进行管理。

第三十八章　研发纳米钙

2006年，陈志民前往江西省寻乌县筹建上都矿业开发有限公司后，王佑从安徽龙桥回到双旗山金矿，接替陈志民分管“两矿一厂”生产和人力资源工作。

读过小说《封神榜》的人都会记得，小说中描写的神仙个个都能飞天，而能够钻地的就只有土行孙一个。这似乎一语成谶，把后来太空科学和地球科学给说中了。在太空方面，人类早已经登上了月球，“旅行者”一号飞行器更是飞抵了火星、木星、冥王星，甚至远离了太阳系波包层，但对地下的状况却知之不多。

到当年年底，双旗山金矿的保有储量14万吨，邱村矿业保有储量仅4.5万吨，且地质品位较低，双旗山金矿满打满算也只能维持正常生产两年左右，而邱村金矿则不到一年，资源危机再一次摆在了谢文清和王佑的面前。

谢文清和王佑再一次召开了科技人员座谈会，探讨勘探增储问题。经过集思广益，提出了矿产资源大整合、大优化的战略。对于双旗山金矿，提出整合现有和外围资源，浅部和深部资源，在对“边、小、残、盲”矿体展开“拾遗补缺”，最大限度回收资源的前提下，加强对以往探采资料的分析，总结和研究矿区的成矿规律，全面启动深部和外围的勘探工作；对于邱村矿业，提出加大南矿区的勘探工程，启动外围已登记的11.8平方公里探矿区域的地质普查。

在双旗山矿区勘探问题上，谢文清、王佑与项红亮、宋开族、李山泉等地质工程技术人员对桂林地质研究院的研究成果进行了认真分析、研读，大家对双旗山矿区的成矿理论进行再研究、再认识。

双旗山矿区 13Au 矿脉，其成矿规律之前的认识为石英脉型，但按照桂林地质研究院最新得出的成矿理论，应转变为蚀变岩型金矿。根据这个判断，其深部必然还有大的成矿带。

谢文清提议，在 13Au 双旗山金矿选矿厂的后山开始进行大型竖井工程的可研、设计和施工。双旗山金矿建矿以来，基于对矿山类型的认识问题，所有勘探和生产都在浅部进行，对于深部的勘探基本没有启动。此次的大型竖井工程施工启动，对于双旗山金矿的未来是一个具有重大意义的决策。

邱村矿业也加大了对南矿段 772 米中段及地表的地质勘探力度，同时加强对外围火烧山地带的地质勘探。

到 2006 年年底，双旗山金矿扣除当年消耗的储量，又新增储量 19.32 万吨，竖井工程掘进了 100 多米；邱村矿业扣除当年消耗，也新增储量 8.02 万吨，为次年的生产提供了保障。

由郑新烟负责的双旗山金矿技术中心建设逐步完善，尾矿利用研究及产业化取得了很大的进展，尾矿陶瓷国外订单不断，势头良好。

2004 年，郑新烟又开始了微晶玻璃陶瓷和纳米碳酸钙的研发。

微晶玻璃陶瓷又称可加工陶瓷，以合成云母为主晶相，是一种可以机加工的陶瓷材料，多作为高档建筑材料。同样利用黄金尾矿，郑新烟边开始了对微晶玻璃陶瓷的研究，边对该产品的市场进行调查、分析。经过一段时间的研究、实验，拿出了新产品的小样，并进行中试和产业化研究。

2004 年底的“两矿一厂”董事会对这个成果进行专门的研究和讨论，同意列入发展项目。但是在进行市场调查和成本核算时，郑新烟发现生产该产品的企业已经很多，产品也日渐饱和，就当时的市场价格而言利润空间不大。经过慎重考虑，微晶玻璃项目暂时搁置了下来。

郑新烟又想起了曾经做过研究的白炭黑项目。随着橡胶、建筑涂料等行业的不断发展，市场对各类填充料的需求量不断上升，这方面的项目大有文章可做。在作了分析比较后，郑新烟发现，白炭黑市场已经过于饱和，便把研发方向确定为以石灰石为原材料的纳米碳酸钙上。

纳米碳酸钙又称超微细碳酸钙 ，是20世纪80年代新发展起来的一种新型超细固体粉末材料，其粒度介于0.01～0.1μm之间，应用最成熟的行业是塑料工业，可改善塑料的品质和工艺性能，用在油墨产品中可极大改善其分散性、透明性、光泽度、油墨吸收性和高干燥性，市场前景十分广阔。德化的石灰石资源十分丰富，可为这个产业的发展提供取之不尽用之不竭的原材料。

经过矿务会的研究同意，2004年下半年，纳米碳酸钙研发摆上了议事日程。郑新烟通过网上搜索和多方联系，获悉东北大学、河北工业大学有该项目的研究课题，便先后和两个大学的相关课题组联系，与两个大学开展合作，取得了一定的成果。

但是，这些成果只是在实验室内完成，期间还要进行中试和产业化实验，距离真正形成生产力还有很长的路要走。

当年年底，郑新烟又联系了山东烟台黄金设计院。这个设计院和双旗山金矿有着很长的合作渊源，双旗山金矿、邱村矿业、黄金冶炼厂以及洪鑫金矿的选矿和井巷工程都是该设计院设计的。山东烟台黄金设计院接到郑新烟的电话，安排该院的崔博士带着团队来到位于德化鹏祥工业区的双旗山金矿技术中心，和郑新烟一道对项目进行研究。

2005年初，纳米碳酸钙项目的研究取得了很大进展，开始进入中试阶段。

生产工艺设计和设备订购也同时进行。2005年7月，纳米碳酸钙项目的生产设备开始陆续安装，到8月底，基本安装完毕。2005年9月11日，开始投料试机，设备运转正常，之后转入正常生产。这是继尾矿陶瓷之后，高新技术成果在双旗山金矿的又一次成功应用。

此后，以纳米碳酸钙产品为依托，专门研发高新非金属产品的福建省万旗非金属材料有限公司随即成立。

第三十九章　上下齐心行

谢文清担任一把手后，确定双旗山金矿的建设目标是建立一流的现代化矿山企业，在企业管理的方式方法上，他虽然十分重视基础工作，吸取泰罗制管理精髓，但更多的则是承袭了梅奥的管理思想，把以人为本理念放在首位。

人本管理的前提是榜样力量，也就是领导带头。在这方面，双旗山金矿可以说是代代传承。

李斌主政时，是率先垂范，遇到困难总是一声“跟我来”走在前列；到了谢文清，也是事事带头，不管遇到什么样的艰难险阻，总有一副“当今之世、舍我其谁”的气势。

就拿春节值班来说，作为矿山企业，多运行一天，就多一份效益，“两矿一厂”从筹建那时起，就从没在节假日放假，包括春节也是一样。除夕和春节值班，头几年是李斌留在双旗山，和加班的职工一起过，谢文清先后作为综合部主任、矿长助理和副矿长也参与其中；2000 年之后，谢文清总是自告奋勇坚持在除夕和春节期间留在山里和职工一起过年，也没有一年落下。

矿里经常有一些项目需要进京办理，包括废旧矿山治理项目、勘探项目、尾矿利用项目等等。

这些年，谢文清和同事们为“两矿一厂”的各种项目争取了数千万元的各级财政补助资金，但谢文清到那时还从未进入过京城的三环路，从未见过长安街、天安门、故宫、颐和园这些从小就非常憧憬的美景，而是一办完事就往回赶，到其他地方出差也是如此。

不是谢文清不爱游山玩水，而是为了节省时间，能够在有限的时间里做更多的事。

那几年，矿业很热，人才难求，不少民企或私人老板私下或者通过各种关系来找谢文清，许以年薪百万，比他在双旗山金矿的报酬多出许多倍，但他从不为所动。

双旗山金矿的经营团队也大多是一个爱矿敬业的团队。

陈志民从 1994 年 1 月从德化县矿产工业总公司进入双旗山金矿工作，不管是在保卫科当保安，是在做征地拆迁负责人，还是在供销科当科长，及至当了矿长助理、副矿长，他从来都把工作放在第一位。在担任矿供销科科长时，采购物资，货比三家、极力降低购物成本不说，仅就建矿初期到河南、山东销售金精矿，就显示了他高度的责任感和很强的应变力；在邱村矿业当一把手时，跑遍矿区所有的地表和巷道，遇有高品位矿石，总是亲自带班到井下值守；后来担任副矿长，既要分管“两矿一厂”的生产、人力资源和地勘，又要负责洪鑫金矿的筹建，工作起来几乎是没日没夜，总是把工作做得最好；特别是在国家利益、企业利益和家庭个人利益发生矛盾时，他总是义无反顾地选择了国家和企业利益。2006 年 5 月，厦门市万旗实业有限公司抽调他去江西寻乌创办企业，那时他的妻子身体不好，儿子刚刚上初中，虽然成绩全班第一，但正在叛逆期，平时只听他的话，对于厦门市万旗实业有限公司的这个安排，他有一百个理由选择拒绝，然而陈志民二话没说，选择的是服从。

王佑从阳山铁矿调到双旗山金矿以后，就像一颗螺丝钉一样，把他放在哪里，就在哪里发挥作用。刚到双旗山金矿时，矿里安排他负责黄金冶炼厂的筹建，为了学习黄金冶炼技术，他带着几名工人在寒冬腊月远赴山东烟台的黄金冶炼厂跟班学习，在该厂和当地企业工人一起连续数月三班倒现场顶班作业；德化黄金冶炼厂建成投产后不久，安徽龙桥铁矿筹建，王佑被委于重任，又去了安徽龙桥，在一张白纸上绘画出美丽矿山；2005 年底，龙桥铁矿建设基本就绪，王佑又回到双旗山金矿，接替陈志民分管“两矿一厂”的生产和地勘。

吴金龙早期就来到双旗山金矿工作，担任过双旗山金矿的矿长助理、党总支副书记兼工会主席、德化县万旗旅行社的总经理等职，负责过德化县万旗花园等多处职工公寓建设，他也总是勤勤恳恳地工作，尽心尽力。

一班好领导，带出一帮好队伍。在李斌和谢文清两任矿领导班子的带领下，双旗山金矿的员工成为一个爱岗敬业、无私奉献、特别能战斗的优秀团队，他们在各自的岗位上以主人翁的姿态工作着、奉献着。

项红亮 1998 年从陕西潼关金矿来到双旗山后，负责的地质找矿工作是最苦最累的活。他平时不是上山，就是下井，为双旗山金矿和邱村矿业的地质找矿竭尽全力，做出了很大贡献，并有多篇学术论文在国家级专业期刊发表。有时为了尽快获得地质数据，早出晚归、披星戴月是常事。在野外，最好的午餐也就是馒头就咸菜，饿肚子也得挨着，吃的苦只有业内的人才清楚。国内一些黄金矿企看到了他的高水准论文，来信来电邀他加盟，包括他的陕西老家的企业。项红亮不仅不为所动，在把妻儿接来双旗山金矿后，还把年迈的老父母也接到德化生活。

郑新烟所研究的尾矿综合利用属于矿产业的前沿科学，对矿业的绿色发展和可持续发展具有十分重要的意义。但是，不少人对于这项工作不理解，认为投入多，产出少，一些股东也不太情愿投资。但是郑新烟仍然坚持着。

黄金矿业的安全保卫工作是企业是否能够安全健康顺利发展的基础。吴清彬一到双旗山金矿，就从事安全保卫工作，多少次上山巡查，多少次进硐护矿，多少次面对盗矿分子斗智斗勇，从盗矿分子手中夺回多少国家财产，挽回了多少损失，他已无法计算。后来他当选企业的工会主席，他就把职工当贴心人，全心全意为他们说话办事。几十年来，他总是每一天都满腔热忱，面带微笑迎接新的挑战。

员工张佳尧，从武警部队退伍后进了双旗山，始终保持着军人的作风。在保卫科工作时，屡次和盗矿分子狭路相逢，每一次都是临危不惧，以少胜多，宁丢性命，也不让国家财产受损；调到黄金冶炼厂当取样员时，工作严格认真，一丝不苟，从没有出过差错，还提出了许多合理化建议；后来，张佳尧又到邱村矿业担任了一段时间的井下安全管理负责人，也是坚守在井下第一线，依法依规做好安全工作。

像上述的员工还有很多很多。有放弃城市优越条件来到双旗山施展才华、永不言弃的李山泉、莫喜英夫妇；有把刚满周岁的女儿放在江西老家，把青春奉献给双旗山的马恒香；有在坚持做好本职工作的同时笔耕不辍的刘志坚、苏兴宏、赵丽娟、李淑芳；有长期坚持在地勘第一线的丁宝林、宋开族、方进国、郑启腾、孙志伟、范锦俊、寇金灿、周文重……

员工热爱企业，奉献企业，企业关爱员工，为员工生产生活提供良好的环境。

几年来，随着生产的发展和效益的提高，企业的生产设施也多次更新改造，添置了不少新设备，生产条件明显改观；生活条件方面，矿区的宿舍虽不是十分宽敞，但也有了很大改善，针对矿区内高学历的员工多、年轻人多的特点，在“两矿一厂”都设立了“职工书屋”，添置了内部网吧和上万册各类书籍，篮球场、羽毛球场、乒乓球桌也都配置齐全。

职工居住条件也得到很大改善，继首期职工公寓在坪埔建好入住后，2004 年又启动了诗墩万旗花园建设，2005 年底基本完工，解决了大部分无房员工的住房问题，为他们解决了后顾之忧；紧接着，随着新员工的逐年增多，又在鹏祥工业区建设三期双旗山职工公寓，让每一位双旗山人都实现了“居者有其屋”。

职工收入方面，随着“强企富工”战略的实施，员工除了工资收入外，通过由职工入股的厦门市万旗科技股份有限公司的合法经营和对外投资，增加了职工的收入，特别是投资的安徽龙桥铁矿已经开始取得巨大经济效益。

双旗山的经营团队也为每一个双旗山员工提供了自我实现人生价值的舞台。在双旗山，所有人都要凭技术、凭本领、凭诚实肯干吃饭。只要你施展了才华，可以评上更高一级的职称，可以申请研究课题，可以拨给科研经费，也可以升职。

第四十章　环保抓得紧

安全是矿山企业的生命，环保是绿色发展的前提。

2002年6月29日，《中华人民共和国安全生产法》颁布，此后，《安全生产许可证条例》《非煤矿山企业安全许可证实施办法》《安全生产（经营）许可证颁证工作暂行办法》等一系列配套的法规规章也陆续出台，安全生产逐步走上了法制化和规范化的轨道。

双旗山金矿成立以来，从矿领导班子到职工对安全生产工作都很重视，安全生产状况总体上说是平稳的。但限于建矿初期的条件和宏观环境氛围，还是存在一些漏洞，因此，也出现过一些安全生产的事故，如1999年6月邱村矿业尾矿库坝体垮塌事故，安徽厂方氰化钠运输车在德化境内翻车事故等。人员伤亡事故也有所发生，特别是2006年初发生了两名井下老工人呛入硝烟致死的事故。面对这些问题，谢文清和此间两位前后交接分管安全生产的副矿长陈志民、王佑都感觉到应当顺应形势要求，高标准做好安全生产工作。

2006年3月，双旗山金矿成立了安全和环境保护科，郑启腾任科长。此后，一系列事关安全与环保的工作陆续推出。

安全生产的制度建设是企业带有约束性、规范性、程序性和指导性的基础工作。为了把安全生产和环境保护纳入制度化轨道，双旗山金矿先后制定了“井下生产安全事故应急预案”“火灾事故应急救援预案”“尾矿库安全事故应急救援预案”“德化县葛坑黄金冶炼厂危险化学品安全事故应急预案”和“德化县葛坑黄金冶炼厂危险化学品环境污染事故应急预案”等规章制度。

作为企业负责人，谢文清、陈志民深知，职工是生产的直接参与者，他们的安全素质高低，安全意识和辨别事故隐患意识如何，直接关系到安全生产的结果。特别是近几年来，“两矿一厂”随着生产的发展也陆续招收了许多新员工，负责承包井下掘进的浙江苍南井巷工程队也进入新老交替阶段，招来了不少新队员，如果不对这些人员进行系统培训，则很难做到防患于未然。为此，双旗山金矿启动了系统的安全生产大培训工程。

2006 年 4 月 30 日，谢文清、陈志民召开了双旗山金矿安全生产工作专题会议，提出安全生产要实现全过程、全方位、多层次分级管理，形成矿长全面负责、分管副矿长具体负责，各部门对本部门安全问题负责的良性机制。同时明确了矿安全生产领导小组、安全环保科的职能，提出了把安全生产列入考核体系、与效益挂钩等一系列措施。会后，陈志民离开双旗山到江西寻乌组建上都矿业。

王佑接任后，随即按照德化县安监局提出的整改要求，于 2006 年 5 月 20 日至 22 日举办安全生产培训班，双旗山金矿生产部全体工程技术人员和浙江苍南井巷工程公司全体工作人员共 64 人参加了为期三天的全脱产教育培训。完成了所有课程，经过考试全部合格后，首期培训班结业，全体学员拿到了结业证书。

当年的 9 月 11 日，双旗山金矿又邀请了德化县安全生产专家、县安监局高级工程师郑宗星到双旗山金矿为矿领导、矿生产和管理人员以及浙江苍南井巷工程队的管理人员举行安全生产讲座。

双旗山金矿还对新入矿的职工进行了全面系统的岗前培训，这一年，共培训新员工 131 人。

安全检查是消除隐患的重要手段。这期间的安全生产大检查已经形成了多层次、全覆盖的局面。除了矿安全和环保科每季度组织一次对各部门、各车间、各作业场所进行彻底检查外，德化县安监局也不定时对矿山企业进行安全检查，葛坑镇政府在落实每季度一次的安全检查时，也把检查范围覆盖到省属的“两矿一厂”，检查内容延伸至井下，镇长陈荣斌、分管企业及安全生产的人大主席王文炳、党委副书记林祖传都是亲力亲为、认真负责，镇安办的卢美纪、林银桂、涂启富同志更是亲自下井检查。

对于检查出来的各种问题，双旗山金矿各级各部门认真抓好整改，不留隐患。

双旗山金矿和邱村金矿的井下通风系统一直是矿里的欠账。建矿之初，限于资金，因陋就简就上马了，后来由于感觉到这个项目需要投入的资金太多，也就拖了下来。2006 年初发生了两位工人死亡事故后，痛定思痛，谢文清和班子同志下决心进行整改，共投入数百万元资金，完成了对两个矿区井下机械通风系统工程的施工，大大改善了井下安全生产条件。

环境保护方面，矿里也进行了大量的投入。

氰化钠是黄金冶炼的重要化工原料，又是一种剧毒物质，根据国务院《危险化学品安全管理条例》规定，这种物质属于公安部门的管制物品。

氰化钠又有液体和固体之分，之前德化黄金冶炼厂使用的为液体氰化钠，因为液体氰化钠不仅价格较之固体氰化钠便宜，而且使用效果更佳。

黄金冶炼厂投产不久，安徽厂家运送的液体氰化钠槽罐车在德化境内的葛坑蓝田村发生过倾覆事故，因抢险及时，并未对人民的生命财产和生态环境造成影响，且运输过程发生的一切事故均属于运输方的责任。

但是双旗山金矿的经营班子并没有因此而放任危险源存在，经过深入研究和论证，他们对黄金冶炼设备进行改造，改用运输及生产过程均可控的固体氰化钠材料。

限于建矿之初的资金困难，双旗山金矿的早期尾矿库建设标准不高，尾矿坝只用石头干砌，遇到雨天，一些尾矿渣被雨水从坝体缝隙中带出，污染下游的水体。随着尾矿渣堆砌越来越高，安全隐患也越来越大。同时，随着生产的发展，尾矿库的容量也亟待提高。2005 年底，经过德化县发展改革局批复，双旗山金矿启动了尾矿库改造项目。他们先是在尾矿坝的外沿加固了一层浆砌墙体，又将坝体标高从 615 米增高到 640 米，提高了使用年限。

第四十一章　乡邻寻合作

2006年初，笔者被选送到中共泉州市委党校中青班开始了为期三个多月的学习，结业后不久，县委对葛坑镇的领导班子进行了调整，陈荣斌调任龙门滩镇党委书记，原葛坑镇人大主席王文炳转任镇长，原龙浔镇党委副书记徐少毅调任镇人大主席。

部分副职也进行了调整，苏德志接替调到泉州市纪委工作的林祖传任党委副书记兼纪委书记，分管计划生育工作的副书记张黎明调到龙浔镇担任党委副书记，寇正吉担任分管计划生育的副书记，李超高接替转任副镇长的陈智钦任党委秘书。但由于寇正吉被县重点工程借用，葛坑镇的计划生育工作由副镇长吴勇民分管。

笔者在考虑工作安排时沿袭重视企业和安全生产工作的传统，由徐少毅和苏德志两位同志共同分管。后县纪委领导要求乡镇纪委书记要专司纪检工作，不得分管其他具体事务，笔者就把熟悉企业工作，敢抓敢管的党委秘书李超高从后勤岗位调到一线，配合徐少毅抓企业和安全生产工作。

然而，这一年的年底，历年都处在全县上中游水平的计划生育工作意外地被评为全县倒数第一名，被市里黄牌警告。这就意味着镇党委政府的大量人力物力和精力要投入到计划生育工作中，其他工作可能受到影响。

但是党政一班人丝毫没有放松企业和经济工作，仍然把它放在重中之重的位置。笔者提出了“要打造一流的企业发展环境，只要企业需要，干部要在第一时间赶到，企业遇到困难，要在第一时间解决”的要求，全镇上下形成人人服务企业，人人为企业排忧解难的局面。

双旗山金矿的尾矿库改造工程完工后，可延长几年的使用年限，但这也只是权宜之计，非长远之策，一个新的尾矿库建设从可行性研究、立项、征地、建设到投入使用需好几年的时间，考虑到双旗山金矿的长远发展，建设第二个尾矿库势在必行。

2007年初，双旗山金矿的第二个尾矿库项目进入实施阶段，双旗山金矿指定由党总支副书记吴金龙具体负责，镇里由徐少毅、李超高及驻村工作队配合。

尾矿库作为堆放废弃物的地方，选址是关键，这其中不仅要考虑安全、成本、使用年限等核心指标，使用方便也很重要。在选址时，笔者和谢文清、吴金龙、徐少毅、杨德源、李超高、吴清彬以及镇安办的林银桂、涂启富等同志走遍了双旗山一带的山山水水，初步选择了溪柄、金钟形和内垵三个初步选址方案。在综合分析和比较后，确定了位于双旗山选矿厂下游溪柄的建设方案。

环评、立项完成后，就进入了征地阶段。由于镇里及早介入，群众对尾矿库建设总体上还是很支持的。考虑到当地群众为矿山建设作出了不少的牺牲，矿里在考虑征地赔偿款时，尽量往上靠，尽可能多地给予当地群众进行合理补偿。

好事多磨。溪柄角落本就是一个建在坡度较高的自然村，农田大多是“尺二田丈二埂”，耕种条件很差，比较效益低，再加上这些年大部分青壮年劳动力都进城务工了，不少耕地处于抛荒或半抛荒状态。一些村民的耕地在规划的尾矿库内，他们能够拿到补偿，自然是不亦乐乎；而一些耕地在规划建设的尾矿库外的村民，由于没有被征迁拿不到补偿款，就有意见了。他们串在一起，来到双旗山金矿，要求把他们的地也征走。

镇人大主席徐少毅、分管领导李超高，挂片领导杨德源，驻村工作队长涂启富进驻溪柄，村书记陈秀铁、村主任陈章玉也来到溪柄，一场服务企业的群众思想政治工作立即展开。他们深入到家家户户，和群众讲道理、话家常，陈秀铁、陈章玉还从自己的亲戚朋友入手做工作。功夫不负有心人，经过十多天的工作，大部分群众的工作做通了，征地工作顺利完成。双旗山第二尾矿库进入实质性的施工阶段。

双旗山矿区 13Au 的竖井工程也在快速推进中。这个竖井在掘进了 100 多米时，在 512 中段发现一些异常，经过谢文清、王佑、宋开族、丁宝林等人员的认真研究分析，觉得在这个标高发现矿体的可能性很大，便开始往南北两个方向启动硐探工程。硐探拉开后，又在探硐内实施了坑内钻勘探，陆续发现了一些地质储量。从坑内钻的成果看，越往深部，越有东西，于是谢文清又召集工程技术人员会商，认为双旗山矿区的大量黄金储量会在深部，便又再次启动竖井工程，往更深的地下掘进。

邱村矿区也被许多问题困扰着。

首先是用水问题。双旗山金矿和邱村矿业使用的黄金选矿方法是使用广泛的球磨 + 浮选法，这种方法是通过矿物表面的物理化学性质的差异来选分矿物的，生产过程需要大量的水。

2005 年以后，德化的降雨量明显减少，就连以往经常光顾的台风也大多是插肩而过，大地极度干旱，就连一些原始森林的老树也因缺水而枯死。这对于双旗山金矿影响不大，因为该选矿厂建在章功溪畔，章功溪虽然流量不是太大，但作为企业生产用水就绰绰有余了。

邱村矿业就完全不同了，受到矿山地理环境影响，选矿厂建在半山腰位置，没有径流通过，生产生活用水部分来自远处的泉眼处引水，部分来自地下抽水。然而由于多年的民采挖掘，地下基本被掏空，给水分涵养造成很大问题，地下常常抽不出水，引水的水源处也时常断流，由于缺水而影响生产的情况时有发生。邱村中间性试验场就是由于缺水又找不到水源，才不得不于 2006 年前后关闭停产的。

为了解决缺水问题，主持邱村矿业工作的项红亮和生产车间负责人范锦俊想了不少办法。他们一方面实施节水工程，把有限的水资源通过抽水机抽取实现重复使用，另一方面又跑遍邱村一带的山谷沟壑，希期找到替代水源。邱村村书记吴隆栲、村主任吴苍仪对村里的地理状况比较了解，亲自带领项红亮和范锦俊等人进山找水。经过一个多月的仔细考察，他们终于在距离邱村选矿厂5公里多的山上找到了新的引水点。

但这也是权宜之计，谢文清和项红亮在考察了新引水点后，觉得还是不能从根本上解决缺水问题。于是，一方面部署尽快做好引水工程解决燃眉之急，另一方面从长远发展的眼光出发，则要求做好建设储水水库的准备工作。

地质找矿同样是邱村矿业所必须解决的主要问题，按照地质部门提供的储量报告，邱村矿区已探明的资源又只够一年左右的开采量，为此，项红亮又亲自组织人员对大沟、仙公寨、火烧山一带再次进行系统地勘探。

2007年初夏的一天，项红亮带领两名员工到火烧山一带拉沟取样。山上怪石嶙峋，给拉沟施工增加了不小的难度。为了尽快完成取样任务，项红亮决定使用炸药爆破的方法。最初的几个取样点爆破后，效果还好，他们顺利地取到了样品。但由于爆破经验不足，炸药装药量偏多，在一处植被茂密处爆破时，爆炸威力过大，不慎引燃了山火。这可把项红亮吓得不轻，急忙给笔者打电话求援。

笔者那天刚好和党委组织委员杨德源、副镇长陈智钦、张玉树在镇区附近检查工作，接到电话，我们一方面通知分管林业工作的镇党委委员、人武部长苏文清组织扑火队伍到现场扑火，一方面和陪同检查的几位同志立即启程赶往起火地点。

此时，恰好接到杨梅乡党委书记张泉春的电话，我把邱村矿区着火之事一说，途经葛坑镇的张泉春也带着同车的几位同事赶来帮助扑火。

此时风借火势，火乘风势，正在蔓延，我们两个乡镇的同志与项红亮等三位同志都拿着树枝并肩奋力扑火。杨梅乡的同志除了张泉春外，还有乡长陈章武、乡干部黄丽明、徐秀生等，他们一个个都挽起袖子，手拿树枝，勇往直前，一起扑火。特别值得一提的是杨梅乡政府的黄丽明、徐秀生两位女同志巾帼不让须眉，直扑火场，给我们留下了深刻印象。一会儿，镇干部和当地热心村民也相继赶来，在我们共同努力下，火势很快得到控制，直至扑灭。

等山火扑灭后，张泉春这才说明来意。原来杨梅乡境内也有许多黄金资源，安村就是该乡的一个重要金矿点，他们想与双旗山金矿探讨合作开发事宜。项红亮便联系了谢文清，他恰好在山里。项红亮便与我们以及张泉春一行赶到双旗山金矿矿部。谢文清早已在接待室等候。

张泉春军校毕业后在部队服役，后转业到地方工作，曾先后在浔中镇、上涌镇任职，到杨梅乡担任党委书记后，为改变边远乡村落后面貌，到省里争取了一笔资金，想把杨梅乡的黄金矿业也搞起来。他说明了来意，便让黄丽明和徐秀生把杨梅乡的地质分布图打开挂在墙上。他先让黄丽明介绍杨梅乡黄金民采历史、近段时间专家勘探的情况以及省里下拨的项目资金情况，又让徐秀生介绍安村村的村情，接着张泉春又作了概述，提出了与双旗山金矿合作开发安村金矿的设想。谢文清为之所动，详细看完地质分布图，表示同意，待向上级主管部门请示后再启动。

不久，杨梅乡安村金矿项目敲定，投资 1200 万元的黄金勘探及选矿项目启动建设。

第四十二章　道路百年计

陈全顺在对全县 18 个乡镇进行调研后发现，德化县农村交通状况相对落后，是造成德化县城乡差别大，影响经济发展后劲的主要原因。为此，他提出把道路建设作为当时阶段性工作重点，得到李辉跃县长的积极回应，道路提级改造工程旋即启动。

彼时，省市县陆续出台了对通村水泥路面的补助政策，虽然补助标准不高，但大部分乡镇和村民为了尽快结束交通落后的面貌，热情极很高，纷纷筹资铺设了窄幅水泥路面。

然而，德化城关通往各乡镇的道路基本是铺设于 20 世纪 90 年代中期的柏油路面，道路蜿蜒曲折不说，路面经过几年的雨水冲刷和汽车碾压，早已是坑坑洼洼，破烂不堪。为此，2005 年下半年，通乡镇硬化工程率先在省道 305 线德化城关至上涌路段开工。

这期间，德化县西北部几个乡镇的交通受到很大的影响。工程全面开工时，从葛坑到城关要绕行桂阳经水口、南埕、雷峰等乡镇，行驶时间需三个半小时以上，我们都笑称和赶一趟省城福州差不多，而“两矿一厂”赶往城关的时间就得四个多小时了；后来，上涌至赤水路段完工了，但国宝路段还在施工，从葛坑到城关要绕行美湖、盖德等乡镇，行驶时间也需两个半小时以上，我们也笑称是赶一趟泉州，从城关要去一趟“两矿一厂”，则真正是进山如下海了。

省道的提级改造不是简单地在路面上铺设水泥，而是系统地优化，包括拓宽、裁弯取直、降坡以及部分路段的改线。因此，工程施工工期大约要一年的时间。

任何企业的生产经营活动都离不开便捷的交通。为了使道路的封闭不致影响生产，双旗山金矿未雨绸缪，在开工前就对生产、勘探物资进行科学调度，合理储备。特别是黄金冶炼使用的氰化钠，需由大型专用车辆长途运送，对道路级别要求高，在封闭施工期间是难以进行运送的。因此，他们特地对储存氰化钠的场所进行扩容改造，在道路封闭前就备足了一年的使用量，保证生产活动不受道路施工的影响。

2006 年底，省道 305 线德化城关至上涌路段全线完工。县里启动了省道 206 线德化城关至水口路段的提级改造工程。这期间，杨梅乡境内通往葛坑仙亭的道路改造工程经杨梅乡党委书记张泉春、乡长陈章武的积极争取下，也已经施工完成。

在葛坑等有关乡镇的积极争取下，省道 354 线上涌至仙亭路段的提级改造工程也纳入县里的改造计划，但要分两至三年施工。当时，县里对乡镇实行按辖区分段施工负责制，上涌镇负责该镇区至汤头乡交界路段，汤头乡负责该境内从吉山到葛坑镇大正村交界路段。葛坑镇的路段最长，从大正村经富地、葛坑，到下玲村的喇叭口，长度有近 12 公里。考虑到葛坑路段太长，县里将喇叭口至杨梅乡交界路段的施工任务交由杨梅乡完成。

为了加强对道路建设工作的领导，笔者调整了镇领导班子的分工，将交通工作和企业工作一并交由党委秘书李超高分管。李超高毕业于福建省工程学院路桥专业，毕业之初就在三班镇负责道路设计和施工，对交通工程十分熟悉。

李超高和德化县交通局、公路局的几位工程技术人员根据省里对省道改造的规范要求，制定了几套施工方案，并对各套方案进行工程预算。根据当时省交通厅的规范要求，砼路面宽度为 6 米，厚度为 20 厘米，当时砼路面价格大约是 100 元 / 平方米，以此标准 12 公里仅路面投资就得 720 万元。

记得当时省市县各级补助资金大约是每公里 20 万元，乡镇每公里应自筹 10 万元，葛坑境内全程得自筹一百来万元。但这仅是路面投资。实际上，包括葛坑境内 354 线在内的通乡镇公路大多在 20 世纪 50 至 60 年代开通，当时的标准基本是山区重坵四级，路窄、坡陡、弯多。20 世纪 90 年代中期进行柏油路面施工时也是在原有路面上铺设片石，浇上柏油了事。按照省里规范要求，此次的道路改造要按照国家二级公路标准建设，绝大部分路段都要进行降坡、裁弯取直和拓宽，甚至改道，这笔投资也需好几百万元。

镇党政领导班子成员经慎重研究，都认为，道路建设是百年大计，应该严格执行施工规范，高标准进行施工，确保工程质量。同时对几个重点改线路段进行现场办公，确定改造方案。

按照这个改造方案，仅裁弯取直一项开支就得近 200 万元，再加上路面工程乡镇自支部分，乡镇负担巨大。当然乡镇可以选择分年实施，但这样影响车辆通行的时间将更长，对境内生产经营活动，特别是“两矿一厂”生产的影响也更大，施工费用也将更多。经过慎重考虑，笔者提出了一次性施工，分期付款的建议，得到班子成员的一致赞同。

为了工程建设顺利完成，葛坑境内企业对工程建设资金给予了很大支持，“两矿一厂”支持了 80 万元，葛坑林场和下玲电站分别支持了 10 万元。但这些经费和工程所需还是相差甚远。

针对几年来“两矿一厂”资源量越来越少，效益越来越差的状况，笔者和谢文清等双旗山金矿的经营班子一样，看在眼里，急在心里。如何改变这种状况呢？

葛坑镇当时在“两矿一厂”都持有股份，其中持有双旗山金矿股份为 5%，黄金冶炼厂股份 10%，邱村矿业股份 25%，邱村金矿还持有上市企业冠福家用的股票近 500 万股（实际到位资金 250 万元）。那时冠福家用的股票曾一度飙升到每股 30 多元，只要卖些股票，所有的问题都迎刃而解。但是为了让刚上市不久的股票价格起伏小些，冠福家用董事会曾经承诺三年内不出售原始股票，邱村矿业名下那近500万股也是属于原始股。

此时，国际黄金价格正在一步步飙升，一场对双旗山金矿和邱村矿业的大幅度技术改造计划在酝酿中，相关的技术试验也在紧锣密鼓进行，包括进行堆浸试验、配矿试验等等。

谢文清、王佑等矿领导和项红亮、宋开族、李山泉等工程技术人员再一次对两个矿区的资源状况进行调查，笔者和徐少毅、李超高、陈智钦、张玉树等同志也与项红亮一道对仙公寨、大沟一带的大量民采废弃硐渣进行考察。当时站在镇里的角度，就是希望镇里股份占比较多的邱村矿业能够尽早进行技术改造，能够多为镇财政、为道路改造工程多做贡献。

第四十三章　吾辈议发展

2006年春季，美国的次贷危机开始逐步显现出来，到了2007年夏天，这场风暴已经席卷了美国、日本及欧盟等世界主要金融市场。

如果说1997年的亚洲金融危机伤及的主要是亚洲等发展中国家，欧美等发达国家不仅隔岸观火，还可捞些好处；而这一次的次贷危机，对于美国和欧盟，就是没有伤筋动骨，也是元气大伤。

20世纪80年代，德化打开了欧美等发达国家陶瓷市场后，走的是一条高度外向的出口之路，外向度高达60%以上，彼时每年的100亿元陶瓷产值中就有70亿元出口到欧美等发达国家市场。

美国次贷危机对于德化陶瓷出口的影响可想而知。2007年的秋交会，中国出口发达国家的商品订单受到很大影响，德化的出口陶瓷自然也不能独善其身。

县委书记陈全顺召开了全县经济工作分析会，县长李辉跃提出了一系列措施应对出口陶瓷订单下滑的问题，包括：进行产业结构调整，加大内销陶瓷研发力度，鼓励到国内各大城市举办陶瓷展销会和开设陶瓷商店；调整县内的产业布局，加大矿产业和水电业的投资力度，多为财政做贡献；加大基础设施建设，驱动投资这辆马车等等。

在铁矿生产方面，此时的阳山东西矿区分别由国有或国有控股的鑫阳矿业和阳山铁矿开发，外围则引入了民营的大阳和阳春矿业，县里还对铁矿资源进行调度，将矿石资源在整个大矿区进行划拨，确保各个企业满负荷生产。

对于黄金的开发，县里也给予了很大的关注。那时，随着黄金价格的不断抬升，德化县内的一些人再次提出了全面放开黄金民采的建议，域外的许多人也通过各种关系对县领导进行游说，希望分一杯羹。

2007年底的一天，李辉跃县长来到“两矿一厂”调研。这位毕业于北京大学地球物理系的高材生，是一位极其低调、务实而又格局巨大、才华横溢的领导。他认真地考察了双旗山金矿和黄金冶炼厂的生产设备、工艺流程，听取了双旗山金矿矿长谢文清的工作汇报。

在葛坑镇政府听完笔者的葛坑镇工作汇报后，由于下午还要赶到县里开会，李辉跃放弃了午休，邀笔者在他下榻的镇政府客房共同探讨进一步加快黄金矿业发展的问题。

李辉跃开门见山地说：“近段以来，国际市场遇到一些问题，陶瓷出口比预期的增长幅度要小。按照年初的财政拼盘，陶瓷完成不了的，需要其他行业承担，你觉得黄金矿业能够为县财政如何多做贡献呢？”

笔者说：“我认为，黄金矿业现在面临的主要问题有两个，一是资源量问题，这需要加大勘探力度，全面掌握葛坑镇地下资源的储量情况；二是生产能力问题，现在金价全面飙升，并且有持续上升的趋势，一些过去在临界品位以下的矿石，现在也可纳入工业品位，我觉得应该及早对‘两矿一厂’的生产设备进行技术改造，提高生产能力。”

接着笔者向李辉跃介绍了自己所了解的双旗山和邱村矿业的历史，讲到了发现黄金以来民采和盗采期间的种种乱象，以及所付出的资源、环境、治安和安全生产代价，讲到了当年建设“两矿一厂”的复杂过程和种种艰辛。

看到李辉跃对笔者的话题很感兴趣，笔者接着说：“对于引入其他企业进入矿区参与竞争的想法，我们在早几年就已经进行了尝试，新鑫金矿就是尝试的产物。但是筹建了几年，把资本金都花完了，也没有多少进展，最后还是要和‘两矿一厂’整合。究其原因，除了资金，最主要还是技术人员不足的问题。双旗山金矿的经营团队现在已经聚集了许多省区的大量地质、采矿、选矿工程技术人员，还和全国十多家科研机构有着密切的合作关系。如果没有这样的技术储备，要建设一个像样的企业，恐怕很难办到。”

此外，笔者还向李辉跃介绍了葛坑镇境内各个勘探权的分布情况以及对地勘资源进行整合，做大做强黄金矿业的发展思路。

李辉跃和笔者总共谈了近两个小时，最后李辉跃提出：“你对镇里和双旗山金矿的情况如数家珍，思路也很明晰，这很好，现在看来关键在抓落实。我的要求是不能再像小脚女人那样发展，每天一两百吨‘咣当咣当’地生产，一定要抓住金价上升的有利时机，加大步伐，力争日处理量超千吨！”

“日处理量超千吨”这是一位高水平领导为企业把脉给出的药方，也是企业近期应当实现的目标。

当天下午，笔者立即把李辉跃的指示向谢文清、郑义先进行了通报，次日又向林合龙汇报。林合龙又召集几个股东代表和双旗山金矿领导对“两矿一厂”的技术改造问题进行认真研究讨论。

谢文清说：“我们双旗山金矿一定认真贯彻落实李辉跃县长的讲话精神，利用金价上升的有利时机进行扩能改造，我马上安排人员根据现在的资源情况委托烟台设计院对双旗山金矿和邱村金矿的选矿车间改造方案进行初步设计。现在有一个问题，是‘两矿’要进行同步改造，还是分两步实施。”

笔者说：“设备改造对生产的短期影响是必然的，我的意见是长短期兼顾，分两步实施。邱村大沟里大量民采硐渣经过化验都在工业品位以上，就是仙公寨坍塌的石山也可用于配矿，条件成熟，现在就可对邱村金矿进行改造，投产后再对双旗山金矿和黄金冶炼厂进行改造。”

谢文清说：“王书记说得有道理，‘两矿’大规模技术改造分两年实施比较合理，我们考虑是双旗山金矿继续推进竖井工程和新建溪柄尾矿库，邱村矿业马上实施选矿厂改造工程。”

说到技术改造，就涉及到资金问题。双旗山金矿的竖井工程和尾矿库建设，预算资金是750万元，邱村金矿的选矿厂改造，所需资金要近千万元，这些资金从哪里来？这些问题解决了，下一步改造的资金呢？

大家你一言，我一语，讨论开了，有的说先把邱村金矿持有的冠福家用的股票卖了，有的提出再向银行借款，有的提出年底少分红或不分红，有的提出把对外投资的实现利润都抽回来，有的提出走上市的道路……

谢文清说：“股票先卖一些是个好主意，向银行贷款这条路上也要走，以我们现有的信用等级，贷个一两千万，问题不是很大；分红不分红，那还是股东们说了算；上市，通过资本市场获取资金是一条好路，但不是一朝一夕的事，还需要一个过程。”

郑义先对经济财会工作十分熟悉，是德化县第一个获得注册会计师资格的专业技术人员，后来才从商业企业的领导岗位提拔到乡镇任职，如今是县财政局的主任科员兼任德化县国有资产投资经营公司党委书记、总经理。他说：“冠福家用是德化县的首家上市企业，这家企业打通了从资金市场获取资金的通道后，以前制约企业发展的资金问题迎刃而解，企业规模迅速得到扩张。‘两矿一厂’想要跨越式发展，就得投入大量的勘探资金，想要获取大笔的勘探资金，走上市这一条路不失为一条捷径。但企业上市绝不是想象中那么简单，有很长的路要走，很多坎要过，纵观国内外不少企业，为了上市投入了大量资金，最后上市没有成功，企业却趴下了，这个问题需要我们高度重视。”

谢文清说：“我最近出国考察期间，特地了解了国外的上市板块，一些国家的入市门槛相对较低，比如美国、加拿大，我们经过积极的工作，完全可以做到。”

曾经全程参与和指导冠福家用上市的林合龙说：“建立现代企业制

度是企业发展的必由之路，我们要认真审慎地研究，趋利避害，不能一哄而起。走上市之路是‘两矿一厂’的一个重要选择，但要做系统的可行性研究，进行科学决策。想要上市，有许多的路要走，有许多的事要做，第一步就是要明晰产权，要对‘两矿一厂’的复杂股份进行重新整合，这些工作都是前提，来不得一点含糊。”

经过讨论沟通，“两矿一厂”下一步的发展重点逐渐明晰。

第四十四章　留憾天山下

2006 年 6 月，时任中共德化县委常委、统战部部长的欧阳秋虹被中共福建省委派往新疆维吾尔自治区昌吉市结对帮扶，任该市的市委副书记，分管招商引资等工作。

欧阳秋虹在昌吉期间，足迹踏遍昌吉市 8 镇 2 乡和两个国家级园区的 8000 多平方公里的雪山草原、牧场村镇，筹集了不少的资金，引进了许多项目，做了大量工作，深受当地干部群众的好评，获得了新疆开发奖章，并在当地被提拔为正处级领导职务。然而，她身在新疆，心在德化，在为当地竭尽全力工作的同时，也在思考着如何把新疆的优势和德化的经济结合起来，为德化的经济发展多做些工作。

2007 年 10 月，中共德化县委组成了由县委副书记叶华生、县委常委兼政法委书记王传敬为正副团长的代表团赴新疆昌吉市看望欧阳秋虹，谢文清和笔者都是代表团成员。

代表团在昌吉市受到该市市长谭成贵和欧阳秋虹的热情欢迎，并举行了两地合作座谈会。在座谈会上，谢文清介绍了双旗山金矿的基本情况，并说："新疆地大物博，资源丰富，我们从一些资料也了解到新疆蕴藏着大量的黄金资源，如果能够合作开发，就太好了！"

谢文清的话，欧阳秋虹记在了心里。一天，欧阳秋虹在和该市市长谭成贵交流工作时，听到在新疆昌吉州另一个县探明了一个大型金矿的信息。欧阳秋虹联想到谢文清的话，就有意对这方面的情况进行考察。

不久，欧阳秋虹通过昌吉州地矿局一位领导，果然得到了这个金矿的资料，同时把这个信息反馈给德化县政府和双旗山金矿。

欧阳秋虹在新疆的挂职在2008年夏天就将期满归来。为此，李辉跃县长在她期满前的年初就率领代表团赴昌吉市慰问，同时考察金矿合作的事宜。谢文清再次随团出访。在新疆，李辉跃、欧阳秋虹和谢文清与当地的地勘局、金矿业主进行了洽谈，并签订了初步意向。

为了赶在欧阳秋虹挂职结束前把合作事宜搞定，李辉跃要求双旗山金矿组织股东考察团立即前往新疆商谈具体合作事宜。

考虑到项红亮学的是地质勘探专业，经过和林合龙商量，谢文清决定派他带领两位地质技术人员和各股东代表前往新疆昌吉州，笔者也在当时的名单之列。因为笔者年前刚去过新疆，便提出让没有去过新疆的葛坑镇镇长王文炳去。

到了新疆昌吉州，欧阳秋虹和当地地矿部门安排人员到位于天山北麓的矿区实地考察。矿区在海拔4000米的高山上，股东代表基本上没有到过高海拔地区，因此大多产生了比较激烈的高原反应。到了矿区，许多人连下车都很困难，更别说是进硐考察了。

项红亮看到这种情况，吩咐股东代表们好好歇息，自己带着两位地质科技人员往矿硐走。这两位地质科技人员是刚从省外国有企业招聘到双旗山金矿的，到了硐口，竟也坐在那里不动了。项红亮只好只身一人提着工具往硐里爬。那时虽然是初夏，但硐内的冰层还没有融化，项红亮走一段，就一手拿电筒，一手拿铁镐，先刨掉冰层，再挖出矿石样本，一直工作了两三个小时，直到把所有样本取完成，这才独自一人提着一大包工具和样品，返回车上。

一路上，股东代表对开发这个矿山大多持怀疑态度。有的说：“这矿山海拔这么高，冰天雪地的，一年有几个月大雪封山，怎么挖呀？”有的说：“山上空气这么稀薄，高原反应这么厉害，不要说是挖矿，就是有现成的金子让我拿，我也拿不动。”有的说：“拉倒，我是不同意把钱投到这鬼地方。”

回来后，召开了“两矿一厂”董事会，林合龙和谢文清做了很多工作，但也没有做通，投资新疆的动议只能搁浅。

没想到，双旗山金矿的退出，却让紫金矿业大挣了一把。不久，紫金矿业进驻新疆，收购了包括双旗山金矿考察过的许多金矿。

按照规定进行招投标，省道354线顺利选择到了施工单位，2007年的春夏时节进入了施工阶段。

工程从葛坑与汤头交界处至镇区路段开始施工，首先要对全路段进行拓宽和裁弯取直。这个路段建设于20世纪60年代，路面窄、弯道多、坡度大，大部分路段都要进行改造，有一些地方需要改造的工程量还很大。但如果没有改造，影响道路等次不说，还可能影响到工程验收，进而影响资金补助。为此，笔者和苏德志、李超高、杨德源等相关领导对现场进行反复勘察，召开了多场的工程施工现场会，对改造方案进行现场办公，最后终于敲定了施工方案。

然而，在进行拓宽改造时又遇到许多问题，特别是富地村路段宽度不足5米，一边是房屋或者宗祠，一边是农田，要改造，从成本和方便群众的角度都得在农田一边砌挡土墙。但富地村这个地方本就是属于高山沼泽地带，农田下都是烂泥，深不着底，填方全部得使用石块。富地村又是个缺石头的地方，所用石头都要到附近的葛坑、蓝田甚至大岭村购买或采集。这样，仅此一处，就增加了数十万元的工程款。

这一年，是镇党政领导压力最大的一年，水泥路工程施工忙碌和双旗山尾矿库征地问题不说，还有“计生脱牌”问题。如果没有拿掉计生“黄牌”这个“紧箍咒”，什么事情也干不成。好在双旗山金矿等单位对于工程的施工给予很大的理解和支持，影响交通他们没有任何怨言，本来承诺两年到位的工程款，他们也按照进度在一年内到位。

经过半年多的紧张施工，道路改造工程顺利完成，但工程因此增加了近100多万元的概算，再加上路面工程本级需要支出部分，镇政府须筹集200多万元的资金。

镇政府越需要建设资金，企业效益就越低下。2007年，受到资源不足的影响，“两矿一厂”的产值利润首次全面下降，双旗山金矿下降了4.03%，邱村矿业下降了9.4%，黄金冶炼厂更是下降了41.52%。

此时对外投资企业的生产经营情况和资源勘探情况却基本是喜讯频传。

周宁县万旗矿业开发有限公司在拥有吾凤楼一个钨铁矿山后，又与宁德地质四队合作勘探了首章铁矿区和仙岭尾钼矿区，探明的钨、铁、钼等金属量相当可观，每年可分配利润基本都在200万元以上，2007年又实现利润近300万元。

建阳黄地金铅锌多金属矿山自2006年开始建设以来，共形成了9个探矿中段，发现了3条成矿带，平均含量2.81克/吨的黄金矿石远景储量23.4万吨，磁硫铁矿远景储量100万吨，具备了大中型矿山的建设条件。虽然刚开始投产不久，2007年就实现利润307万元，开始分回可观利润。

新鑫矿业改由双旗山金矿经营团队经营后，2006年产金18.5千克，完成销售收入235万元，实现利润30万元，2007年在金钟形和仙洋地质勘探中又取得一些进展。

双旗山金矿参股的鑫阳铁矿受铁矿石涨价因素影响效益大增，2006年公司将2000万元的未分配利润用于扩股，双旗山金矿股权增加了，2007年该矿又实现新的飞跃。

福建省万旗科技陶瓷有限公司2004年投产以来，产值年年翻番，到2007年已完成产值近千万元。

福建省万旗非金属有限公司成立以来，研发工作紧锣密鼓进行，加气砖产品深受用户喜爱，产品销往泉州、三明等多地。纳米碳酸钙产品的研发也取得很大进展，在进行产业化实验后，已经完成设备安装和调试，正在组织生产。

万旗金行实行承包经营，年上交10万元承包费。

但是，由于对外投资点多面广，一些项目也存在一些不尽人意的地方，比如：早期投入的江西于都银坑硫铁矿由于资源不足，只得关门；位于桂阳乡的洪鑫矿业有限公司由于资源不明，连年亏损，正在办理转让手续；万旗旅行社由于不符合企业经营方向、旅游意外风险大、效益不佳等原因，已经停业清算；安村金矿投产以来受资源不足影响，面临着未开工就停产的局面。

为了总结经验，推动新一轮发展，2008 年 1 月，“两矿一厂”召开董事会，对这三家企业以及对外投资企业的生产经营状况进行总结回顾。会议经认真分析和积极讨论，在强调继续抓好企业基础工作、抓好节能减排和安全生产的同时，着重提出了新一年的工作重点：一是要抓好探矿增储，加快双旗山矿区 13Au 竖井工程项目进展，尽快形成 13Au、14Au 和金钟形整体探矿大系统，利用中央支持的 80 万元资金，大规模开展邱村 6、7、8、14 号矿脉以及火烧山地段的地质勘探工作；二是全面进行扩能改造，双旗山金矿投入 760 万元用于竖井和溪柄尾矿库建设，邱村金矿投入 750 万元对选矿厂的生产系统进行全面改造，投入 50 万元对黄金冶炼厂的综合回收设备进行改造；三是确定投资云南省镇康金宏矿业有限公司，并加强对外投企业的管理；四是改变企业“多、小、散”的局面，整合关联小企业，推进企业资源、资产重组，走集团化发展道路。

第四十五章　王佑上建阳

2008年初，省黄金集团公司要求双旗山金矿应当发挥自身优势，在整合矿产资源方面发挥更大作用，提出位于闽北一带该公司拥有股权或者勘探权的资源由双旗山金矿负责开发、经营。当时，省黄金集团公司在闽北一带除了拥有太阳山金矿的矿权外，建阳大白金矿、浦城铜矿、杜山铜硫铁矿都有其矿权。

此前，谢乐华带领一班人进驻了建阳市黄地金铅锌多金属矿后，迅速启动项目，工作取得了一些进展。但是，毕竟人手少，经验也略显不足，要实现对闽北一带资源的大开发，在领导力量上，还是需要进一步加强。

谢文清有了让王佑北上建阳的想法。

王佑自进入双旗山金矿以来，素以业务精熟、做事认真、沉稳敬业而著称，哪里需要，就在哪里发挥作用。不管是筹建黄金冶炼厂，还是抛家弃子远赴安徽龙桥，以及分管生产和人力资源这“硬头货”，他都毫无怨言地挑起了重担。这一次，谢文清派他到建阳黄地，谢文清和双旗山金矿的经营团队都相信他一定能够圆满完成任务。

王佑是作为南平市建阳市黄地矿业有限公司的董事长身份赴任的，与他一起上任的还有担任该公司副总经理的李宏安。上任后，王佑首先立足建阳黄地的金铅锌多金属矿山资源，上山下井，查阅资料，摸清情况，针对该矿地质资料短缺、勘探不足的情况，提出了“巩固成果，查缺补漏，扩大规模，分段突破”的基本思路，在组织人员满负荷生产的同时，安排技术力量做好原始地质编录和综合地质整理工作，完善地质图件，圈定工业矿体，总结分析矿区的地质成矿规律，同时对探矿权范围全面进行地质勘查，为下一步大规模生产创造条件。此外，他们对承包的太阳山金矿矿产资源进行再勘探、再论证，对拟合作的大白金矿、浦城铜矿、杜山铜硫铁矿等几个矿山进行详细了解，分析合作的可行性。

此后不久，根据工作需要和王佑的提议，年轻有为的李宏安接任建阳市黄地矿业有限公司的总经理，谢乐华调整为副总经理。

2008 年开春以后，“两矿一厂”的技术改造项目全面启动。

为了加强对项目工作的领导，明确责任，矿里成立了“双旗山金矿尾矿坝建设项目筹建组”，由吴金龙任组长，李山泉任副组长，吴清彬、郑启腾、赵春雷、涂永沛等九位同志为成员；成立了“邱村矿业有限公司技改项目筹建组”，由刚刚担任矿长助理的项红亮任组长，范锦俊、陈金武任副组长，何明珠、黄永兴、李建洪等七位同志任成员。

目标确定以后，各个团队立即组织队伍进入倒计时工作状态。

双旗山金矿位于 13Au 的竖井工程一方面继续往深部掘进，一方面向南北两侧延伸；溪柄尾矿库建设在完成征地拆迁任务后，进入尾矿坝施工阶段，正在按照设计要求有条不紊地施工。

王佑北上建阳后，项红亮以矿长助理的身份接替了他在双旗山金矿的分工，分管生产和人力资源工作，范锦俊接任项红亮担任邱村矿业的负责人。

邱村矿业的技改项目是在原有选矿生产线的基础上，再建一套生产线，使其生产能力达到日处理量上千吨的目标。但是这里的改造要比双旗山金矿复杂得多，首先是这里地势陡峭，之前的生产线早已经是把有限的坡地挤满了，如今要增加一个更大的系统，确实不好布局；其次是生产和建设的矛盾，扩建的系统和生产系统大部分重复，基建时影响生产是必然的，关键是如何把影响降至最低。

那时，项目技改也是镇里的大事，笔者基本上每周都要到“两矿一厂”跑上一趟，跑得最多的还是邱村，因为那边技改的难度更大。在笔者眼里，双旗山团队从矿领导到每一个职工，都是工作的“拼命三郎”。

双旗山金矿经过十多年的发展，不仅创造了大量的财富，也造就了一支特别能战斗的工作队伍。这一次邱村选矿系统的技术改造，副主任工程师陈金武挂帅上阵，直接担任技术设计和指挥施工的重任。由于时间紧、任务重，不可能按照以前的设计、施工程序，在总体设计和施工方案确定以后，在具体的子系统施工中，只能够边设计、边施工。陈金武和他的工作小组一道，晚上研究方案、赶制图纸，白天带领一帮年轻人加班加点赶进度、赶工期。

最为忙碌的还是邱村矿业的负责人范锦俊。这个从部队退伍后便进入矿山的壮年汉子，还始终保持着军人的干练作风。他既要组织好生产，又要协调技改项目，整天忙前忙后，几乎没有歇息的时间。

最难能可贵的是范锦俊的那种连续作战和伤痛不下火线的作风。为了赶工期，范锦俊连续两三个月也没有回一趟县城。有一次，范锦俊组织指挥并亲自参与浮选车间铺设地板工作，工人违章操作开动电锯，他的左脚拇指被电锯锯破，造成粉碎性骨折。他强忍疼痛镇定地指挥大家继续工作。到医院缝合后，他轻伤不下火线，又回到施工现场继续工作。那一阶段，笔者到邱村矿业时，看到范锦俊虽然脚一瘸一瘸的，但总是笑呵呵地指挥着人们有条不紊地赶工期。

在范锦俊的引领下，邱村矿业涌现了一大批无私奉献、爱岗敬业的人群：在技改期间，邱村矿业的所有员工基本放弃休假，夜以继日工作成常态，经理助理李建洪、机修班长罗毅平也是几个月没有回一趟位于城关的家；安装工人林少进在车间高空作业时，被滑落的钢丝绳划伤脖子，还是继续坚守在工作一线；青年工人陈宗的脚被车间大铁钉扎破了，稍事包扎又继续进行高强度作业；机修工人赖诗篇在切割钢板时脸被烫伤，用酒精消毒后又回到工作岗位上……

克服雨天、交通、地形等不利因素，历经八个多月的艰苦施工，邱村矿业的第二条生产线顺利竣工。经过调试，这个选矿厂的两条生产线日处理矿石上千吨，是之前处理量的近五倍，产值利润也随之大幅度提高。

在邱村矿业第二条生产线投产后，陈金武和他的伙伴们又赶赴双旗山金矿，在该矿进行第二条生产线的设计和施工，并在 2009 年的上半年完工投产。

黄金冶炼厂的技改项目也在 2008 年底完工。

第四十六章　厂矿大整合

2008年底，县里人事调整，笔者和镇长王文炳双双调离葛坑镇，笔者到县总工会任职，王文炳则到县人大常委会一个工作委当主任。

2009年，“两矿一厂”生产实现了跨越式发展，当年利润总额达5841万元，增长574%，实现净利润4432万元，增长530.7%。

为此，葛坑镇政府也得到了丰厚的回报，因黄金业发展而获得的利润分红、税收分成等收入总计超过500万元，加上镇办林场的收益，镇里一年的收入就达800多万元，这几乎是笔者在葛坑工作近七年收入的总额！我很高兴，因为我们的播种在我们离任后有了收获。

此后，双旗山金矿的产值、税收和利润连年雄踞全县前列，为国家、地方和股东都做出了很大贡献。

2009年6月，由福建省双旗山金矿、福建省邱村矿业有限公司、福建省德化县黄金冶炼厂和福建省新鑫矿业有限公司共同发起组建的福建省双旗山矿业有限责任公司依法成立，省县有关部门的数十名嘉宾出席揭牌仪式，德化县人民政府县长李辉跃为新成立的公司揭牌。公司的成立，标志着作为公司发起人的四家企业开始走向了融合的第一步。

李辉跃在完成揭牌仪式后对公司再次进行考察。当他看到双旗山金矿和邱村金矿经过技改后生产能力大幅度提升，特别是双旗山金矿和邱村金矿仅用了不到一年的时间内就相继建成了第二条生产线，邱村金矿达到了他提出的日处理量1000吨的目标，双旗山金矿也达到了日处理量600吨的目标，非常高兴，说：“我以前说干事创业不能像小脚女人，如今我看到的双旗山金矿和邱村矿业就像运动场上的长跑冠军，你们辛苦了，我代表县人民政府感谢你们！”

2009 年，谢文清获得了泉州市劳动模范称号，不久又获得了全国黄金系统劳动模范称号，此前两年，他还先后当选德化县政协常委，入选市县优秀拔尖人才。

此时由于金价的再次上涨，双旗山金矿和邱村矿业的大部分以前废弃的贫化矿和民采废渣进入工业品位，一时进入矿源无忧状态，两个选矿厂每天 24 小时满负荷生产。

浮选机浮选出来的不仅是金精矿，还有大量的尾矿。随着设备的日夜不停运转，邱村矿业的第一个尾矿库告急。为此，矿里又启动了第二个尾矿库建设项目。

为了做好征地拆迁工作，先是徐少毅、李超高在邱村驻扎了下来，认真细致地做群众的工作；他们两人调任他处后，接任的葛坑镇人大主席赖长城、副镇长张玉树又来到邱村，继续做群众工作，为企业发展当好“后勤部长”。

对于地质找矿工作，双旗山的经营团队丝毫不敢懈怠。此时“两矿”的日处理量已经超过 1600 吨，如果矿石资源供应不上，就有可能出现设备空转、产能“吃不饱”的现象。况且，金价高位恐怕也是一时的，不可能长期维持。

谢文清又一次召开了矿务会和地质科技人员座谈会，商讨下一步的打算。

2009 年，项红亮担任双旗山金矿的副矿长，不久兼任工会主席，继续分管生产和人力资源工作，地质勘探也是他的分管范围。这位从西安地质学院探矿专业毕业，在生产科研一线工作了近二十年，成长为高级地质工程师和双旗山金矿地质学科带头人的西北汉子，对专业有着特殊的敏感。他在长时间的摸索过程中，隐约地感觉到，双旗山矿区大有文章可做。

十多年来，双旗山金矿和桂林地质研究院、广东有色金属研究所、黄金武警第十一支队、山东招远黄金地质队和北京科技大学等十多家科研机构建立了长期协作关系。在协作过程中，围绕企业发展开展了一系列课题研究，形成了许多科研成果。

项红亮利用业余时间对各个科研成果进行认真研读，特别是桂林地质研究院关于由之前基于韧性剪切带石英脉矿型的认识转变为构造蚀变岩型金矿的认识，给了他很大的启发。

项红亮和李山泉对一年多以来双旗山矿区中段编修的平面图、剖面图进行分析对比，发现早期双旗山地质找矿主要是围绕13Au主矿体寻找NWW向层间滑动面控制的低角度的石英脉型金矿体，找矿范围集中在标高550米以上，这次，通过坑道他又发现了一些零星小矿体，项红亮感觉到，目前发现的可能只是蚀变岩型矿体的上部，往深部一定还大有文章可做。

“矿区会不会存在一组由NEE向压扭性断裂控制的高角度的蚀变岩型金矿体呢？”项红亮想。

2009年，项红亮和李山泉开始组织人员对这一设想进行论证。通过地表钻探施工验证，发现了蚀变岩型的工业矿体，最低控制标高380米，新增加332+333类型资源量52万吨，增加黄金金属量1015千克。自此，双旗山矿区的地质认识从石英脉型向构造蚀变型转变的理论得到验证。双旗山矿区成为闽东南地区首个在变质岩区内达到中型规模的黄金矿山，对整个福建省在变质岩区内找矿无疑具有很好的指导意义。

对于邱村矿区，项红亮也进行了系统研究，先后发表了《福建邱村金矿床控矿因素及成因》《福建省德化县邱村金矿床地质特征和找矿方向》的学术论文，得出了邱村矿区为火山岩的成矿规律，使邱村矿区成为黄金总储量达5吨的中型矿山，也为福建省在火山岩区域内地质找矿提供了很好的借鉴。

至此，双旗山和邱村的地质找矿工作取得突破性的进展，也为双旗山金矿、邱村金矿成为“百年老矿”奠定了坚实的基础。中共德化县委、德化县人民政府专门为此颁发的“地质找矿特别贡献奖”，并发给50万元奖金。这些奖金中，项红亮得到8万元，李山泉得到4万元，其他参与项目的科技人员也根据贡献大小得到相应的奖励。

2009年以后，欧洲爆发了主权国家债务危机，进而在发达国家持续发酵，对世界经济影响深远。黄金价格在2011年飙升到上市价392元/克后，开始一路下行。铅锌、铁、钼等金属价格也持续下跌。世界经济进入了新常态。

这期间，上级对德化县的领导班子再一次进行了调整，2010年7月，陈全顺提任泉州市人大常委会副主任，李辉跃接任县委书记一职，同时兼任县长。李辉跃在不到一年的时间内，采取了一系列措施推动德化县经济社会事业快速发展，特别是搞好城市建设，推动德化县城市的绿化美化和品位提升，获得了各级领导和广大市民的一致好评。

2011年6月，李辉跃提任厦门市集美区区长，吴深生接任县委书记，欧阳秋虹接任县长一职。新班子到任后，对“两矿一厂”继续给予高度重视，并寄托了更大的期望。

吴深生到双旗山金矿调研后，对企业党建和做强做大黄金矿业提出要求。

欧阳秋虹从新疆挂职回到德化县担任县委副书记（正处级）后，非常关心和关注双旗山金矿，多次到矿里考察指导工作，对矿里遇到的一些困难和问题，她都亲自协调解决。

2011年，欧阳秋虹担任德化县人民政府县长后，立即到双旗山金矿调研，提出了要“立足本地，放眼全球，强化找矿，满载生产，力争上市，多做贡献”的六点要求，对矿权整合和上市工作也进行详细部署。同时要求镇村和各级各部门要大力支持双旗山金矿的工作，为企业发展营造良好的环境。

经过积极的工作和科学的评估，“两矿一厂”即福建省双旗山金矿、福建省德化县邱村矿业有限公司、福建省德化黄金冶炼厂和福建省新鑫矿业有限公司在2012年初完成了资产重组，成立了新的福建省双旗山矿业有限责任公司。

整合完成后，福建省双旗山矿业有限责任公司召开了首次董事会，德化县政协原副主席李文建当选为首届公司董事会董事长，陈振渡、姚少俊、周益国、陈志民、林贤山、陈章旺、谢文清当选为董事，会议还选举了监事会，黄建华当选为监事会主席。

会议通过了《关于修订公司章程的议案》《公司2011年度工作总结和2012年生产经营工作计划》《公司2011年度监事会工作报告》等七项议案，同时对继续推进与印尼三林公司合作、进而推动公司上市步伐等公司重大事项作出决定。

欧阳秋虹带领常务副县长吴顺情，副县长陈祥端、苏毅君到会祝贺，并在会上提出三点希望：一要敢于做强做大，致力打造龙头企业；二要勇挑重担，致力扩产能、做贡献；三要坚持人本理念，致力建设高效的团队。她还说："有县委县政府的全力支持，只要大家团结一致，双旗山矿业一定能够真正成为德化县第二个上市企业！"

整合后，福建省双旗山矿业有限责任公司已经是一个拥有注册资本3630万元，资产总额3.6亿元，采矿权面积1.1985平方公里，探矿权面积17.57平方公里的大型黄金企业。公司还拥有9家经营管理或投资的企业。公司的无形资产也相当雄厚，目前拥有发明专利6项，独占许可专利1项、实用新型专利12项，还有6个专利项目正在受理阶段。

受到国内国际市场的影响，一些对外投资的企业开始出现利润下滑或者亏损。李文建提出重点发展双旗山，审慎对外投资的策略，同时在城关设立办公室，安排专人专班谋划和推进上市工作。

两年后，县财政局原副局长黄永怀出任福建省双旗山矿业有限责任公司董事长。这位对财政经济十分熟悉的同志，在公司内部设立监察审计部，严把钱口子，规范公司运作，同时根据实际情况，中断了上市的脚步。

又过了三年，黄永怀转任美湖镇镇长，当了两年福建省双旗山矿业有限责任公司副总经理的原县财政局股长赖发报升任董事长，他同时还兼任公司党总支书记的职务。在任期间，他不仅认真履行董事长的职责，还带动了公司党建工作登上新台阶。

第四十七章　志民终出山

2018年春节过后，德化城关到处一派春意盎然景象，浐溪两岸、大街两旁，一株株十八学士茶花宛似孩子笑脸一般开放，一簇簇三角梅就像热情奔放的姑娘，随着微风翩翩起舞，一棵棵香樟树似乎觉得自己绿荫不够，又长出了细枝嫩叶向四周伸展。浐溪之水波澜不惊，流而无声，就如惧怕人们伤感逝去的时光……

陈志民带着妻子陈萍萍、在部队服役的儿子陈琪以及年幼的小女儿走在浐溪边的绿荫小道上，这是他们一家难得的相聚。如果不是城郊的烟花爆竹时起时落告诉陈志民春节还没有结束，如果不是儿子受部队派遣出公差回到德化，陈志民恐怕早已经远赴江西寻乌上班了。

突然，陈志民接到德化县人民政府副县长陈祥端的电话。

他还以为是老领导致电新春问候的，没想到陈祥端却让他到县政府办公室，说是有要事面谈。陈志民信步走到县政府大院，向陈祥端办公室走去。

来到办公室落座后，陈祥端开门见山地对陈志民说："今天请你来办公室，是代表组织和你沟通一下，想让你回到双旗山，出任福建省双旗山矿业有限责任公司总经理，希望你能够愉快接受。"尔后，陈祥端又简单介绍了双旗山矿业近年来的一些情况。

实际上，坊间此前就有陈志民回到双旗山担任一把手的传闻，一些陈志民的老领导、老同事和老朋友对双旗山的现状并不看好，大多劝陈志民不要接受这样一个烂摊子。一位老同事还拿出一张近期的《泉州晚报》，里面登载了一篇关于一家企业用虚假报表向银行贷款被人民法院处罚的报道给陈志民看。

陈志民 1991 年从南京地质学校地质调查与找矿专业毕业后，先后在福建省闽西地质大队和德化县矿产工业总公司工作，双旗山金矿筹建时，就被选派到福建省双旗山金矿筹备组，全程参与组建该矿。此后，他从企业的护矿人员做起，始终顾全大局，服从需要，参与了矿山组建的一个个硬仗，帮助企业解决了一个个困难和问题。他也在艰苦的磨砺中快速成长起来，二十多岁就担任征地拆迁总负责人、供销科科长，未到三十岁就成为邱村矿业负责人，不久就担任了福建省双旗山金矿的副矿长。

2006 年陈志民受厦门市万旗科技股份有限公司的借调（2005 年福建省双旗山金矿进行人事制度改革，双旗山金矿的人事关系由福建省冶金控股公司管理），到江西省寻乌县筹建上都矿业开发有限公司。他以其雷厉风行的风格和超强的组织力、执行力，很快就把公司组建起来，并投入生产，取得了很好的经济效益和社会效益，获得了股东和当地政府的充分肯定。该企业成为赣南地区矿业建设的标杆和典范，当地政府经常组织赣南地区各矿山企业到该公司考察学习。

然而，该矿的产品属于国家的战略资源，后来由于国家政策调整和钼矿价格大幅度下跌等原因，该矿不得不暂时歇业。此后，他又被厦门市万旗科技股份有限公司委派到陕西安康的一个金矿工作，不久该矿也关闭了。多年来，陈志民除了处理停产矿山的一些事务外，涉足了不少行业，比如非煤矿山开采、脐橙种植等，也都有了很好的效果。近段时间矿产业出现了一些复苏的迹象，江西寻乌上都矿业的钨、钼、铅锌等产品价格是否回归到盈亏平衡线以上，是否有条件组织恢复生产，他正在进行深入调研，同时他也正在和该公司的董事会以及经营班子成员进行进一步的沟通和评估。

面对组织的决定，陈志民踌躇了。他十分清楚，无论哪一个矿山，其储量都是有限的，都是有生命的，也就是说有服务年限的。一旦资源枯竭，任何矿山都逃脱不了关闭的命运。双旗山金矿 20 世纪 90 年代提交的 c+d 级储量为矿石量 59.63 吨，黄金金属量 4.78 吨。该矿经历 20 世纪八九十年代的疯狂民采盗采，损失资源无数。1995 年成立福建省双旗山金矿后，分别于 1995 年和 1997 年建立了双旗山金矿和邱村矿业，迄今开采已有二十多年。不包括民采和盗采，双旗山金矿这二十多年来在仅有 2.3141 平方公里的采矿权面积内累计生产和销售黄金金属量达 13 吨（包括外购金精矿），早已经超出了当年设计的黄金资源量 4.78 吨和 15 年的矿山服务年限了。外围找矿没有突破，每年通过地质勘探新增的矿石量不多，双旗山矿区还能够服务多少年，谁都心里没底。再加上一些客观原因，公司各种负债累计近亿元，还有数笔总额达 2000 多万元的呆账难以收回，就是不说是资不抵债，也已经到了非常困难的境地了！况且，江西寻乌的上都矿业开发有限公司的多金属矿目前出现了许多积极的信号，特别是钼、铅锌和稀土的价格都在回归，他作为这个公司的总经理，随时要回去组织生产。如果回到德化接任这样一个职务，肯定要付出更多的心血和汗水，承担更多的责任和风险，万一矿山资源枯竭或者经营不善公司在他手上关闭了，搞不好还会留下百年骂名！

然而，双旗山、邱村矿区的每一个坑硐的都留有陈志民的足迹，每一间厂房都凝聚着陈志民的心血，每一块山岗沟壑都留下过陈志民的身影。陈志民对这里的一坑一硐、一柱一瓦、一山一水、一草一木也都有着只有过来人才有的默契和割舍不掉的情怀。

公司现存的 190 多位员工中，大部分是当年与陈志民一同怀着一腔热血白手起家创建双旗山金矿的老领导、老同事、老部属。他觉得有责任、有义务带领他们渡过难关，再创辉煌！

陈志民终于愉快地接受了组织的挑选，回到双旗山。2018 年 4 月 25 日，福建省双旗山矿业有限责任公司召开三届一次董事会，会上，赖发报当选公司董事长，陈志民被聘任为总经理兼法人代表，王佑、林文杰、谢文清被聘任为副总经理，项红亮被聘任为总地质师，陈民辉被聘任为公司财务部负责人。

2006 年，他顾全大局，服从需要，告别家乡，告别家庭，告别正在上初中的儿子，告别双旗山，来到一个人地两生的地方工作，迄今已有一纪年了。去时一头青丝，归时两鬓斑白，回到阔别十二年的既熟悉又陌生双旗山金矿，陈志民心潮澎湃，感慨万千……

第四十八章　井下求真谛

从上任的第二天开始，陈志民就用双脚丈量公司的每一条巷道、每一个车间和每一寸土地。

4月26日，星期四，陈志民和王佑来到双旗山矿硐。这个主矿硐是陈志民在担任双旗山金矿副矿长的时候就开始修建的。他们来到300多米深的井下，而后沿着平硐往前走。这个平硐曾经贡献了许多富矿，挖掘的黄金金属量超过2000千克。

走了四五公里的样子，来到一个正在开采的工作面，几个工人正在用凿岩机打炮眼，陈志民和王佑只好在一旁等待。不一会，趁着工人歇息的片刻，二人走近与他们攀谈起来。这几位工人年龄都在40-50岁之间，看到两位老总来到这么深的工作面，都很激动，便都打开话匣子。

一位年长一点的工人说："这个苦活本地人没有人干，干我们这一行当的都是外地人。我们都是贵州人，其他组也有四川的、重庆的、云南的，很多省份都有。"

他接着说："我们是从当时浙江队过来的，干了二十多年，习惯了，现在年轻人都不愿意干我们这一行。"

陈志民问："你们收入怎样？对公司有什么要求吗？"

一听到陈志民问起他们最关心的问题，其中一位稍微年轻的工人马上接过话头说："我们的月工资也就三四千元，如果不是我们没有其他技能，我们早就走人了。希望公司能够提高采矿单价，让我们有一个稳定的收入。"

另一个工人说："井下作业环境这么恶劣，稍微不慎，就有失去生命的危险，但公司个别管理人员平时不下井，一下井就没给好脸色，动不动就要罚我们的款，一次罚两三百，罚几次就没了。两位领导你们说，我们在井下为公司创造财富，是不是应该得到应有的尊重！"

在另一个工作面，陈志民和王佑遇到了井下施工队负责人李学振。

李学振从来到矿山那个月算起已经二十一年多，可以说是老双旗山人了。他从保卫人员干起，又到选矿厂当工人，再经过多岗位摸爬滚打，已经四十多岁了，前几年通过招标的方式担任了工程队队长，承包了双旗山金矿的井下采矿工程。

他详细地向二人介绍了工程队的情况：

"我们双旗山矿区的施工队是前几年自己组建的，许多工人来自以前的浙江队，也有一些新招收的，现在双旗山矿区的工程队全队有 63 人，他们来自云南、贵州、四川、重庆等全国各地。

"井下作业太苦太危险了，前一段，公司就连续发生了几起工亡事故，安全生产形势还是比较严峻的。要改变这种状况，就得大幅度提高机械作业面。但现在由于投入不足，还难以实现。

"目前，井下的凿岩作业人员大多是 35-55 周岁的人员，年轻人不愿意到井下工作，他们的父母也不让后代继续从事自己的老本行。

"公司实行一年一竞一签制度，由于公司总在转嫁成本，采掘和运输单价一降再降，最后被压低的只能是人工工资。这就造成井下工人工资远远低于同行业的市场行情，结果就是井下作业人员人心不稳，队伍不稳。"

次日，陈志民和王佑又来到邱村金矿的井下，与井下工程队负责人陈伟强、一线员工交谈。他们也谈起了与双旗山金矿大同小异的问题。

陈志民就问起了公司领导下井的情况，一位工人说："有是有，但不经常看到，有时候两三个月才能看到一次。"

紧接着，陈志民与王佑来到双旗山和邱村这两个选矿厂。在邱村的浮选车间，他们遇到了一位当班的班长和他的同伴。陈志民问起生产情况，那位班长说：“公司实行的是轮休制，半年平衡一次，这就造成了有时几个工人同时休假，没人上班，有时人员过剩，人浮于事。”

在双旗山选矿厂，当陈志民问起工资收入时，一位老工人说：“我们十年前的工资收入是四五万元，十年过去了，现在的物价涨了多少了，我们的工资还是四五万元，要不是我们对双旗山的感情，我们早就走人了。”

通过观察，正如那位井下工人所言，陈志民真的发现了一个现象，就是一些管理层的同志热衷于在办公室听汇报，很少在一线办公，官僚主义和形式主义现象还是比较严重的。

上任头一个月，陈志民每天“微信运动”步数都在三万步以上，走遍了几乎所有巷道、车间，走访公司员工近百人，每一天都感觉有新收获。

这一段时间，陈志民总在思考着这些问题：“怎样当好这个总经理？怎样带好这个队伍？如何改变公司现状，带领公司走上快车道登上新台阶？”

陈志民想：“一列高速前进的动车，靠的是车头牵引。同样，一个企业要实现快速发展，同样需要‘车头牵引’，这个 ‘车头’就是他这个总经理，以及全体班子成员。因此，领导要有领导的样子，班子成员要有班子成员的样子，干部要有干部的样子，就是要率先垂范，当标杆！”

陈志民又想：“职工是企业的主体，是推动企业发展的根本动力。职工的收入水平，是发挥职工主体作用和稳定职工队伍的最敏感问题，解决了这个问题，就抓住了牛鼻子。如何才能稳定员工队伍，如何激发员工的积极性、主动性和创造性呢？现行的管理制度和分配方案必须调整和完善。”

陈志民把想法与董事长赖发报进行沟通，赖发报完全同意陈志民的意见。陈志民又和班子成员、人事部门的同志进行认真研究，提出了一套新的管理方案。

针对企业领导和管理人员一定程度上出现的官僚主义和形式主义倾向问题，陈志民与班子成员和管理人员推心置腹交谈，召开班子会议统一思想，要求所有领导和部室都要在矿区上班，坚守一线处理事务、解决问题。凡是违反规定擅离职守的，给予严肃处理，一个部门一个月内出现三次以上违反制度的现象，则取消该部门所有人员当月奖金。

新修订的制度发布后，陈志民和班子成员带头严格执行。陈志民作为总经理，在山里上班的时间达三分之二以上，下井或到勘探现场的时间每月不少于两天，副总经理王佑、林文杰每月在山里的时间都在二十天以上，并且保证每天都有一位领导下井。这与以前三两个月也难得在井下见到公司领导的境况形成了鲜明的对比。在他们的带领下，干部作风显著转变，同时也带来了全公司风气的快速好转。

针对公司内部分配差距过大，一线职工和科技人员收入偏低的问题，陈志民对企业内部的工资制度进行深入研究，提出工资杠杆向一线员工倾斜，向脏难险重岗位人员倾斜，向科技人员倾斜特别是向一线科技人员倾斜的改革思路，对源于十年前的工资分配方案进行系统调整，制定出符合企业实际的激励方案和薪酬体系。

管理干部的分配系数从 3.3 降至 2.4，缩小领导干部、管理人员和一线员工的差距。这样，一线职工的年收入从之前的 4-5 万元调高至 7-8 万元；工程师享受中层副职待遇，年收入可达 11-13 万元；同时调高了一线技术人员待遇，年收入从之前的 7-8 万元，调高到 13-14 万元，从 2019 年 1 月起开始执行。通过调整内部分配制度，止住了一线员工和科技人员外流的问题，大大提高了员工的生产积极性，稳定了职工队伍。

针对企业分配中考评方法简单粗放，不利于调动职工积极性的问题，陈志民通过调研也对工资结构进行改革，以前的基础工资只占 40%-50%，绩效工资则达到 50%-60%。通过改革，工资结构以基础工资为主，每月仅拿出 1000 元作为绩效考核，解决了因一些不确定因素影响造成职工收入苦乐不均的问题。

针对员工休假制度不合理，经常出现衔接脱节，影响生产连续性问题，陈志民与人事部门仔细研究，出勤制度由之前半年平衡一次，改为每月平衡一次，员工每月出勤必须满二十一天，超时按天数发加班费，缺勤按天数扣工资，当月结清。

针对井下工程队承包期限短，收入偏低的问题，陈志民让财务、审计和人事部门对矿山采掘的人工成本和运输成本进行科学计算，合理确定标底基数，同时把承包期限从一年延长至三年。

针对企业内部监督机制不完善的状况，陈志民把监督的关口前移，充分发挥监察审计部的作用，让监察审计部参与企业决策、经营管理、合同签订、人员招录等工作全过程。

针对以前财务管理混乱，资金使用不规范，多头签批的状况，陈志民牵头制定了完善的财务管理制度，实行一支笔管理。

第四十九章　拾遗增储量

在学校读的就是地质找矿专业的陈志民深深懂得地质找矿对于矿山企业而言是头等大事，他每天上班后的第一件事，就是到生产技术部询问当天的找矿工作安排，晚上下班前，总要问一下一天地质工作的进展。

针对双旗山和邱村两个矿区都存在着的地质认识深化不够，勘探方向把不准，储量不明确，后续资源不足等问题，陈志民与王佑、项红亮、李山泉和李宏安等几位同志多次开会讨论，集思广益、深入探讨，寻求再次突破方法。陈志民在听取他们意见的基础上，提出了要积极引进人才，要主动与高校和科研院所进行产学研合作，进行项目攻关，要充分发挥本企业地质科技人员的主体作用，充分调动他们的积极性、智慧和创造力的地质工作思路。

2018 年四五月间，履新不久的陈志民聘请了中国地质科学院毛景文院士、福州大学王少怀教授等 12 位地质找矿专家学者来到公司，对公司的地质找矿问题进行调研。专家学者经过深入研究，提出了“双旗山金矿要加强韧性剪切带类型的地质找矿工作”和“邱村金矿矿体主要受压扭性断裂构造带控制，要向深部寻找台阶式第二成矿空间带”的建议，为这两个矿区的地质找矿再次指明了方向。

当年的 6 月 13 日，陈志民又聘请了中国地质调查局南京地调中心的领导和火成岩成矿研究、蚀变矿物找矿研究及地质矿产调查等多方面专家学者来到双旗山和邱村矿区进行交流考察，并与中国地质调查局南京地质调查中心、福建省闽西地质大队三方签订了《福建德化邱村—双旗山金矿成矿规律和找矿预测项目合作协议》，把双旗山和邱村矿区作为三方的产学研基地。

10月，公司与江西理工大学合作进行“采矿工艺优化项目”研究，不仅通过合作解决生产中存在的问题，同时为年轻的科技人员提供了学习和成长的平台。

年底，陈志民重新聘请了广西桂林矿产地质研究院教授级高工谭运金为公司顾问。谭运金是国内著名的找矿专家，著有多本专著，多年前也曾应聘多次来到双旗山金矿对探矿工作进行研究，为企业解决了不少的问题。

期间，陈志民率领项红亮、李宏安等地质工程技术人员对整个矿区的矿硐以及外围的地勘点进行全面系统的勘查，并多次召集地质工程技术人员召开找矿技术交流会，通过集思广益，实现理论研究和科学探矿相结合，加强对矿床成矿规律和富集规律的认识，努力突破原有探矿思路的局限，在内拓外延上取得新突破。通过听取各方面意见，以其专业背景和多年经验，陈志民得出了“矿区的深部及其外围的储量能够支撑企业延长服务年限，发展前景谨慎乐观”的结论。

2019年初，思乡日久的项红亮辞去公司总地质师的职务，回到陕西老家照顾年老的父母亲，地质找矿的重担落在了公司地质勘查与规划部经理李宏安肩上。

李宏安出生于1976年，湖北襄阳人，1999年从长春工业高等专科学校矿山地质专业毕业后，曾在陕西省略阳铧厂沟金矿工作多年，2006年入职福建省双旗山金矿，从事地质探矿工作和生产技术管理工作，2008年被公司派往南平市建阳区黄地矿业有限公司，先后担任副总经理和总经理，2015年底又回到公司本部任现职。经过近二十年的摸爬滚打，已经把李宏安打造成一位不可多得的复合型人才。

2018年六七月正是盛夏季节，烈日像一个大火球悬挂在空中炙烤着大地，陈志民和王佑、李宏安等几位地质工程技术人员连续对双旗山矿区采矿权区内的 13Au 矿体、与 13Au 平行的 14Au1 矿体、与 13Au 共轭的 14Au2 及其 19 线北东向矿体进行勘察。在 13Au 矿段的 512、562、578 和 504 中段重要区域发现了异常。紧接着，他们又对邱村矿区各个中段重点区域进行了勘察，发现矿体受线性热液爆破角砾岩控制，具有较好的成矿条件。

经过认真的研究论证，陈志民和地质工程技术人员把专家学者提出的探矿理论与长期积累的工作经验相结合，决定把“补漏拾遗”和“探边摸底”作为一段时间内勘探工作的重点，同时加大对外围远景区的地质特征的研究和风险探矿投入。

这年的夏秋季节开始，公司先后投入探矿资金 1638 万元，完成掘进 17386.72 米，完成年度计划的 145.25%，完成坑内钻探 15921.66 米，完成年度计划的 146.54%。

在双旗山矿区，对 13Au 矿段的 512、562、587 及 504 中段重要区域进行了重新编录和地质图件重新修编，通过重点解剖破解了侵入体与矿体的关系，找到了新的替补矿源，新增平均品位 1.25 克 / 吨矿石资源量 19.70 万吨，新增黄金金属量 246.9 千克，确保了生产的持续稳定。

在邱村矿区，对各中段重点区域进行地质图件编修，通过坑内钻探控制，在 4 线 -10 线之间发现了品位较好的 12 号矿体，新增平均品位 1.05 克 / 吨的矿石资源量 32.65 万吨，新增黄金金属量 341.8 千克。

外围勘探方面，在东南矿段 4 线 -24 线施工了 6 个钻孔，在仙洋矿段针对物探异常靶区施工了 2 个验证钻孔。

在深部勘探方面，邱村矿区施工了 3 个钻孔（其中 2 个为深部钻孔）。

陈志民和地勘工程技术人员的心血没有白费，到 2018 年底，双旗山矿区和邱村矿区合计保有资源储量 104.78 万吨，黄金金属量 1273 千克。

此后，双旗山和邱村两个矿区 2019 年探矿掘进 17000 多米，探明矿石储量 110 多万吨，探明黄金金属量 1262.86 千克；2020 年探矿掘进 23700 多米，累计保有矿石量 175 万吨，累计保有黄金金属量 1770 千克。

第五十章　各方频鼓劲

党的十八大以来，以习近平同志为核心的党中央提出了以人民为中心的理念，高度重视安全生产和环境保护工作，一系列新规持续出台，各项工作朝着法制化、规范化方向推进。

然而，作为矿山企业的福建省双旗山矿业有限责任公司，安全生产和环保工作的现状并不乐观。投入不足，欠账太多，观念陈旧，安于现状，都是影响这两项工作推进的不利因素。再加上2017年和2018年初，公司连续发生了数起安全生产事故，造成了人员伤亡和财产损失，被安监部门勒令停产整顿。同时由于黄金冶炼厂废渣废水排放不达标的环保问题，一些群众意见较大，纷纷上访，企业也被迫停产。这些都影响了企业的生产和社会的稳定。

千头万绪，陈志民决心以开展安全生产月和环保大督查为突破口，以开展安全生产标准化和绿色矿山建设为重点，以全面提升各项安全基础设施和环保设施为主要内容，打个安全生产和环境保护彻底翻身的漂亮仗。

为了加强对安全生产工作的领导，公司成立了以总经理陈志民为组长，副总经理王佑、林文杰为副组长，两个矿区领导和相关部门为成员的安全生产工作领导小组。陈志民上任后不久就是全国第17个安全生产月，他召集林文杰和公司矿安环保部同志认真制定方案，在全矿开展了以“防风险、除隐患、遏事故”为主题的系列活动，活动内容包括：安全生产宣传周、安全讲座周、应急预案演练周、安全检查周等。活动期间，先后召开安全生产动员大会，组织职工观看警示教育片，邀请注册安全高级工程师郑启腾作专题讲座，开展了应急演练，开展了全方位的安全生产大检查。通过这些活动的开展，在广大员工中进一步普及了安全知识，增强了安全意识和安全素质，提升了安全技能和部门间团结协作的能力，提高了防灾减灾救灾能力，进一步夯实了企业安全生产工作基础。

可是，在对安全生产标准化和绿色矿山建设进行预算时，很多人都吓了一跳。公司的前身是“两矿一厂”，即双旗山金矿、邱村矿业和黄金冶炼厂，20 世纪 90 年代中期组建时，福建和德化的经济发展水平还比较低，都是白手起家、因陋就简建设起来的，安全和环保设施定然投入不足。如今要全面按照规范完善，进行标准化建设，安全生产投入就要 3000 万元，绿色矿山建设扣除前期投入，也要 2000 万元左右，再加上地质勘探等方面的投入，少说也要再投 1 亿元。这对于一个还贷款近亿元的公司来说，无疑是一笔大投入。

一种消极和失望的情绪在公司蔓延开来。有的说，做做书面材料敷衍一下算了；有的说，与上级有关部门沟通沟通，让他们为我们网开一面；更有人建议，干脆把矿山出售掉算了，免得承担风险。

陈志民感觉到了从来没有过的压力。

恰在此时，陈志民的老上级、福建省双旗山金矿的老矿长李斌特地从安徽回到双旗山看望陈志民，嘱咐他必须把安全和环保放在矿山发展的第一位。

德化县人大常委会主任王传敬、泉州市发改委党组副书记副主任林合龙和曾在公司所在地葛坑镇任过职的中共德化县委副书记林祖传来到双旗山，与陈志民共同分析矿山现状，鼓励要做好安全生产和环境保护工作，为企业全面发展打好基础。

刚刚履新不久的德化县人民政府县长黄文捷来到双旗山，深入生产一线现场检查安全生产情况，并与公司领导座谈。他说，对于企业在发展中遇到的困难和问题，县政府将积极协调解决，为企业发展创造良好的市场经营条件。他在对公司的生产经营情况给予充分肯定的同时，鼓励公司全体员工要上下一心，凝心聚力，把安全生产和环境保护这个事关全局的大事抓好；要紧紧围绕生产经营目标，敢闯敢试，开拓进取，确保年度各项目标任务顺利实现，为县域经济发展做出更大贡献。

紧接着，中共德化县委书记梁玉华时隔两年再次来到福建省双旗山矿业有限责任公司调研。在邱村矿区，梁玉华深入生产一线和环保工程进行认真检查。在听取了董事长赖发报、总经理陈志民的工作汇报后，她对公司为德化县经济社会的发展所作出的贡献给予充分肯定，并对企业未来的发展提出意见：一要做好企业的安全环保工作，为企业发展奠定基础。安全生产事关人民群众生命财产安全和社会稳定，环境保护和绿色矿山建设是生态文明建设的应有之义，是美丽中国、美丽德化建设的重要内容，企业上下要统一思想，全力以赴，打好安全生产和绿色矿山建设翻身仗。二要围绕企业生产需要做好探矿增储工作。要分清轻重缓急，强化矿区内的探矿工作；要科学开采，提高矿石的回采率；要保障企业的可持续发展，做好地质工作的长远规划，确保企业长远发展。三是党政工要关心关怀关注职工群众生活，多措并举为职工送温暖，确保矿区和谐稳定，职工生活幸福。梁玉华还表示，县委县政府将根据实际情况研究制定支持企业发展的意见和措施，为企业长远发展创造良好的生产经营条件。

此间，中共泉州市委常委、泉州市人民政府副市长洪自强也来到邱村金矿，检查矿山次生灾害治理工作，提出要创新思路，严把安全关，防患于未然，及时研究矿山恢复治理方案，加快推进矿山生态环境治理和修复。

各级领导的关怀和推动，给了陈志民做好工作的动力。他决心一手抓生产发展，一手抓安全生产和绿色矿山建设，做到两手抓两手硬，带领公司健康发展。

由于2017年和2018年连续发生了多起安全生产事故，公司井下生产连续被安监部门叫停，企业生产受到很大影响。陈志民一方面认真组织抓好整改，一方面全力组织生产。经过半年多的努力，两个矿山2018年处理矿石量46.04万吨，完成年度计划的124%，累计年产出黄金520.14千克，实行主营业务收入11936万元，实现利润1241.97万元，上交税费2026.07万元，基本完成了年初确定的既定目标，也为做好安全生产标准化和绿色矿山建设提供了资金保障。

第五十一章　矿山披绿装

所谓安全生产标准化，是指通过建立安全生产责任制，制订安全管理制度和操作规程，排查治理隐患和重大危险源，建立预防机制，规范生产行为，使各生产环节符合安全生产法律法规和标准规范要求，主要包括目标职责、制度化管理、教育培训、现场管理、安全投入、应急管理等十个方面内容。建立安全生产标准化制度，对于全面提升企业的安全生产管理水平，防范安全生产事故发生具有十分重要的意义。公司依据国家安全生产监督管理局发布的《企业安全生产标准化基本规范》要求，先后制订了《福建省双旗山矿业有限责任公司安全生产规范》《福建省双旗山矿业有限责任公司井下设施规范》《福建省双旗山矿业有限责任公司尾矿库设施规范》等一系列安全生产管理制度。

建立规范首先是要还清设施欠账。两个矿区矿硐纵横交错，绵延数百上千公里，这里面巷道有大有小，又宽又窄，有陡有缓，有采空区，有回填区。井下设施也比较落后，使用的是铝制电缆、老式空压机、改装农用车等等设备，这些都需要加以改造。

他山之石，可以为错，可以攻玉。为了做好这两项关乎企业生存和发展大局的工程，陈志民先后安排了两个外出考察：

一是 2018 年 10 月，陈志民和林文杰亲自率领总工办、矿安环保部及两个矿区负责人一行 10 人到位于美湖镇的福建省鑫阳矿业公司参观考察。该公司在铁矿深部设置 480 中央变电所、主排水泵房及其各类安全生产设施，所有的设备严格按照设计要求选型与敷设，实行设备维护挂牌责任到人制度，严格按规范要求进行设备维护检查工作。通过参观学习，考察人员一行纷纷表示以前如井底之蛙，总觉得自己做得不错，如今来到其他矿山，看到人家按照规范要求配备的井下设施，才在比较中看到了自身的不足和差距。

二是不久后安排总工办主任郑启腾到安徽省池州市学习绿色矿山创建经验。位于池州的中电建安徽长九新材料有限公司，在2016年通过竞标获得了神山灰岩矿采矿权后，积极践行"创新、协调、绿色、开放、共享"五大发展理念，以"提升价值、共享发展、科技创新、绿色友好、引领行业"为宗旨，将环境保护作为矿山发展的前提，严格按照绿色矿山标准建设，创造了一系列可移植、可复制的绿色发展经验，成为绿色矿山建设的典型企业。郑启腾考察回来后，将考察的所见所闻所思写成了《赴安徽绿色矿山考察学习报告》，全文3000多字，作为呈阅件分发给公司领导，后来还在《双旗山简报》上刊出。

一贯雷厉风行的陈志民立马要求相关部门按照规定程序委托有资质的机构对井下安全生产设施进行科学设计，严格按照国家标准进行安全生产设施的升级换代。

从2019年初起，公司先后投入资金1000多万元，对两个矿区数百公里的老巷道按照机械化施工要求进行全面扩刷，对上万立方米的采空区进行全面封堵，井下线路全部改为阻燃电缆，设备仪器、风水管道等井下设施全面进行升级改造，运输矿石和爆破材料的工具全部添置配有矿安标志的专用正规车辆，同时对双旗山、邱村两个选矿厂的老化设备进行全面技术改造。通过系统改造，不仅为井下作业提供了较好的工作环境，同时也为企业的机械化智能化生产创造了条件。

为了提升井下施工的机械化和智能化水平，邱村金矿投入资金180多万元添置了一台液压采矿钻车。这种能够满足多种定位功能特定采矿钻孔需要的专用设备，不仅能够大幅度提高矿石回收率，而且实现了机械化生产，生产效率相当于50个工人在井下作业。同时在井下进行3D

数字矿山建设，实现智能化生产，把人从艰苦复杂和高危的环境中解放出来，实现真正意义上的“井下革命”。

投资698万元的双旗山矿区的溪柄尾矿库进行扩容和技术改造工程也已经完成。在溪柄尾矿库二期扩容工程中建设了5号和6号排水隧道，对原排水隧道进行了支护，建设了系列排水斜槽，新建了两个拦水坝。同时对邱村矿区铁岭尾矿库的安全设施进行全面升级改造。在两个尾矿库设立了在线监测系统。

……

绿色矿山是指在矿产资源开发的过程中，既要严格实施科学有序地开采，又要把矿区对周边环境的扰动控制在环境可承受的范围内。2017年3月，原国土资源部、财政部、原环境保护部联合印发《关于加快建设绿色矿山的实施意见》，要求加快绿色矿山建设进程，力争到2020年，形成符合生态文明建设要求的矿业发展新模式。

这是一项功在当前，利及子孙的光荣而艰巨的任务。双旗山金矿和邱村金矿分别从2013年和2014年开始，就着手开展了绿色矿山的创建工作。

双旗山矿区和邱村矿区都是在民采旧址上建立起来的。如前所述，这些民采旧址上的矿硐、浸池、工场和废渣堆场都没有设计规划，矿硐随意开打，许多矿硐交错连通，一些矿硐早已经冒顶坍塌；废渣随意堆放，一到雨天，就变成泥石流，危及下游百姓。特别是邱村矿区的仙公寨，原是一座古时建有山寨的海拔上千米高的山岗。由于这里金矿富集，20世纪八九十年代民采时山底被蜂拥而至的民采队伍掏空，整座山频频发生坍塌，如今已经变成一个千疮百孔的沟壑。在这样一个地方建设绿色矿山，其难度可想而知。

双旗山矿区的绿色矿山创建工作历时六年，先后投资2000多万元，在做好对矿山各项安全环境设施进行建设和恢复的同时，资源节约、综合利用、技术创新、环境保护、土地复垦、社区和谐和企业文化工作得到较快推进，但由于这项建设涉及方方面面，到了 2018 年，仍有旧尾矿库等一些问题需要整改。

邱村矿区由于民采时对环境破坏更为严重，绿色矿山创建更是困难重重。几年来，由于投入不到位，验收材料被屡屡退回。到 2018 年，该矿区尚有民采时留下的渣堆区 13 处，地面坍塌隐患点十多处，地面裸露点 6 万多平方米未得到治理。

陈志民带领全体员工下大力气要把未完成的工作尽快推进下去。半年多的时间里，他们对存在的问题进行全面梳理排查，列出整改清单，一个个研究分析，一个个解决问题。他们对所有的新旧尾矿库再次进行加固，使其既固若金汤，又在上面覆土绿化，使其美观实用；同时针对原大片民采区存在的问题，他们在各个渣堆区砌筑了 7256.18 立方米的挡土墙，修筑各类沟槽 1600 多米，挖掘土石方 50474 立方米，回填方量 16413 立方米，建设了一批消力池、沉砂池。同时在裸露的地面上种植马尾松 20000 余棵，种植成年香樟 56 棵，种植红叶石楠 115 平方米，种植马尼拉草 5600 平方米，喷播草籽 55000 平方米。

汗水和心血，换成了满满的收获：

2018 年 11 月 27 日邱村矿区地质环境治理工程在泉州市国土资源局组织的专家组验收后获得通过；

2019 年 3 月 22 日，德化县应急管理局完成对双旗山、邱村两个选矿厂的三级安全标准化验收评审和取证工作；

2019 年 6 月 9 日，邱村矿区的地采建设项目安全设施顺利通过泉州市级专家组的验收；

2019 年 7 月，双旗山矿区和邱村矿区通过了绿色矿山建设的现场验收，并被列入全国绿色矿山名录；

2019 年 8 月 22 日，邱村矿区的铁岭尾矿库顺利通过了福建省安全生产科学研究院评审组的安全生产标准化二级达标验收；

2019 年 8 月 29 日，公司的突发环境事件应急预案通过了专家组的评审；

2020年4月25日，溪柄尾矿库扩容工程（2期）安全设施顺利通过了德化县应急管理局验收……

经过了安全生产标准化和绿色矿山建设的洗礼，福建省双旗山矿业有限责任公司上上下下面貌焕然一新，安全和环保意识深入人心，每一位员工都将安全生产和环境保护作为企业发展的前提，时时刻刻念好安全和环保这两篇文章。如今的双旗山，大到一个矿硐的开挖，一台钻机的安装，一池尾矿的处置，小到一条小径的布设，一个爆点的设置，一棵树木的挪动，都精心设计，反复斟酌，制订出科学合理的安全环保施工方案，尽可能减少安全事故发生和对环境的影响。

第五十二章　双旗凝正气

陈志民担任福建省双旗山矿业有限责任公司以来，走遍井下 500 多公里的巷道，走遍 100 多平方公里的每一个地质勘探点，走遍尾矿库的每一个阶梯，走遍车间每一个角落，与每一位班子成员、科技人员和一线员工谈心，每年累计行走路程超过300 公里。同时他身体力行，率先垂范，带头遵守公司的各项制度，很快便在公司树立了很高的威望，成为公司坚强的核心。

一股正气在双旗山上空蒸腾。

领导班子成员坚守矿区一线推进工作，解决问题，成为员工的标杆。

分管生产和技术的副总经理王佑每天上班以后安排完一天的工作，身影就出现在井下挖掘现场、选矿车间、尾矿库、技术中心。

如果想找分管安全、环保和供销的副总经理林文杰，那他最可能出现的地方就是安全隐患最大的地方，或者是在客户中穿梭。

分管民爆工程部、负责企业外围乡村关系协调和征迁安工作的公司工会主席吴清彬除了检查督促做好民爆用品管理，大部分时间都是在职工中访贫问苦、维护职工合法权益，或者走村入户，与群众打成一片……

各个部门、各个系统负责人又一次看到了公司新生的希望，他们的激情又一次燃烧了起来，围绕企业生存和发展恪尽职守，尽心尽责，再次书写发展新诗篇。

公司地质勘查与规划部经理、邱村金矿矿长李宏安始终坚持深入井下第一线，经常加班加点研究探讨成矿规律，想方设法寻找探矿突破口，在他的带领下，两个矿区地质找矿工作都取得很大进展。特别是邱村金矿三年来共探获矿石存储量 72.99 万吨，新增黄金金属量 929.5 千克，为公司的持续发展奠定了坚实的基础。

监察审计部经理吴金龙是建矿元老，曾任双旗山金矿的矿长助理、工会主席和党总支副书记等职，在上一轮的企业领导层精简中主动提出退下来担任中层领导，被任命为这个新设立部门的负责人。吴金龙从不倚老卖老，他克服人手不足的问题，在工程的招标、验收，合同签订、履行，以及规章制度的执行等方面都从源头上参与管控，既防止了腐败现象的滋生，又提高了工作效率，同时还推进了各项工作的规范化和法制化进程。

财务部长陈民辉也是建矿初期就到双旗山金矿工作的老财务，他跟随陈志民上桂阳，赴江西，后来又回到双旗山。陈民辉始终把业务学习放在第一位，认真领会国家的政策法规，掌握财务工作的新规定、新要求；工作上严谨、细致、认真，对待财务审核工作坚持原则，细心审查，依法依规办事；对公司各项指标、各个数据烂熟于心，为公司领导决策提供准确的财务建议，被人们称为算盘挂在脖子上的“神算老会计”。

让我们来看看一线员工的收入变化情况：选矿厂操作工郑建王在工资方案调整前，2018 年的工资收入只有 68195 元，分配方案调整后的 2019 年，收入达到 82260 元，增长了达 20.62%；电工肖辉彬 2018 年工资收入 64285 元，2019 年达 85800 元，增长了 33.47%……

一线员工、工程技术人员与管理层的收入差距缩小了，他们的收入提高了，这些创造财富的主力军笑意写在了脸上，爱岗敬业、无私奉献的主人翁精神又回归到他们身上。

李志刚是总工办的计算机工程师，他那认真严谨、勤勤恳恳、任劳任怨、脚踏实地的工作态度以及积极向上的工作热情始终为人们所称道。他严格要求自己，每接手一项工作，都会根据公司现有的网络、设备条件和服务商报价情况制订详细的工作方案；在工程质量上，无论是自建工程还是外包工程，他都严格按照规范要求督促施工，做到不贪、不占，廉洁奉公。

肖辉彬是邱村金矿机修班电工，他在平凡的工作岗位上服从安排，尽职尽责，任劳任怨，不管白天黑夜，他都严格遵守电工安全操作规程，把安全生产放在第一位，不断提高电力性能，有效保障各项设备的运转，最大限度地杜绝用电安全事故的发生，为企业不间断生产奠定基础。

林志群现为矿安环保部经理助理兼环保工程师，主要负责公司的环境保护的监督和管理工作。他紧紧围绕公司的年度环保工作目标任务，深入开展各项具体工作，同时积极与各方协调，提出合理方案供领导决策，有效地解决了公司在环保方面存在的困难和问题，为公司的环境保护规范化管理和绿色矿山建设做出了努力。

樊康是双旗山金矿生产技术部地质工程师。他善于学习新知识、新技能，通过考试获得了注册安全工程师的资格。他坚持理论联系实际，刻苦钻研探矿的专业水平和业务能力，在公司的地质和勘探方面做了大量工作。

陈志民适时地把一线优秀的年轻干部提拔到领导岗位锻炼。李宏安在被提任总经理助理兼邱村金矿矿长后，不久又被提任福建省双旗山矿业有限责任公司的副总经理。涂启贵被任命为双旗山金矿矿长。侯宗生被任命为双旗山金矿副矿长兼生产技术部主任。李洪旺被提拔为邱村金矿副矿长兼生产技术部主任……

《古今贤文》有一句话，叫："人心齐，泰山移。"人的积极性主动性被调动了，智慧和创造力被激发了，许多人间奇迹都能发生。

随着地勘的工作力度不断增大，地质工作不断取得突破，矿山服务年限正在越拉越长。

双旗山矿区明确了三个重点找矿靶区，邱村矿区深部和外围的探矿取得显著效果。

外围仙洋、安村和漈头三个矿区探矿工作正在向纵深发展，仙洋、安村已经有了乐观的发现，将成为公司一个崭新的经济增长点。

按照“不浪费每一克可利用资源”的思路，公司探矿实行了“三级检查”制度，确保不遗漏任何矿体，即：所有的探矿工程在样品结果出来后，均到现场实地核实；对有疑问的样品通过补采样品和敲块样的方式重新进行检验；必要时，先进行刷矿再施工沿脉探矿工程。这样，一些边角矿、低品位矿被综合利用，采矿回收率大幅度提高。

通过“拾遗补漏、探边摸底”，双旗山矿区在金钟形矿段（北）发现多条矿化体，仙洋 14Au2 段矿体深部和金钟形矿段 590 米标高至地表具有很好的增储能力；邱村矿区以 742 老中段的探矿收获最为可观，前景十分乐观。

开源节流，加强管理，企业经济效益蒸蒸日上。

陈志民十分重视双旗山金矿生产过程工艺流程的完善，他和王佑、涂启贵和李宏安一道制订出了科学合理的方案，使人、设备、资源得到最优化的组合，设备运转率达 80% 以上，获得最佳的经济效益。

2019 年，两个矿山共处理矿石量 46.12 万吨，累计产出黄金 528.23 千克，实现营业收入 14919.3 万元，同比增长 23.85%，上交税费 2218.84 万元，同比增长 206.84%。

2020 年，两个矿山共处理矿石量 42.96 万吨，累计产出黄金 505.33 千克，实现主营业务收入 17065 万元，同比增长 16.36%，上交税费 2621 万元，同比增长 18.12%。

生产发展了，但只有厉行节约，精打细算才能取得最佳的效益。

公司旗下的黄金冶炼厂曾经为企业和地方经济发展做出了许多贡献。国家环保新规出台后，把氰化尾渣定性为危险废物。2016 年底以来，由于该厂的生产工艺落后，黄金提取后，剩余的氰化尾渣中氰根偏高，公司想了很多处理办法，进行了多种实验，均达不到排放标准，2017 年 2 月，公司只好停止生产。综合考虑本企业生产的金精粉产量较低，外购金精粉十分有限，企业长期吃不饱，一直处于亏损状态的状况，陈志民和班子成员进行认真的研究分析和权衡利弊，最终于 2018 年 10 月果断终止试验，关闭了黄金冶炼厂。同时，对于近年来由于政策和市场变化而处于停产状态的周宁万旗矿业、建阳黄地矿业等在外投资的资产进行依法处置，使企业能够割掉尾巴，轻装上阵。

陈志民率领公司职能部门深入研究矿权、安全生产、环保、土地、劳动、财税等方面的法律法规和相关规定，及时跟进各类证件办理、法律手续完善等工作，避免因为工作疏忽造成违章违法。同时利用法律武器维护企业的合法权益，如通过向法院申请强制执行，追回了江西一家黄金企业的多年欠款，与相关股东针对曾坂沙厦高速公路压覆矿体问题联合向法院提起补偿诉讼，维护企业的合法权益。

陈志民带领团队把减少开支、降低成本这篇文章做好做足。公司的各项财产，如已征用未使用土地、林地等资产，都想尽办法予以盘活，促进保值增值，为企业减支创收；通过修旧利废的办法每年节省费用 50 多万元；严格管控“三公经费”开支，三年来接待费、车辆费和差旅费都以 20% 以上速度递减。

陈志民担任总经理的三年来，不仅仅企业面貌焕然一新，同时也带来了满满的经济效益。

2018 年，公司实现利润 1241.97 万元，完成董事会确定的任务；2019 年公司实现利润 2485.51 万元，同比增长 100.12%；2020 年公司实现利润 4559.65 万元，同比增长 210.74%。

与一些国有企业领导“新官不理旧账”的做法截然不同的是，陈志民一上任就把清欠旧账、营造良好财务环境摆上重要议事日程。随着公司经济运行逐步步入正轨和经济效益的不断提高，以 2018 年归还银行的第一笔 1900 万元借款为起点，2019 年归还银行借款 4312 万元，2020 年还贷 1988 万元。2021 年 7 月，随着将向建行借贷的最后一笔 900 万元欠账归还，公司的所有欠款全部还清。同时，公司还分年先后摊销了 2000 多万元的呆账坏账。经过三年多的持续努力，压在公司头上的 9000 多万元债务和2000多万元呆账终于全部还清和摊销了！

2021年初，江西寻乌上都矿业有限公司传来好消息，随着矿业市场的好转，该公司又具备规模生产的市场条件，李斌和陈志民立即奔赴寻乌进行复工复产工作部署。

随着三年任期的届满，2021年6月28日，福建省双旗山矿业有限责任公司四届一次股东大会暨董事会隆重举行。会上，陈焕颖当选为福建省双旗山矿业有限责任公司新一届董事长，继续聘任陈志民为公司总经理，王佑、林文杰和李宏安为副总经理，李山泉为总工程师。

如同上一次换届一样，会后，董事长陈焕颖、总经理陈志民和班子成员们又身穿公司统一配发的工装，来到井下生产第一线。员工们有充分理由相信，双旗山之路，还有很长、很长，新一届福建省双旗山矿业有限责任公司领导班子将坚定地与他们一道，继续紧紧围绕“强企富工”和“建一流企业、创一流效益、出一流人才”的目标，继续坚守“忠诚守信、勤劳节俭、无私廉洁、谦逊文明”的企业道德，继续弘扬“超越自我、开拓创新、拼搏奉献、追求卓越”的企业精神，坚持“以人为本、团队精神、拥抱变革”的企业价值观，不忘初心、牢记使命，克服一切艰难险阻，以更加饱满的激情，走向更加灿烂美好的明天！

后 记

德化瓷美、矿富、林密、水足，既是中国和世界陶瓷之都，又是福建的重要矿产业基地，这两个产业的财政贡献率超过全县财政收入的50%。笔者退二线后，在完成了反映德化西洋工艺瓷市场的开拓者和诸多瓷种的发明者温克仁创新创业历程的长篇报告文学《温克仁创新之路》之后，又从2014年秋开始谋划创作本部作品。

笔者于2002年3月初到葛坑镇任职，直到2008年12月底调离。多年在矿区乡镇工作，又是三家企业的股东单位，既参与了双旗山金矿、邱村金矿和黄金冶炼厂的重大决策，又了解了建矿初期建设者们的茫然和艰辛；既和双旗山金矿的班子领导和员工们建立了深厚的情谊，又感受到了他们奉献矿山的敬业精神、一丝不苟的科学态度；既读出了他们简单、孤独和寂寞的深山生活，又领略了他们丰富、深沉和多彩的内心世界。我想，这些都是创作本书流之不尽的源泉、用之不竭的素材。

双旗山金矿从20世纪90年代初筹建开始，近三十年过去了。双旗山金矿的经营班子带领全体员工与时俱进，创新发展，一任接着一任干，走过了极其不平凡的三十年，接续谱写着为国家和地方的经济社会事业发展做贡献的壮丽篇章。如今，整合后的福建省双旗山矿业有限责任公司已经是一个拥有固定资产总额4.3亿元，年实现主营业务收入1.7亿元，年完成利税总额7700多万元的现代化矿山企业。

以史为鉴，可以知兴替。我们回望双旗山金矿的建矿历史，对于新时期全面建成小康社会实现“两个一百年”奋斗目标，仍然具有十分重要的启迪意义，这就是：走依法建矿，正规办矿的道路，坚持社会主义法制精神；充分调动广大职工的积极性、主动性和创造性，全心全意依靠工人阶级办企业的精神；依靠双手，不等不靠，迎难而上的自力更生，艰苦创业精神；以矿为家，连续作战，不计较个人得失的爱岗敬业和无私奉献精神；优化管理模式，实行一个团队管理多家企业的改革创新、追求卓越的精神；充分发挥科技第一生产力作用，引进和使用五湖四海人才的尊重知识、尊重人才和海纳百川的精神。

本书在创作过程中，得到了双旗山金矿许多干部职工，特别是吴金龙、吴清彬等几位早年就来到双旗山金矿工作的同志给予的全力的支持和配合。他们讲述双旗山的古今传说，回顾矿山发展历史，提供了大量珍贵的发展史料。福建省双旗山矿业有限责任公司办公室的苏德发、曾国生、卢志强和林绮露等同志也提供了不少翔实资料，使本书的创作得以顺利进行。老矿长李斌为本书写了序言，德化县人大常委会主任王传敬为本书题写了书名，为本书增色添彩。在此，笔者一并深表谢意。

确定撰写本书是在 2014 年的 9 月底，在《瓷都德化》连载的稿件是边写边发。此间前一本书还在修改完善中，再加上还有许多其他工作要做，因此真正静下心来写本书的时间不是很多，书中的内容是几年来陆续进行增删修改的。2021 年 7 月初，本人又对近年来福建省双旗山矿业有限责任公司发展的情况进行续写，同时又对全文进行了多次系统修改。由于作者的水平和写作时间有限，错漏在所难免，恳请各位读者批评指正。

有感于本书付梓，特赋诗七律一首，聊表心境：

车行百里问初衷，思若涌泉笔似风。
无数员工当主角，几多好友是英雄。
悠悠古寨藏金玉，隐隐双旗茂栎桐。
就简删繁皆趣事，书成一卷十年功。

2021 年 12 月 10 日